［美］
雷蒙德·钱德勒
Raymond Chandler

洪雷 译

长眠不醒

The Big Sleep

北京联合出版公司
Beijing United Publishing Co.,Ltd.

图书在版编目（ＣＩＰ）数据

长眠不醒 / （美）雷蒙德·钱德勒著；洪雷译 . -- 北京：北京联合出版公司 , 2016.12（2025.10 重印）

（推理家系列）

ISBN 978-7-5502-8719-8

Ⅰ . ①长… Ⅱ . ①雷… ②洪… Ⅲ . ①推理小说—美国—现代 Ⅳ . ① I712.45

中国版本图书馆 CIP 数据核字 (2016) 第 232528 号

长眠不醒

作　　者：［美］雷蒙德·钱德勒
出 品 人：赵红仕
责任编辑：咎亚会　夏应鹏
封面设计：郑金将

北京联合出版公司出版
（北京市西城区德外大街83号楼9层 100088）
北京新华先锋出版科技有限公司发行
三河市中晟雅豪印务有限公司印刷　新华书店经销
字数138千字　620毫米 × 889毫米　1/16　14印张
2016年12月第1版　2025年10月第8次印刷
ISBN 978-7-5502-8719-8
定价：39.50元

1

这是十一月中旬的一天，已经上午十一点了，天空中仍没有太阳。几座小山丘前的空地上乌云密布，看起来很可能要下雨。我穿着深蓝色的衬衫，打着领结，一块手绢从浅蓝色西装的口袋里露了出来，脚上穿着黑色毛线织成的、带着蓝色花纹的短袜，踩着厚底黑皮鞋。我的脸上刮得非常干净，没有半点醉态，看起来利索又干净。不过这一点是否有人知道，那就和我没有关系了。总之，我具备一名衣冠楚楚的侦探所需要具备的外表，因为我就要去拜访一位大富翁，他的财产有四百万。

一进斯特恩伍德豪宅的大门，就看到两层楼高的大厅。大厅的门足够容纳一群印度大象通过。门上镶嵌着一块特大号花玻璃，玻璃上画的是一名女子被绑在树上，一个身穿黑色甲胄的骑士正在救她；这名女子没有穿衣服，但好在头发够长，能够遮掩一二；骑士已经推上了头盔的前沿，表现得彬彬有礼，他想要松开把女子绑在树上的绳子，但不管怎么努力都解不开。当时我站在那里想，这骑士帮忙的时候好像不太认真，假如我在这房子里居住，我一定会爬上去帮他一把，迟早都会去的。

大厅后面的墙壁上，镶嵌着几面落地的玻璃窗，窗外是一处翠绿的草坪，这片草坪非常空旷。另一头是一座白色的车库，一位年轻司机正在擦洗一辆红褐色的帕卡德牌旅行汽车，这位司机又瘦又高，皮肤黑黑的，穿着闪亮的黑色护腿。车库后面有几棵修饰院子的树，修理得很整齐，看上去就像卷毛狗。再往后，是一座暖房，圆屋顶，看上去很大。之后是大片的树木，尽头是一些小山，曲折蜿蜒，一层一层的，漂亮极了。

大厅的东边是一道瓷砖铺成的楼梯，非常显眼，楼梯通向另一块镶嵌传奇画的彩色玻璃和带着栏杆的长廊。很多硬靠背的红绒椅座大椅子摆放在大厅的四周，似乎并没有人坐过。一个大壁炉位于西墙正中间，炉子里什么都没有，一面炉盘放在了壁炉的前面，炉盘由四块大铜片组成，大理石壁炉台的四角都用爱神丘比特的雕像装饰。一张巨大的油画肖像挂在露台上面，肖像上两面轻骑兵的三角旗交叉在一起，旗子上有一些洞，可能是子弹洞，也可能是虫子咬的洞，整个肖像都被一层玻璃框罩起来。这是一个军官的肖像，他穿着笔挺的墨西哥战争年代的军装。这人的眼神严厉而又热忱，黑漆漆的如同煤块一般。他那拿破仑三世一般的乌黑胡子修得非常整齐，从这个人的总体神态上，你能感觉只要和他打成一团，你就会受益无穷。虽然我听说将军年纪已经很大了，而且还有两个二十几岁处于危险年龄的女儿，但我还是认为这肖像不是将军本人，我猜应该是斯特恩伍德将军的祖父。

远处，楼梯后面的一道门打开了，此时我还在盯着肖像上漆黑而又热情的眼睛。进来的这人是一个年轻的女孩子，不是管家。

这是一个瘦削、纤细的女孩子，不过看上去很健壮，大约二十岁的样子。她穿着合体的淡蓝色裤子，走路时好像脚不沾地一样轻轻飘过。她黄褐色的头发剪得很短，甚至比当前流行的发尾卷起的齐肩短发还要短，发尾有一点弯曲，非常漂亮。她那灰色的眼睛，仿佛不带一丝情绪地在看着你。她走到了我旁边，张开嘴对我笑笑，我看到了她闪闪发亮的牙齿从两片又紧又薄的嘴唇间露出来，尖利得简直和肉食动物有一拼，如同白瓷一般光滑，如同柚子瓣一般洁白。她的脸看起来不太健康，没有什么血色。

她说："哎呀，你长得挺高啊！"

我说："长这么高也不是我能决定的。"

她对我的回答感到很奇怪，瞪着圆圆的眼睛看着我，似乎在思考。我一眼就看出，对她来说，动脑子可不是一件容易的事，虽然我刚才也只是第一次和她见面。

"还挺帅的。"她接着说，"你知道自己挺帅气的，这点我能确定。"

我哼了一声。

"你叫什么？"

"莱利，"我说道，"道戈豪斯[1]·莱利。"

"还真是一个有趣的名字。"那姑娘扭过头，咬着嘴唇，斜着眼睛看我。然后，她垂到了脸颊上的眼睫毛又抬起来，好像拉开幕布一样。她想让我赞赏她，所以才故意摆了这一出。估计她想着，看过她的这个表演后我必然会四脚朝天扑通着打个滚儿。但是她发现我没有在地上打滚儿，于是问道："你是不是职业拳击家？"

"我是一名私家侦探，和拳击家还是有点不一样的。"

"你是一名——"她往后仰了仰头，好像很气愤的样子，在这光线昏暗的大厅里，她头发的光波闪了一下，"你在和我说笑吧！"

"哼——呵。"

"你说什么？"

"你应该听见我说什么了，"我说，"过去吧。"

"你真会开玩笑，你根本就没说话。"她把一只大拇指放在嘴里咬。她的大拇指有些畸形，又细又扁，好像有些人的六指，缺少上面的一

---

[1] 菲利普·马洛在和他开玩笑，说了句"狗窝"（dog house）。

个关节。她的指头在嘴里来回转动，好像婴儿含着乳头一样，一边慢慢地吮着一边咬着。

她说："你简直太高了。"说完就一副非常高兴的样子，也不知道是因为什么，甚至还嘻嘻笑起来。接下来，她脚不离地地转过身体，虽然动作很慢，但却非常灵活，两只胳膊在身体两侧软软地垂下来。她向我扑过来，直接落在我的怀里。这时她只能脚尖点地，如果我不抱住她，她的脑子就会砰地磕到地板上，而那地板上还镶嵌着棋盘。所以我只能搂着她的腰，把她抱起来，但是她立刻就粘在我身上了，就像一坨泥巴。为了不让她摔倒，我必须要紧紧地抱住她。她把头贴在了我的胸前，笑嘻嘻地对着我，而且使劲扭着身体。

"你太酷了，"她笑着说，"我也不错。"

我没有说话，但偏偏就在这个时候，管家从落地窗户里走进来，我抱着这个女孩的一幕正好被他撞见了。

对于这件事，管家好像完全不在意。这个老人大约六十岁，又瘦又高，长着一头白发。他那双蓝眼睛简直幽深得不能再幽深了。他皮肤非常光滑，走起路来时肌肉非常有力。他往我们这边走，慢慢地穿过大厅，我身上的女孩子一下就跳起来了。她像小鹿一样蹦跶着，飞快地跑到了楼梯下面，一下子就不见了，这时候我还没有来得及喘一口气。

管家语调平淡地对我说道："马洛先生，将军现在想要见您。"

"她是什么人？"我把下巴从胸前抬起，对他点点头。

"先生，那是卡门·斯特恩伍德小姐。"

"她已经不是小孩子了，需要改掉那个坏习惯。"

管家用礼貌而又严肃的神情看了我一眼，重复了一遍刚才的话。

2

旁边的落地窗很长，我们从这里走出大厅，来到一条光滑的红石板路上，沿着这条路往前走。红石板路隔开了草坪和车库，一直绕到草坪的另一头。车库里停着一辆零件镀铬的大型黑色轿车，那位年轻的司机又在擦洗这辆车了。红石板路一直延伸到暖房的一侧，管家侧身站在我身边，帮我把门打开。进门后的房间和前厅差不多，里面和火炉一样热。走在我后面的管家，关上了通往室外的大门，然后又把通往内室的门打开。我进来后，发现房间里一团雾气，这里的空气又闷又湿，一进来就闻到一股热带植物开花的甜腻味。一层厚厚的水蒸气蒙在玻璃屋顶和玻璃墙上，植物的叶子被一滴滴大颗水珠敲得啪啪响。房间里的灯是绿色的，感觉非常虚幻，好像从玻璃水缸里透过的光。这房间好像一片森林，到处都是庞大的植物，有一股非常刺鼻的气味，好像在毛毯底下煮烧酒一样。那些树干和叶子又肥又丑，好像刚刚洗过的死人的手指和胳膊。

管家努力不让我的脸被这些又重又湿的叶子碰到，让我从这些植物中穿过。最终我们来到了一块空地上，这六角形的空地位于丛林中间，在圆屋顶的下面。地上铺着一块红色的旧土耳其地毯，上面有一辆轮椅，轮椅上的老人正盯着我们看，他年纪很大，看起来马上就要气绝了。虽然他的眼睛有着我在大厅壁炉肖像里看到的神采和颜色，但他还是马上要油尽灯枯了。除了眼睛以外，他整张脸就像铅色的面具，鼻子尖尖的，嘴唇没有一点儿血色，两只耳朵非常宽大，太阳穴已经凹下去，这都让人感觉到他已经行将就木了。虽然屋子里非常热，但他那又瘦又长的身体，还是紧紧地裹着一件褪色的红浴衣和一条毛毯。他瘦弱的手如同鸟爪子一样，松松地交叠着，在毯子上放着，他的指甲是红紫色的。几缕干枯的白发沾在额头上，好像即将凋谢的野花长在光溜溜的石头上。

管家在这位老人面前站着说："将军，这就是马洛先生。"

老人没有说话，身体也没有动弹，只是点了点头。他看着我，却一点儿神采也没有。管家从后面推过来一把潮湿的藤椅，正好碰到我的腿，我便坐了下来，管家拿走了我的帽子。

这个时候，老人终于开口了："诺里斯，拿白兰地来。先生，你怎么喝白兰地？"他的声音好像是从深井里提上来的一样。

我说："怎样都没问题。"

管家从那讨厌的热带植物里穿过去，将军又开始和我说话。就像一个失业的歌舞女郎节省使用自己最后一双好袜子一样，他很节约自己的力气，语速非常慢。

"我喜欢香槟酒和白兰地掺在一起，杯子下面三分之一是白兰地，香槟像铁匠铺凹地 [1] 一样寒冷。先生，您可以脱下外套，这里面对于一个血管里还有血液流淌的人来说，确实太热了。"

我站起来把衣服脱掉，拿出一块手绢擦了擦手背、脖子和脸。这地方十月份的天气和圣路易斯一点儿都不像。我又坐下来，不自觉地去找纸烟，不过我还是很快停下了动作。我的举动被老人看到了，他对我笑了笑。

"先生，我喜欢烟草味，你尽情地吸吧！"

我点了一根烟，对着他吹了一口，他使劲地用鼻子闻，好像小狗闻老鼠一样。他笑了笑，微微动了动嘴角。

---

[1] 美国的一个小镇。

"身体真是太差了，你看，甚至还要找个替身为我抽烟。"他一点儿表情都没有，"坐在你面前的这个人，享受过显赫的生活，而我这惨淡的余生将如同半死人一样度过，我成了残疾人，下半个肚子只剩下了一半，双腿已经瘫痪。我的睡眠基本不能称为睡眠，和醒着没什么分别，我只能吃一点儿东西。我好像是一只刚出生的蜘蛛，只能依靠热量活着。我需要温度，为了掩饰这点才养了兰花。你喜欢兰花吗？"

　　我说："没那么喜欢。"

　　将军的眼睛眯成了一条缝。"那肥肥的兰花好像人肉一样，那香气就像是妓女的气味，是那种腐朽的甜味。这东西真是让人恶心。"

　　我们身上被潮湿的热气包围着，好像被包在裹尸布里面。我张着嘴盯着他看，老人的脖子好像承受不住脑袋的重量，点了点头。这个时候管家从丛林里走过来，推着一辆手推车，车上摆放着茶具。他给我准备了一杯白兰地，里面加了苏打水，还用一块湿毛巾把装着冰块的杯子包起来，然后又从兰花丛里出去了，没有一点儿声音。他打开了丛林那边的门，然后又再次关上。

　　我一小口一小口地抿着白兰地，老人看着我，舔了舔自己的嘴唇。他把我从头到脚看了个遍，慢慢地抿了抿嘴唇，认真地搓着双手，好像殡仪馆的工作人员一样。

　　"马洛先生，说说你自己吧。我要了解一下你的情况，我认为我有这项权利。"

　　"当然有了，不过我好像没什么要谈的。我上过大学，今年三十三岁。如果有需要，也能做文字方面的工作。我曾经在地方检察官怀尔德先生手下当过探员。其实我们这个行业挺无趣的。一个名叫贝尼·奥尔斯的人，也就是那位检察官手下的探长，给我打电话，说你要和我面谈。我不喜欢警察的妻子，所以还没有结婚。"

"你有些放荡不羁，"老人笑了笑，"在怀尔德手下工作，让你感到厌烦吗？"

"因为我不听话，所以他把我解雇了。将军，我在这方面有些能耐的。"

"先生，我自己也是如此。听到这些话我感到很高兴。您对我的家庭有什么了解？"

"我听说您太太已经去世了，有两个非常活跃而又漂亮的女儿。你的一个女儿有过三次婚姻，最后一次嫁给一个名叫卢斯蒂·里干的人，他曾经干贩卖私酒的活儿，当时他就用这个名字。将军，我就知道这些情况。"

"这些事情中，你觉得有些奇怪的是哪一件？"

"虽然我自己和贩卖私酒的人相处得不错，但我估计问题可能出在卢斯蒂·里干身上。"

他轻轻地笑了笑，尽量节省力气。"我很喜欢卢斯蒂，这倒和你差不多。他是一个爱尔兰人，大个头，卷头发，生在科隆梅尔，虽然总是笑嘻嘻的，不过眼睛有些抑郁。他笑起来会显得非常宽厚，简直就像维尔希尔大道。我第一次见到他的时候，他就给我留下了冒险家的印象——一个偶然用天鹅绒外衣打扮自己的冒险家，这和你的印象差不多。"

"你一定非常喜欢他，"我说，"这可是这个行业的语言，你已经学会怎样使用了。"

他把两只没有血色的手放到了毯子里。我喝光了杯子里的酒，掐灭了烟头。

"啊，如果他还在我身边，那他就是让我的生命得以喘息的人。他给我讲爱尔兰革命的故事，他像一头大猪一样，喝啤酒都是论升的，他可以在出一身汗的时候还连着陪我好几个小时。在爱尔兰革命的时候，他曾当过军官。他在美国的居住不合法，和我女儿做了不到一个月的夫妻，这次婚姻简直太荒诞了。马洛先生，我在把我们家的秘密告诉你。"

"就算告诉了我，那也还是秘密，"我说，"那么他后来有什么问题吗？"

老人呆滞地看着我。"他突然不见了，一个月以前就走了，没有向我告别，也没有和任何人打招呼。他不是在文明社会长大的，我感到受到了伤害。他将来肯定会给我写信的。另外，我感觉自己又被勒索了。"

我问："'又'被勒索？您为什么这么说？"

他伸出了毯子下面的手，拿出一个棕色的信封。"以前卢斯蒂陪着我的时候，所有想要勒索我的人都会自讨苦吃。大约是在八九个月以前，也就是他来到这里的几个月以前，我为了使一个名叫乔·布洛迪的人不要再骚扰我的小女儿卡门，给了他五千块钱。"

我说："呃！"

他皱了皱那稀松的白眉毛说："什么是'呃'？"

我说："没有什么。"

他半皱着眉头，继续盯着我。过了一段时间才说道："再给自己倒一杯白兰地，把这封信拿过去看看吧！"

我从他的膝盖上拿过信，坐了下来，把手心擦了擦，翻过信封，看见上面写着"加利福尼亚州西好莱坞区，阿尔塔布里亚克雷桑三七六五号，盖伊·斯特恩伍德将军"，地址和姓名都是墨水写的，字体是倾斜的印刷体（这是工程师们比较喜欢使用的字体）。信封已经被打开了，我从里面拿出三张硬纸片和一张棕色的名片。名片非常薄，是用亚麻制成的，上面印着"阿瑟·格文·盖格先生"几个金字，没有写住址，只有"收售珍版书籍"几个小字印在左下角。我翻过名片，看到背面写着几行斜体字："将军阁下，里面附有三张赌债欠条，我希望你能够如数偿还，虽然在法律上我不能要求你偿还，但我希望您重视信义。A.G. 盖格谨启。"

我看了看信封里面的几张白色硬纸，都是一些期票，上面是钢笔填写的，日期是九月也就是上个月里不同的几天。"兹向阿瑟·格文·盖格先生借款一千元，没有利息，如果盖格先生需要，我当立刻偿还。卡门·斯特恩伍德。"

这些钢笔字涂涂抹抹，写得乱七八糟，该使用黑点的地方都用的小圆圈。我又给自己倒了一杯酒，一口一口地慢慢品尝，把借条和名片都放在了一边。

将军问我："你有什么想法？"

"没有什么想法。这个阿瑟·格文·盖格是什么人？"

"这我倒是不知道！"

"你问过卡门吗？"

"我没问过，更不想问。就算是我问她，她也不会说话，只会含着自己的大拇指。"

我说："我刚才遇见她了，就在进门的大厅里。她就像你说的那样做出那种动作。她还想到我怀里坐着呢！"

将军脸上的表情没有任何变化，他的两只手仍然一动不动地交叠在一起，放在毯子上面。房间里的热度好像根本不能让他暖和起来，可是我却因此变成了热滚滚的新英格兰大餐。

"我是应该直言不讳呢，"我问，"还是应该含蓄一些呢？"

"马洛先生，我发现你没有什么顾忌。"

"她们两姐妹经常在一起吗？"

"我觉得不怎么在一起，我感觉她们自己走自己的路，而且都通向地狱。虽然薇薇安比较聪明，但她爱挑剔，被宠坏了，心肠非常歹毒。

卡门喜欢把活苍蝇的翅膀扯下来，她还是个孩子。在道德观念方面，这两个人和一只猫差不多。其实我们整个斯特恩伍德家族都没有道德观念，我也是如此。你继续问吧！"

"我觉得她们两个应该都受过很好的教育，应该知道自己在做什么。"

"薇薇安曾经在贵族女子中学读过书，后来又上了大学。卡门曾经在风气越来越开放的中学里上学，三天打鱼两天晒网，直到最后她也没比刚入学的时候有多少长进。看到她没有长进我也不感到难过，这真不是一个父亲所为。不过我已经不能容忍维多利亚式的虚伪了，因为我的生命随时都可能结束，马洛先生。"他闭上了眼睛，把头靠在椅子背上，过了一会儿又突然睁开眼睛，"我认为，也不需要再说什么了，我初为人父的时候已经五十四岁了，所以就算现在遇到了什么事情，也怨不了别人。"

我点了点头，又喝了一口酒，他那又细又瘦的脖子，颜色如同灰土一般，我坐在这里能够非常清楚地看见他脖子上有一条血脉在跳动，那速度简直不像脉搏，因为跳得实在是太慢了。对于这个老人来说，他身体的三分之二已经死掉了，但是他还是相信自己能够活下去，他真的很执拗。

他突然问我："你有什么推测？"

"如果我是你，我就给他钱。"

"理由呢？"

"您可以把很多麻烦都解决掉，而且用不了几个钱。好像还有什么事情隐藏在这件事背后。任何人都不会让你心碎，如果你的心还没有碎的话。只有当您被很多骗子长时间勒索的时候，你才会有所触动。"

他冷冷地说："我不是不要面子的人。"

"有人就想利用您想要面子，这种玩弄人的方法是最容易的。要么求助警察，要么利用您爱面子。他一定能够通过借条要回这笔钱，除非你能够证明他是骗人。他把借条寄给您了，而没有生硬地来讨债，并且明明白白承认这是赌债，说明他把借条留着也没什么用处，他给了您保卫自己的权利。如果他只是偶尔放贷，说明他是个老实人，您应该给他这笔钱。如果他是个骗子，就说明他对此非常精通。你刚才说把五千块钱给了一个叫乔·布洛迪的人，这是个什么人？"

　　"我没什么印象，一个赌徒吧！我的管家，诺里斯，他可能会记得。"

　　"将军，你的两个女儿自己手里都有钱吗？"

　　"薇薇安有，可是不太多。卡门要在成年以后才能得到母亲的遗产，她现在年纪还太小。另外，我给她们两个很多零花钱。"

　　我说："将军，如果你想让我把这个叫盖格的人弄走，我认为我可以做到。不管他是做什么的，也不管他是什么人。我可能还要让你再花一点儿钱，这笔钱不在您应该付给我的酬劳范围内。不过我不能保证他以后不会卷土重来。只要您给他一点儿好处，那么他就不会死心。他的账册已经记下了您的大名。"

　　"我明白了，"他那瘦弱宽阔的肩膀在褪色的红浴衣里面动了动，"你现在说我给他钱也没什么用处，但是几分钟以前你却说我应该给他钱。"

　　"我想要说的是，可能更加轻松、省事儿的做法是让他勒索到一点儿钱，这就是我的全部想法。"

　　"马洛先生，我真担心我的性格太焦躁，你要多少报酬？"

　　"运气好的话，我一天能够赚到二十五块钱，这不包括一些额外的必要花销。"

　　"我明白了。如果想把后背上的肿瘤去除，这个要价不算高。手术要做得非常精妙，做手术的时候应该尽量别让病人感觉到颤动，我希望你能够理解这一点。马洛先生，也许还不止一个瘤子呢！"

我把第二杯酒喝完，擦了擦嘴和脸。胃里填满了白兰地后，还是没有感觉到房间里的酷热好到哪里去。将军的手不断地拉扯毯子，还对着我眨了眨眼睛。

"如果这个人还有那么一点儿仁义，我能不能和他签订协议？"

"可以，我做事情一定要一心一意。这件事就交给你去办了。"

"我一定会找到这个浑蛋，"我说，"他会感到头上的一座大桥坍塌了。"

"我相信你可以。我已经和你说了很长时间，对不起，我已经累了。"老人伸手按下了椅子扶手上的一只电铃，电铃和一根漆黑的电线相连，这里有一个墨绿色的木桶，里面种植着腐烂霉败的兰花，电线沿着木桶一直曲曲折折地延续到房间的门口。他闭上眼睛，又再次睁开，然后在靠垫上躺着，不再搭理我，眼皮都落下来了。

我站了起来，从潮湿的藤椅上拿起我的外套，从一盆盆兰花间穿出去。过了里外两道门以后，我来到了室外，十月的空气真是新鲜，我努力地吸了两口。暖房对面车库前的司机已经走了。管家迈着轻快的步子从红石板路走向我这里，他的后背像一块熨衣板一样，挺得笔直。我穿上外套，在那里站着等他。

他停了下来，距离我大约有两英尺，非常严肃地说："先生，将军吩咐我给您开一张支票，您可以用支票提取您需要的数目。另外，里干太太想在您走之前见您一面。"

"他是怎么吩咐你的？"

管家愣了一下，然后笑了笑："啊，先生，我懂了。他是通过按铃告诉我的，您不愧是侦探。"

"你代表他开支票吗？"

"我的权力是他赋予的。"

"谢谢，我现在不需要钱。这是个好权力，假如你死了，也不会被胡乱一埋了之。里干太太为什么要见我？"

"先生，您来这里的原因让她产生了误解。"他用那双蓝眼睛把我看了个遍。

"是谁告诉她我来到了这里？"

"她的窗户和暖房相对。咱们走进去的时候被她看见了，我不得不告诉她您的身份。"

我说："我一点儿都不喜欢这样。"

"先生，您是想提醒我应该做什么吗？"他的蓝眼睛上落了一层冰霜。

"我没这个想法。但猜测您的职务范围，让我感到非常有趣。"

我们两个互相盯着看了对方一会儿。他用那一双蓝眼睛瞪我一眼，然后就转身走了。

3

这个房间比较大，房门也很大，天花板非常高。从房间的这头铺到那头的白色地毯，好像是刚下了一场雪的阿罗黑得湖。镀着铬的金属装饰镶嵌在象牙色的家具上，房间里到处都摆放着高大的玻璃摆件和穿衣镜，象牙色的宽大窗帘一直垂到白色的地毯上，距离玻璃窗大约有一码远。白色物品被象牙色的家具映衬得更加苍白，如同血液都流光了一般；象牙色则把白色的杂物衬托得非常脏乱。窗户的对面是小山丘，那里似乎越来越阴沉。整个房间都特别闷，就快要下雨了。

我坐到了一张大软椅的一边，眼睛盯着里干太太，这个非常能惹事的女人确实值得瞧一瞧，她正在一张长椅上坐着，这张椅子看起来非常时尚。她放平了身子，甚至都没有穿鞋。

她的两条腿上穿着透明的丝袜，我能清楚地看见膝盖以下的地方，有一条还可以往上看得更深点，她好像就是为了让人盯着看，才把腿摆放出这种姿势。她的膝盖好像脸上的酒窝，肉乎乎的，而不是那种有棱有角的骨头块。她的脚踝又长又细，小腿非常漂亮，这线条富有旋律而又非常优美，好像完全可以写出一首乐章。她体格健壮，身材又瘦又高，那黑色弯曲的头发从中间分开，眼睛黑漆漆的，非常热情，就好像是大厅里的肖像那样。她的下巴很漂亮，嘴也很漂亮，嘴角略微下垂，让人感觉有点抑郁，下嘴唇非常饱满。

这时她拿着一只酒杯，抿了一口，从酒杯的边上看着我，目光非常冷淡。

"你竟然是一个私人侦探，"她说，"我本以为这种人会穿着油腻腻的衣服，在旅馆里偷偷摸摸地打听八卦消息，或者存在于书里面，除此之外，我还不知道世界上竟然有这种人。"

对于她这些话，我左耳进右耳出，丝毫没有在意。她把酒杯放在那又扁又平的扶手上，手指上的绿宝石戒指闪闪发光，然后又理了理头发，慢慢悠悠地说："你喜欢我爸爸吗？"

我说："当然喜欢。"

"啊——哈！你应该已经知道谁是卢斯蒂了，父亲非常喜欢他。"

"嗯哼！"

"有的时候他是一个俗不可耐的人，非常现实，但他是一个真实的人，爸爸认为他非常有意思。虽然父亲没有直接说出来，但他不声不响就走了，确实让父亲很伤心，他不应该这样。我父亲已经都跟你说了吧？"

"的确说了一些。"

"马洛先生，你可能不是一个喜欢说话的人。我父亲是不是让你把他找出来？"

"是，也不是。"就在她要停止说话的时候，我非常有礼貌地看着她。

"这算什么回答？你觉得能办到吗？"

"我没有说我要帮助他找人，你们为什么不去联系寻找失踪人口的部门呢？我只是一个人在努力，他们却是一个整体。"

"哦，父亲不想招惹警察，"她的眼睛又一眨不眨地沿着酒杯边缘看着我。没多长时间，她就喝完了酒，按了一下电铃。这时从一扇门里进来一个女佣。这黄色长脸的女佣，是一名中年妇女，一个长鼻子，两只大眼睛水汪汪的，没有下巴，看起来非常温顺。从整个外表上来看，她像是一匹温顺的老马，被使用了多年以后又放到了牧场上。里干太太对着她指了指已经空了的杯子，她又去调了一杯酒，送了过来，然后就走出了房间。从头到尾，她都没有看我这边一眼，也没有说一句话。

门关上了以后，里干太太说："好吧，你打算怎么处理这件事，和我说说吧！"

"他是怎样逃跑的？是什么时候逃跑的？"

"我爸爸没有告诉你？"

我歪着头对她笑了笑，她突然就脸红了。她的黑眼睛非常有神，看起来非常愤怒。"你为什么不能告诉我？我真不知道你为什么要保密。"她很气愤，"另外，你的态度也让我相当讨厌。"

"我也不喜欢你的态度，"我说，"是你来找我的，而不是我要来见你的。你在这里喝着苏格兰威士忌，和我摆架子，我可以不在意。你向我展示你的腿，我也可以不在意。能够认识你是我的幸运，你的腿确实非常漂亮。我的态度的确不友好，不过是否能让你喜欢跟我一点儿关系都没有。冬天的漫漫长夜里，我也经常为自己的态度感到难过。不要继续浪费时间来跟我套话了，这才是最重要的，其他的一切都无足轻重。"

她使劲儿地把手里的杯子摔到椅子的扶手上，酒杯里的酒晃了晃，洒在了象牙色的靠垫上。她突然放下两只脚，在我面前站下。她握紧拳头，可以看到手指已经白得没有了血色。她的鼻子已经膨胀起来，眼睛里都是怒火，一张开嘴就露出了闪闪发光的牙齿。

她气呼呼地说："你是第一个这样和我说话的人！"

我坐在那里对她笑了笑，她轻轻地闭上嘴，低头看了一眼洒在垫子上的酒。她坐在了旁边的椅子上，一只手托着下巴。

"你这浑蛋简直太漂亮了，我的天，我真想用一辆别克轿车砸到你身上。"

我在大拇指的指甲上划了一根火柴，这次竟然划出火了，真让我感到意外。我向空中喷着烟圈儿，等着她继续往下说。

"我讨厌轻狂傲慢的人，"她说，"非常讨厌。"

"里干太太，你到底有什么好害怕的？"

她的鼻子好像被人掐了一下。她的眼睛在最开始的时候是泛着眼白的，没多长时间就黑了起来，直到最后完全成为黑色的。

"他不是为了这件事儿才让你来的。"能够听得出来她的怒火还没有完全消散，说话的语气还不是很自然，"我在说卢斯蒂的事儿，是他的事儿吗？"

"你还是问他自己吧！"

她又燃起一股怒火："他妈的，给我滚，给我滚！"

我站起来了。她又非常不客气地说："给我坐下！"我坐下以后，等着她继续说。我掰了一下手指，发出"嘎嘣"的声音。

"请吧，"她说，"请坐。如果我爸爸想让你找到卢斯蒂的话，你应该能找到他——"

虽然她弄了这一出，但还是没有什么用。"他是什么时候走的？"我点了点头问她。

"大约在一个月以前，那是一个下午，他什么话都没说就自己开车走了。后来他们找到了他的车，在一个私人的车库里。"

"什么是他们？"

她的整个身体好像都轻松了，人也变得乖顺起来，对我抛了个媚眼。"看来他没有把这件事告诉你呀！"她好像是在和我斗智斗勇中取得了胜利一样，声音里都带着兴奋，说不定她真的胜利了。

"确实说了。他和我说了里干先生的事儿，他不是为了这点事儿来找我的。你就是想问我这个吗？"

"我对这个一点儿都不关心，他愿意和你说什么就说什么。"

我站了起来，说："那我就告辞了。"她没有说话。我走到了那扇白色大门前，我进来的时候就经过了这道门，回头一看，就看到她像小狗用牙啃地毯一样，用牙齿咬着嘴唇。

我从她的房间里走出去。管家手里拿着我的帽子，也不知道他是从什么地方蹿出来的。我把帽子戴上，他给我开了门。

"里干太太没有想见我，"我说，"你搞错了。"

他那银色的脑袋点了点，非常有礼貌地说："我总是弄错事情。对不起，先生。"然后就在我后面把门关上了。

我在台阶上站着，花坛一层比一层低，树木修剪得非常整齐，我一边看着，一边吸着烟；看着最下面的铁栏杆把整个府邸围起来，这些铁栏杆都有闪亮的尖角。在两边挡土墙的中间，有一条蜿蜒的汽车车道，这条车道一直通向打开的大铁门。铁栏杆的那边连续几英里都是景色优美的山坡；这一边则比较低，那些油井的木头井架依稀可见，斯特恩伍德家族就是靠这些油井发迹的。现在这里修建得非常整洁，大部分都已经建成了公园。这块地被斯特恩伍德将军捐献给了市政府，不过还有一小块地方往外喷油，有一处处油井，每天可以生产五六桶油。已经搬到山上去的斯特恩伍德一家，闻不到这里腐烂的臭空气，也闻不到刺鼻的石油味。如果他们想的话，仍然可以从房子前面的窗户远望，看到让他们富起来的那些家伙。不过我认为他们对此没有什么兴趣。

我的汽车停靠在街道上的一棵大胡椒树下。我沿着一条砖路走，经过一层又一层花坛，沿着铁栏杆，我一直走到了大门。我能够闻到空气里弥漫着雨腥的气味儿，就要下雨了。远处山坡的上空出现一片片阴郁的黑紫色，山上已经惊雷阵阵。我应该先支起折叠的帆布篷，然后再把车开到城里。

我可以毫不夸张地说，她的两条腿非常美。她和她的父亲是两位可爱而又值得尊敬的市民。她父亲想让我做本来属于律师应该做的事儿，他只是想试探我，阿瑟·格文·盖格先生专门收藏珍版书籍，就算同时也是一个勒索犯，这还是一件律师应该做的事儿。除非还有很多隐藏在这件事下面的东西。我认为如果能够一一发现这些隐情，我会感到非常高兴，虽然我现在的观察非常粗糙。

我驱车来到好莱坞的公共图书馆，为了粗略地研究一下，借了一本名为《著名初版书》的厚厚的大书。翻看了半个小时，我就感觉自己有吃午饭的欲望了。

4

在大马路靠近拉斯帕玛斯一带路的北面，有一家门面房就是 A.G. 盖格书店。店铺的正中是书店的大门，走过去一段，能够看到铜窗框的橱窗，从外面根本看不到书店里边是什么样的，因为橱窗上悬挂着中国式窗帘。各种各样的东方小饰品安置在书房里面，我平时不收藏古董，只积攒需要付账的账单，所以并不清楚这些东西值不值钱。一块厚厚的玻璃镶嵌在店门上，我从外面看不到书店的里面，只能看到里面并不是特别明亮。书店的一边是金光闪耀的珠宝店，另一边就是这座楼房的入口。在门口站着的珠宝店老板摇晃着身子，看起来非常无聊。这是一个犹太人，个子非常高，头发已经花白，他长得很漂亮，穿着黑色的衣服，显得非常瘦，右手戴着一枚钻石戒指，大约有九克拉。看到我进了盖格的书店后，他嘴上笑了笑，一副了然的样子。我轻轻地关上门，看到了一块又大又厚的蓝色地毯，从一面墙延伸到另一面墙，我就从这上面走过去。房间里摆着蓝皮子的软椅，椅子旁边有一个小台子，客人可以在这里吸烟。很多封面印着花纹的书籍摆放在墙上的玻璃格子里。整洁的长条桌子上有一些夹书板，中间夹着几套封面印着花纹的书籍。这些摆设都是骗人的，开设企业的大老板会阔气地一码一码地买下来，然后给每一本都贴上"某某藏书"的标签，再把这些书摆起来。书店的后面有一道木隔扇，隔扇上刻有花纹，中间有一道小门，门是关着的。一面墙和隔扇围成了一个小角落，角落里有一张小桌子，桌子上摆着一个雕花的木头台灯，一个女人坐在桌子后面。

　　这女人慢悠悠地站起来，她穿着一件紧身的黑衣服，在这灯光下，没有任何亮闪闪的感觉。她的腿很长，一扭一扭地走过来，我很少在书店里看到有女人这样走路。她长着棕色的眼睛，眼睫毛团成个小圈，头发是金黄色的，从耳朵上一直梳到后脑勺，看起来非常顺滑，耳朵上戴着两颗闪闪发光的、漆黑色的宝石，好像大纽扣一般。她的指甲染成了银灰色。她说话的样子一点儿都不优雅，虽然这副打扮看起来非常符合潮流。

　　她走到我身边，身上的性感足以打乱商人的午宴。她有点乱但又不是特别乱的头发微微闪着光。她歪着头，理了理头发，试探性地笑了笑，如果再努力一点，她的笑容就会变得非常魅惑。

她问我："你想找本书吗？"

我已经戴上了角质框架的太阳镜，把声音提高了一度，如同一只在叽叽喳喳鸣叫的小鸟。"有没有1860年出版的《宾虚》？"

"那是什么东西？"她很想这样说，但她没有说。她轻轻地笑了笑："是第一版吗？"

"第三版，"我说，"在116页有一个印刷错误，就是这一版。"

"我们现在没有，真抱歉。"

"那么，《欧迪奥邦骑士》呢？我要1840年的，而且我要全集。"

"啊，现在也没有。"她咕噜地叫了一下，好像小猫一般。现在她的笑容已经落到眉眼和牙齿上了，好像是在思考它掉下来会不会砸到什么东西。

我还是用假嗓子礼貌地说："你们这里是不是卖书的地方？"

她看了看我，脸上的笑容收起来了。她的身体僵硬起来，眼神介于严肃和平常之间，在玻璃书柜上挥了挥她的银色指甲，嘲讽了我一句："你看那里摆的都是什么——难道是葡萄？"

"哦，要知道，我对这些东西不感兴趣。上面还有复制下来的铜版画——黑白的一便士，彩色的两便士。这些东西哪儿都能买得到，一点儿都不值钱。我对这些不感兴趣，对不起！"

"我明白了，"她很想用千斤顶再次撑起脸上的笑容。她非常恼火，就像得了腮腺炎的市政议员一样，"盖格先生出去了，说不定他可以。"她看着我，好像什么都不能放过一般。就像我不知道怎样指挥马戏团里的跳蚤演戏一样，她根本就不懂得珍版书籍。

"他过一会儿能回来吗？"

"能回来，但估计要很晚。"

"不幸啊，"我说，"哎，简直太不幸了。我想抽支烟，并且在你们这舒服的椅子上坐一会儿。除了要上三角课以外，我下午没有什么事儿，也不需要动脑子。"

"随便，"她说，"随——便，你可以随便。"

我在一张椅子上坐下来，放松身体。桌子上放着一个圆形的镍制打火机，我就拿这打火机点燃了一根烟。她还在那里站着，眼神有一些迷茫，牙齿咬着下嘴唇。最后她点了点头，慢慢地转过身，回到角落里自己的小台子边上。她继续在台灯的后面盯着我，我搭起两只脚，打了个哈欠。她伸出了银指甲，想拿起台子上的电话机话筒，但又把手拿开了。她放下手后，轻轻地在桌子上敲了起来。

室内非常安静，大约持续了五分钟，门开了，一个人轻轻地走进来。他的身材非常高大，长着一个大鼻子，脸上带着饥渴的表情，手里拿着一根手杖，一进来就使劲儿地甩上门，快步来到女人坐的那个角落，把一个纸包放到桌子上，从衣服里掏出一只皮钱包。这皮钱包是海豹皮制成的，边角包金。他让那个黄头发的女人看了看里面的东西，女人按了一下桌子上的电铃，这位身材高大的家伙就走到了木板隔上的小门前，打开一条缝，侧着身体蹭了进去。

我的第一根烟已经吸完了，又开始第二根。时间过得非常慢，一分一秒地耗着。马路上一直响着各种车辆的喇叭声。一辆红色的市际公共汽车呼啸而去。就在交通指挥灯改变信号的时候，一阵铃声响起。黄头发女人把手靠在胳膊肘上，用手把眼睛捂上，然后在后面盯着我看。那道门开了，那个高个子拿着手杖走出来了，手里拿的好像是一本被包起来的图书，到台子前付款。他出去的时候，大口地喘着气儿，脚后跟着地，和进来的时候一个德行。从我身边经过的时候，他还使劲儿地斜着眼睛看了我一下。

我站了起来，对着金发女郎摘下了帽子，就跟着那个人出去了。他一边走一边不停地甩着手杖，在自己的右脚边画出小弧形。他是往西边去的。这个人的肩膀很宽，脖子就像芹菜秆一般伸出来，穿着一件颜色非常艳丽的粗呢绒制成的外套，走起路来摇头晃脑。跟踪这个人非常容易。我跟在他后面走了一个半街区，经过高原路路口的时候，我趁着红灯亮起来的时候，在他身边站下，有意让他看到我。开始的时候，他只是随意看了看我这个方向，但突然又斜着眼睛看了我一眼，并且立刻转过头去。绿灯亮了，我们走过高原路，又来到了一个街区，他迈开两条长腿，到了转弯的地方，就已经把我甩到了二十码以外。他拐到了右边的一个斜坡的街上，走了大约一百英尺后，在那里停了下来，把手杖挂在胳膊上，从口袋里掏出一个皮质的烟盒，嘴里叼着一根香烟，然后把火柴扔到了地上，低头去捡火柴。趁着这个时候他转过头看了看我，发现我正在街角看着他，就好像我踹了他屁股一脚一样，立刻挺直身体，迈开两条腿，跟跟跄跄地往斜坡上走。他一边往前走，一边用手杖敲着人行道。他又转到左边，在我走到他转弯的地方时，他已经至少超过我半个街区了。我追他追得气喘吁吁的。这条窄窄的街道两边都种有树木，一边是三栋花园平房的庭院，一边是挡土墙。

他跑得没影了。我在这条街上四处张望，在平房的院子前，看到了一个东西，这是一个名叫"拉巴巴"的房子，光线很暗，院子里静悄悄的。两边有两排平房，都被树荫遮住了。平房中间的甬道上种植的是意大利柏树，这些树木被修剪得又短又粗，像《阿里巴巴和四十大盗》里面的油缸一样。一只颜色艳丽的袖子在第三个"油缸"后面动了一下。

我在街边的一棵胡椒树上靠着，在这里慢慢等他。远处的山谷里再一次雷霆阵阵，向南奔去的一层又一层的乌云里，闪电一闪一闪地亮了起来。天空偶尔落下几滴雨，在人行道上留下了几个镍币大小的水点。空气非常闷，就像斯特恩伍德将军的兰花暖房一样。

那只袖子又从树后面露出来，然后一只眼睛、一个大鼻子、没有戴帽子的黄里带红的头发露出来了，他在盯着我。没多长时间，他就不见了，好像啄木鸟似的，另一只眼睛在大柏树的另一边出现。这样过了五分钟，我已经对他了如指掌了。其实像他这样的人都神经兮兮的。我听到后面响起了划火柴的声音，然后又有口哨声响起。没多长时间，草地边的一个身影就蹿到了另一棵树后面，然后来到了甬路上，直接走到了我这边。他一边吹口哨，一边甩着手杖，他只是在假装镇定，能够听得出来他口哨吹得不太对劲儿，他心里存在恐惧。他抬头看了看天空，天空中到处都是乌云。在距离我十英尺远的时候，他终于走了，再也不看我了。他已经藏起了那东西，现在终于安全了。

我一直看着他在我的视线内消失，然后来到了拉巴巴中间的甬道上，把第三棵柏树的树枝分开，我拿到一本书，这书用厚纸包着，我把它夹在胳膊下面带走了。这一路没有人命令我把这东西放下。

5

我走回马路，来到一家商店，用里面的电话查到了阿瑟·格文·盖格先生的地址——拉弗内，这是一条横向的街道，连接着月桂谷大道和山腰。出于单纯的好奇心，我往电话里丢了一枚硬币，拨通他家的电话，不过没人接。通过电话本里的类别查询，我找到此时所在街区附近的几家书店，然后记了下来。

我来到了马路的北边，遇到了第一家书店，在底层专门出售办公用品和文具，面积非常大；在第一层和第二层之间，有一个摆放着不少书的夹层房间。我找的地方好像不是这样的。我又去找第二家书店，过了马路，向东走了两个街区。这个又窄又长的店铺倒是有点像，店铺里面堆放着很多书，从天花板到地板到处都是。有四五个打发时间的人，他们都在看闲书，在新书的护封上按下自己脏兮兮的手印，也没有人出来管一管。我一直走到书店的最里面，来到了一间隔扇里边，看到了一个皮肤黢黑的女人，她正在桌子旁边阅读一本法律书。

我打开皮夹，放到了桌子上，把皮夹里的工作证给她看。她看了以后把眼镜摘下来，身体靠在了椅子上。我收起了皮夹。这个犹太女人带着智慧的面孔，皮肤紧致。她没有说话，只是看着我。

"能不能帮个忙？一件小事儿。"我说。

她声音有些沙哑，也带着平滑感："什么事儿，我也不知道能不能帮忙。"

"你知道往西走的马路对面，有一家盖格先生的店铺吗？大约距这里两个街区。"

"我可能路过他的店门。"

"那是一家书店，"我说，"不过和你们这样的书店不一样，你知道是为什么吗？"

她什么都没说，嘴巴向上翘了翘，表示非常不屑。我问她："你见过盖格吗？"

"我不认识他。先生，对不起！"

"也就是说，你不能把他的长相告诉我？"

"凭什么让我告诉你？"她又翘了翘嘴角。

"我还真不知道凭什么，如果你不想说，我也不会强迫你。"

她看了看窗户外面，又把身体倚在了椅子上："是不是要给我看一看警察局长的证件？"

"那代表着警察局长的荣誉，不比一支雪茄或者是一毛钱更值钱，那东西纯属是瞎玩儿的。"

"我明白了。"她拿出一包烟，晃出了一支，用嘴叼住，我划了一根火柴递给她，她表示感谢。然后她又在椅子上靠下，通过一层烟雾看着我，非常小心地说：

"你不打算和他见个面，只想知道他长什么样？"

我说："他不在店里。"

"他总是要去自己店里的，我认为他会去的。"

我说："现在我还不想直接跟他面对面交谈。"

她又打开门看了看外面。

"你了解珍本书籍的事儿吗？"我问她。

"你可以考一考我。"

"1860 年版的《宾虚》，你们这里有没有？也就是第三版，在第 116 页有一行印重了。"

她把黄色的法律书推到了一边，拿出另外一本大书，放到了桌子上，翻翻自己要找的地方，看了以后说："什么都没有。"她根本就没抬头，说了一句："并不存在这个版本。"

"是的。"

"你到底耍什么花招？"

"盖格书店的那个女人就不知道。"

"我懂了，"她抬起头，"你让我很感兴趣，隐隐约约感兴趣。"

"我正在查一个案子，其实我是一个私家侦探，我有很多事可能需要你帮忙。但我觉得这些事都是小事一桩。"

她吐出一个烟圈儿，灰色的烟圈儿飘荡在空中，她用手点了点，烟圈儿就一点一点地散开了。她继续吸烟，什么也没说。"据我猜测，他应该是有点胖，中等身材，大约刚过 40 岁，体重有 160 磅，陈查理式的胡子 [1]，脖子很粗，脸非常胖，肌肉松弛，全身的肌肉都松松

---

[1] 这是一种中国式的胡子，陈查理是由美国侦探小说家厄尔·德尔·毕格斯塑造的华裔夏威夷侦探。

垮垮的。平时不戴帽子，穿得非常讲究。他一点儿都不懂古董，但还假装是个行家里手。啊，想起来了，他的左眼是假的。"

我说："如果你是警察的话，应该非常出色。"

她把参考书放到桌子上的一个书架上，说道："我一点儿都不想当警察。"然后又打开了前面的法律书，戴上了眼镜。

从这家书店离开前，我对她表示了感谢。外面已经开始下雨了，我把那本包好的书夹在胳膊下面，从里面跑出来。我的车停在和盖格先生的书店正对面的一条街上，那是一条对着马路的横街。我已经淋湿了，可还没有跑到汽车那里。我跌跌撞撞地跑到了汽车上，赶紧摇起两边的玻璃窗户，用手帕把纸包擦干，然后又打开了这个纸包。

至于里面是什么，我当然非常清楚。这是一本装订非常考究的大厚书，纸质优良，印刷精致。书里面附了不少整页的艺术照，不管是文字还是照片，都非常淫秽，不堪入目。这不是一本新书，书的扉页上印着借书和还书的日期，这本书是专门用来出租的。这是一家出租黄书的书店。

我重新包好了书，锁在座位后面的车厢里。大马路上居然有一家这样的黑书店在光明正大地营业，他的后台一定很硬。我在那里坐着，一边听着外面的雨声，一边吸着纸烟的毒物思考这件事儿。

6

阴沟里已经满是雨水，甚至都流到了外面，马路上的积水已经没过了膝盖。身材高大的警察们穿着闪闪发光的像炮筒子一样的油布雨衣，一些女孩子在叽叽喳喳地笑着，警察把她们抱过水深不好走的地方，这个游戏对他们来说都非常有趣。车篷不断地被雨点敲打，发出打鼓一样的声音。帆布篷已经开始漏雨了，脚下面也积了一摊水，为此我要专门找一个地方放脚。对于这个季节来说，这场雨有点太早了。我费了很大劲儿把一件军用的胶里雨衣穿上，跑到最近的一家杂货店，买了一品脱威士忌。为了让情绪振奋起来，也为了让身体热乎起来，我一回到车里，就喝了一大半。我的车已经在这里停了很长时间，不过警察们都忙着吹哨子，忙着抱雨里的女孩子，根本就顾不上来找我麻烦。

虽然下着雨，但盖格书店的生意非常好，可能也正因为下雨生意才好。书店前面停了很多非常漂亮的汽车，里面走出来的顾客每个人的胳膊下面都夹着纸包，个个穿得光鲜亮丽。并不是只有男人才来这里。

盖格终于出现了，此时是下午四点多钟。铺子前面停了一辆奶白色的小轿车，他低头从车里出来，就在他走进铺子的时候，我一眼就看见了陈查理式的小胡子和他的大胖脸。他穿着一件系着腰带的绿色皮雨衣，没有戴帽子，从我这个角度看不到他的假眼睛。店里面走出来一个帅气的男青年，他穿着皮夹克，个子很高，把汽车停到书店的后面，又走了回来。这时他的头发已经沾到了额头上，显然都已经淋湿了。

又过了一个小时，天色黑了起来。漆黑的街头好像已经吞没了为数不多的光亮，大雨里商店的灯光显得非常昏暗。有轨电车驶过去，像生气一般发出叮当声。大约在五点一刻，那个穿着夹克的高个子青年从屋子里面走出来了，他拿着一把雨伞，把停在后面的奶白色轿车开了过来，汽车开到书店门口的时候，盖格先生从里面走出来，小伙子为他撑着雨伞。然后把雨伞折好，甩了甩上面的雨水，递到了车里面，又飞快地跑到屋子里去。我也跟着启动了汽车。

轿车沿着马路驶向西边，我也必须向左掉转车头。好几辆过路的汽车都被我的行为惹火了，一辆电车的司机对我说了几句很难听的话，甚至还把头伸到了车外面骂我。盖格先生的轿车已经开出了两个街区，这时我才把车开进快车道。我有两三次看到了他的汽车，我内心希望他这是在回家的路上，最终我追上了他。这时候已经转到了月桂谷大道，这是一条上坡路，他走到了一半车子就向左掉转车头，开上一条水泥路。我知道这条湿淋淋的路就是拉弗内街，这是一条非常狭窄的街，一边是高坡，一边是景色优美的山坡，山坡上建造了几处小房子，所以这里的房屋不比路面高出多少。这一带的树木都湿漉漉的，不停地往下滴着水，所有的房子前面都有一道矮树丛屏障。

我没有开车灯，不过盖格开了。我加快速度，在一个转弯的地方超过他。从一座房子前面经过的时候，我看了看门牌号，然后到了一条街的尽头，把车驶进了一条横街。车库里车灯发出的亮光斜射了出来，盖格先生的车已经停下了。有一块方形的树木屏障位于他房子前面，正好完全挡住了房子的前门，我看着他打着伞从车库里走出来，穿过了门前的篱笆。房间里的灯亮了，从他的行为看，他并没有猜到我正在跟踪他。前面的一座房子看起来是空的，我轻轻地把车开到了这里，不过这里并没有看到出租或者出售的牌子。我把车停了，把玻璃窗放下，喘一口气。我在车里面坐着，拿出酒瓶喝了几口酒，时间一分一分地慢慢过去。我觉得我应该在这里等着，但不知道自己在等什么。

山下开来两辆小汽车，一路开到山顶上，很少有车辆经过这条街。六点以后，天已经完全黑了，大雨里亮起了更多明亮的车灯。在盖格住房前面，一辆小汽车停下来了，车熄火了，钨丝灯也灭了。打开车门，走出了一个女人，这个女人身材苗条，穿着透明的雨衣，戴着一顶流浪儿的便帽，走进了迷宫似的篱笆。我模模糊糊听到了门铃声，然后一道光从房门里闪到大雨里。四周一片安静，门关上了。

我从汽车的储物箱里拿出手电筒，下车来检查这辆新开过来的车。这是一辆褐红色的帕卡德牌硬顶敞篷车，也可以说是深褐色的。左边的车窗没有摇上去，我伸手摸到了一个塑料套，里面夹着行车证件。我用手电筒照了一下，上面写着"地址：西好莱坞区，阿尔塔布里亚克雷桑三七六五号，车主：卡门·斯特恩伍德"。我又回到车里坐下，我的膝盖不断地被车篷上的雨水敲打。我的胃里填满了威士忌，如同着火了一样。我的汽车对面的房子一直没有开灯，也没有汽车从山下开过来。这个环境倒是非常适合干点坏事儿。

　　七点二十分，一道如同夏日闪电一样刺眼的光芒从盖格的房间里闪了出来。房间里传出一声尖叫，不太大，但非常清脆，然后就在这淋雨的树林里消失了。一切又被黑暗吞没了。我从汽车里跳出来，那声音的回声完全消逝的时候，我还没有走到盖格的房门前。

　　这是一声非常没有道理的、白痴一般的尖叫，为了喝了酒以后的疯狂，或者是一种有趣的震惊，并没有恐惧，不过这声音让人想呕吐，让我想起了带有能系牢手脚的皮带的小硬床、带着栏杆的窗户，还有穿着白衣服的男护士。我从篱笆的空隙中爬过去，绕过遮掩着大门的方形树木屏障，再也听不到盖格房间里的声音了。大门的门环是一只咬着铁圈的狮子，我伸出手抓住了铁圈，就在这一刻，房间里响起了砰砰砰的三枪，好像是在等待信号似的。然后有人叹了一大口气。接下来好像有什么重东西掉到了地上一样，响起了"扑通"一声，后面就是有人逃跑的脚步声。

　　门前的马路非常窄，好像是横亘在峡谷上的一座窄窄的桥，连起这边的房屋和那边的高岸。房屋前面没有空地，也没有门廊，更没有通向后门的小路。后门的门外倒是有几级木头台阶通往底下的窄巷。我熟知后门的情况，有人跑下去了，那一阵阵咚咚咚的脚步声就是从后门的台阶上传来的。接下来我听到了呼呼声，这是汽车发动的声音。

很快，汽车就在远方消失了。我好像听到了另外一种汽车的声音，但是不太肯定。我前面的房子又安静了，好像墓地一样。反正在屋子里的人根本跑不了了，所以我也不着急。

我骑在甬道边的篱笆上，落地窗没有挂着窗帘，但却有轻纱遮着，我努力向窗户伸去身体，想从纱帘连接的地方看看里面发生了什么。我只能看到书橱的一角和墙上的灯光。我回到了下面的甬路上，从甬路的一边，甚至还要倒退几步才能到篱笆里。我使劲儿用肩膀撞了一下，想冲开大门。这真是愚不可及的行为，正门是所有加利福尼亚住房里唯一无法闯进去的装置，我气得差点疯了，而且肩膀撞得非常疼。我从篱笆爬过，踹了落地窗一脚。我把手用帽子裹起来，取出小窗户下面的碎玻璃，剩下的事情都非常容易。这个时候我可以把手伸进去，拉开窗户的插销。窗钩一推就开，窗户没有上插销。我到了房间里，扯开了蒙在脸上的纱帘。

房间里有两个人，但有一个人断气了，所以他们对我打破窗户进来的方式都没有理会。

7

这间房间很宽敞，宽度基本和这所房子相等，天花板非常低，本色的木柱上挂着日本和中国的图画，一幅幅中国刺绣挂在棕色的灰泥墙上，书柜非常低，地毯是桃红色的，非常厚，如果一只金花鼠在上面待一个星期，恐怕连鼻子也露不出。很多软垫和丝织品扔得满地都是，好像只要是在这里住的人都可以随意地拿一件摆弄一番。屋里还有一个长沙发，宽大而又低矮，上面铺着玫瑰色的织锦，几件衣服扔在沙发上，还有一件淡紫色的丝绸内裤。两盏落地式台灯都罩着翡翠色的橙色灯伞，另外还有一盏很大的雕花灯，下面还带着一个底座。房间里有一张黑色的书桌，四个奇形怪状的雕塑装饰在四角。书桌后面有一把乌木椅子，椅背和扶手都雕着花纹，上面铺着黄色的缎子坐垫。房间里充斥着不同的气味儿，有让人呕吐的乙醚味儿，也有刺鼻的火药味儿，很明显这些气味都没有散去。

一张比较矮的台子安置在房间的另一边，台子上有一把高背的柚木椅子，卡门·斯特恩伍德小姐在上面坐着，一块带流苏的橘红色披肩被她压在屁股下面。她挺直地坐在椅子上，两只胳膊平放在椅子的扶手上，两只膝盖并拢，姿势就像是端坐着的埃及女神。她的下巴摆放得非常端正，嘴唇微微张开，还能够看到嘴里那闪闪发光的洁白的小牙齿。她的整个眸子好像被石板色的灰眼盖住了，这双眼睛简直属于一个疯子。她的姿势不像是失去了知觉，但又好像失去了知觉。她好像在做一件事儿，而且似乎认为这件事对她非常重要，甚至一定要做好。她嘴里呵呵地笑着，不过嘴唇没有动，脸上的神情也没有改变。

她的耳朵上戴着一对很长的玉耳环，应该值几百美元，这对耳环看起来非常漂亮。她身上什么都没有，除了这对耳环。

她的身体非常美，肌肉丰满、密实，身体细腻而又纤瘦。在灯光的照射下，她的皮肤散发着如同珍珠一样的色泽。两条腿非常美，但并没有像里干夫人那样，看了就让人感到非常诱惑。我看了看她，没有感受到任何情欲，也没有感到难为情，在我看来这只是一个傻子吃了麻醉药而已，并不是一个在房间里坐着的裸体女子。她在我眼里永远是一个接近傻子的人。

我转移了目光，开始去看盖格。盖格躺在地板上，在中式地毯外边的穗子旁边。一个图腾式的杆子立在他的前面，一个像鹰头一样的东西安在杆子上面，鹰的大眼睛是相机的镜头，这个镜头正对着椅子上坐着的裸体女孩。一个黑色的闪亮灯泡放在图腾杆的另一边。盖格穿着黑缎子的睡裤，脚上穿着一双厚底的中国式拖鞋，上半身穿着绣着花的中国褂子，前胸的褂子上沾满了血。他身上最有生气的东西，就是那一只玻璃眼睛，我感觉它在发亮。他早就断气了，我听到的三声枪响全部击中了，我一下子就看出来了。

我刚才看到的一道白光，估计就是这闪光灯爆发出来的，那个吃了麻醉药的裸体女孩面对镁光的时候，应该发出了疯子一般的尖叫声。另外一个人想增加一个出乎意料的结局，所以就射出了三枪，这个人就是从后门跑掉，钻进汽车逃跑的人，我不得不敬佩这个人的奇思妙想。

一只红漆托盘摆放在黑色桌子的另一边，一只大肚子酒瓶和几只镶嵌着金丝的犀角杯放在托盘上。酒瓶里装着棕色的液体，我把盖子打开闻了闻，闻到了另外一种和乙醚比较相似的东西，估计是鸦片酊。我一点儿都不奇怪在盖格家里能发现这样的东西，虽然我从来没有使用过这种混合剂。

我听着北面的玻璃和房顶被雨点敲打的声音，此外没有鸣笛声，也没有汽车声，什么声音都没有，只有雨滴不停的敲打声。我脱下了身上的雨衣，来到了沙发的前面，抓了一把女孩子脱下来的衣服，其中有一件是淡绿色的短袖女衫。我实在是不想帮她扣乳罩的扣子或者帮她穿上内裤，所以我决定让她自己穿上内裤，这和礼貌没有关系，虽然我的确认为我可以帮她把衣服穿上。我把她的衣服拿到椅子边，在几英尺以外，我都能够闻到斯特恩伍德小姐身上散发的乙醚味儿，她的下巴上有一道口水，嘴里还不断地发出"呵呵"的声音，虽然这声音很轻。我给她一巴掌，她就不再呵呵笑了，而且还眨了眨眼睛，我又打了她一下。

"过来吧，"我用轻快的语气说，"咱们要穿上衣服，你要听话。"

她看了我一眼，石板一样的眼神非常空洞，就像是面具上的窟窿。"滚——滚——蛋。"她叫了一声。

　　我又给她几巴掌，她还是没有清醒过来，所以根本就不在意。我开始帮她穿衣服，她好像也不在意。她让我举起她的胳膊，而且似乎认为这个姿势非常可爱，甚至还插着手指头。我把她的胳膊塞到了袖子里，又从背后把衣服拉下来，然后扶她站起来，她瘫在我身上，还在呵呵地笑，我又把她推到椅子上，帮她穿上鞋。

　　"过来，走两步，"我说，"咱们好好走两步。"

　　我们走了几步，其中有一半的时间好像是两个人在慢慢地跳舞劈叉，有一半的时间是她的耳环敲打在我的胸上。我们走过盖格的尸体，然后又走回来，我让她看了看盖格，她认为盖格的姿势非常可爱，并且打算把自己的想法告诉我，但是只有白沫从她的嘴里溢出来，她还在呵呵傻笑。我把她扶到了沙发前面，让她躺下，她笑了一会儿，打了两个嗝，然后就迷迷糊糊地睡着了。我把她的内衣塞到了自己的口袋里，走到图腾杆的右边，上面还有一个相机，这里面并没有装着底片的暗盒，我在地板上找了一下，没有找到，于是想着可能盖格已经将它从相机里取出来了，然后才被枪击。我把他那冰凉无力的手抓住，翻过他的身体，还是没有找到。事情发展成这样，是我非常不愿意看到的。

　　我来到了这座房子里的最后一间，在这里观察了一下。最后面是一间厨房，右边有一间浴室，还有一个上了锁的房间。厨房的窗帘已经不见了，窗户也被撬开了，窗台上露出窗钩被扯掉的痕迹。后门没有上锁。我并没有理会，转过身看了一下左边的一间卧室。卧室非常整洁，好像是女人住过的，因为收拾得非常用心。床上铺着的床单已经皱了，下面放着男人的拖鞋。梳妆台上装饰着三面镜子，另外还有手卷、香水、男人用的刷子、一些零钱，还有一串钥匙，衣柜里的衣服都是男人的，这房间是盖格的。我拿着钥匙来到了起居室，打开了书桌的抽屉，抽屉里放着一个铁匣子，匣子已经上了锁，我用钥匙打开，看见了一个蓝皮本，里面记着一些密码，都是按照数字和字母顺序的索引排列的，这是斜体印刷字，和斯特恩伍德将军收到的勒索信上的字体完全一样。我把这个皮本子塞到口袋里，擦掉我在铁匣子上留的指纹，然后锁上抽屉，装好钥匙，关掉壁炉里取暖的煤气，把雨衣穿上。我想叫醒斯特恩伍德小姐，但我根本做不到，我只能把那顶便帽给她戴上，帮她裹上外衣，把她抱到外面她的汽车里。我又回去把所有灯都关掉，再把前门关好，从她的皮包里找到汽车的钥匙，发动这辆帕卡德汽车。我把汽车开到山下，但是没有打开车灯。我用了十分钟来到了阿尔塔布里亚克雷桑。在这期间她一直往我脸上喷乙醚，一直在打呼噜。我只能不让她靠到我的怀里，但是不能让她不枕着我的肩膀。

8

一道昏暗的亮光从斯特恩伍德公馆侧门的长条玻璃门缝里漏出来。我在楼前的汽车道上停下帕卡德汽车，掏出口袋里的东西丢在车座上。倒在角落里的卡门还在打呼噜，她的两只手紧紧地塞在衣服的褶皱里，她的帽子已经歪倒在鼻子上，好像死人一般。我下了车，按下门铃，一阵慢悠悠的脚步声从里面传来，好像是从那极其遥远的地方传来一样。门开了，满头白发的管家看着我，后背挺得笔直，他的头发在大厅灯光的照射下，好像笼罩在光环里一样。

他说："先生，晚安。"他非常有礼貌地看着我，然后又看了看我身后的帕卡德牌小汽车。

我问："里干太太在家吗，先生？"

"先生，她不在。"

"我觉得将军正在休息。"

"是的，他最好的休息时间就是吃过晚饭的时候。"

"里干太太的女佣在不在家？"

"先生，你是说马蒂尔德吗？她在家里。"

"这件事需要一个女人来做，你最好把她叫出来。你看看车里就知道发生了什么。"

他看了看车里，然后转过身，"我明白了，"他说，"我这就去叫马蒂尔德。"

我说："马蒂尔德应该知道怎样照顾她。"

他说："我们都会照顾她，都会尽最大努力。"

我说："我认为你们已经熟练了。"

他没有理我这句话。"那么，再见了，"我说，"这件事就交给你处理了。"

"先生，就这样吧，需要我帮您叫一辆车吗？"

"绝对不需要，"我说，"你看到的都是幻觉，其实我根本就没有来到这里。"

他笑了笑，对我点了点头。我转过身，沿着车道走出了大门。

我在这被雨水冲刷的曲曲折折的街道上走了十个街区，身体不断地被树上的雨滴敲打。我来到了一个灯火通明的大宅子前，这个房子非常大，那里面的庭院似乎非常阴沉。这楼房建在远处的山坡上，我只能模模糊糊地看到敞亮的窗户、房檐和山墙。它非常遥远，就好像是森林里的迷宫，让人感觉无法靠近。我来到一处汽车服务站，里面的灯光非常亮（这真是一种浪费），玻璃房间里面到处都是雾气，凳子上坐着一个职员，他穿着蓝色风衣，戴着白帽子，正在弯腰看报纸，看起来非常无聊。我想进去看看，于是就直接走过去了。我现在全身都淋透了。

在这样的夜晚，你就是胡子长长了，也不一定能等到出租车过来。另外，如果你在这段时间乘坐了出租车，汽车司机永远都不会忘记你。

我再次来到了盖格的住处，大约走了半个多小时。其实我走得非常快。街上没有其他车，我的汽车就停在雨里面，孤单得像一只没有主人的野狗。我拿出车里面装着黑麦威士忌的酒瓶，一口气把剩下的半瓶倒进了嘴里。我钻进汽车，点了一根烟，吸了一半就扔掉了，然后又从汽车里出来，来到了盖格房子的前面。我用钥匙打开门，走进了这个暖和而又安静的黑暗世界。我在那里站着，听着雨滴落地的声音进屋了。我碰到了一盏台灯，然后按下开关。

虽然我刚才并没有数，但我一眼就看出墙上少了几幅绣花的锦缎。现在墙上的几块赤裸的棕色墙皮看起来非常显眼。我往前走了几步，打开另外一盏灯，我看了看图腾杆，还有下面中式地毯的边缘，那里应该有盖格的身体，可是现在本该躺着的尸体却不见了，光溜溜的地板上倒是多了一块刚才并没有铺在这里的地毯。

看到这里，我浑身发凉。我斜着眼看了一下图腾杆上的那只玻璃眼珠，牙齿已经咬住了嘴唇。我里里外外走了一遍，发现房间里的物品和我刚才进来的时候相比，根本没有发生变化。盖格没有在床底下，也没有在那张铺着皱边的床单的床上；没有在浴室或厨房里，也有没有在壁橱里。只剩下右边那个上锁的房间，盖格的一串钥匙正好能打开这个房间的锁。我对这间房间非常感兴趣，不过里面也没有盖格的尸体。这间房间和盖格的卧室完全不同，这正是我感兴趣的地方。这是一间男性的卧室，里面的布置非常简洁，几块绘有印第安民族图案的小地毯铺在光滑锃亮的地板上，房间里有一张深色带木纹的写字台，两把直靠背椅子。写字台上摆着两个一英尺多高的蜡烛台，蜡烛台上插着黑色的蜡烛，另外桌子上还有一套男人用的化妆工具。这张硬床非常窄，上面铺着棕色的印花床单，整个房间给人的感觉都阴气沉沉的。我再次锁上门，用手绢把门把手擦了擦，来到了外面的房间里，在图腾杆的旁边停下。我在地上跪下，侧着头检查大门到地板之间的地方，我看到了两道平行的小槽，好像是脚后跟拖地留下的印记。这里面肯定有问题，不管这事儿是谁做的。相比于破碎的心，死者的尸体要更加沉重。

这肯定不是警察做的，如果有警察，他们一定忙得停不下来，一会儿照相，一会儿用绳子测量，每个人嘴里还要叼着一支五分钱的雪茄，还要使用粉末显示指纹，他们一定还没有走，必然还留在这里。而这个人走得非常仓促。我认为也不是杀害盖格的凶手干的，凶手一定看到了卡门·斯特恩伍德，但至于她昏迷的程度，他也说不准，不确定她是否能认出他来。这个时候凶手一定在路上，他想要逃往远方。不过我能确定，有人想杀掉盖格，而且还想要毁尸灭迹。凶手这么做倒是符合我的心愿，至少我可以得到一个再次检查清楚的机会，而且在报案的时候，也不用牵扯到卡门·斯特恩伍德。我锁上了大门，发动汽车，开到家里去。我洗了一个澡，换上干衣服，吃了晚餐，虽然晚餐太迟了。我在自己的房间里坐着，一边思考盖格皮本子上的密码，一边喝着加了热水的威士忌。我能确定这是一些人名地址列表，很有可能是他的一些顾客。一共有四百多个名字，就算是没有勒索的事情（我能确定肯定有勒索的事儿），也能让他狠狠地赚一笔意外之财。谋杀盖格的嫌疑犯可能是名册上的任何一个人，如果把这个名册交到警察手里，那么他们的差事可让我羡慕不来。

我的胃里装满了威士忌，就这样上床了。我非常沮丧，因为事情遇到了麻烦。我做了一个梦，梦到一个穿着中式裤子的人浑身沾满了鲜血，正在追着一个戴着长耳环的裸体姑娘。我在后面追赶这两个人，用一只没有装胶卷的相机给他们拍照。

9

第二天，天空的乌云都已经消散，阳光和煦，天又放晴了。我醒来的时候，嘴里感觉好像塞了一只开车的手套一样。我喝了两杯咖啡，看了几份晨报。关于阿瑟·格文·盖格先生事件的消息，还没有一家报纸报道。我的外套已经被雨淋湿了，我正在想办法把上面的褶子弄平，这时候电话响起来了，是贝尼·奥尔斯打来的，他是地方检察官的探长，就是他介绍我去给斯特恩伍德将军办事的。

"最近怎么样？身体好吗？"他说，从他说话的声音可以听出来，他没有欠下很多债，而且睡眠也不错。

我说："我昨天晚上喝得有点多。"

他笑了两声，不以为然的样子，然后又随便说了一句："你见到斯特恩伍德将军了吗？"带着那种警察习惯所用的、假装不在意的语气。

"啊——哈。"

"你帮他做事了吗？"

"雨下得可不小啊。"我说，假如这也能够算是回答的话。

"他们家的一辆大别克汽车，在里多渔轮码头附近掉进了海里。这一家人总是出事儿。"

我已经屏住了呼吸，使劲儿地拿着听筒，就差把听筒捏碎了。

"的确如此，"他仿佛还有一点高兴，"一辆非常漂亮的、全新的别克轿车，却被海水和沙子弄得乱七八糟……哦，车里还有一个人，我差点就忘了。"

我的呼吸好像悬挂在嘴唇上，我慢慢地往外呼气，问他："是里干吗？"

"什么？谁？你说谁？啊？我没见过这个人，如果你说的是那个贩卖私酒的人，他们家的大女儿和他交个朋友，然后又结婚了。在那个地方，他还能够闹出什么事儿？"

"不要废话，你的意思是还有别人到那个地方玩乐。"

"兄弟，这我怎么会知道？我要去看一看现场，你要不要和我一起去？"

"那就去吧。"

"那你给我快点，"他说，"我在办公室里等你。"

我穿好衣服，刮了刮脸，随意吃了点早饭，用了不到一个小时就到了法院。我坐电梯来到了七楼，走到了一排办公室前，这些都是检察官下属们的办公室。奥尔斯独享一间办公室，虽然他的办公室不比别的房间宽敞。他的办公桌上有一套廉价的墨水壶、一本记录册、一支墨水笔，另外就是他的帽子和一只脚，别的什么东西都没有。他长着又硬又白的眉毛，淡黄色的头发，非常整齐的牙齿。他的目光很安静，虽然相貌一般，但我曾经正好看到过他打死了九个人，而且其中三个人已经拿枪瞄准他了，至少有人认为他被瞄准了。

他站了起来，往口袋里塞了一盒小雪茄，好像是"幕间休息"牌雪茄。他嘴里叼着一支烟上下摇晃，抬着头看了我好一会儿。

"那人不是里干，"他说，"我已经核对过了，这是一个年轻的小伙子。里干比你还重一些，个子很高。"

我什么话都没说。

"里干为什么跑了？"奥尔斯问，"这件事是否引起了你的兴趣？"

我说："没有。"

"不过要用脑子好好想想这件事，假如一个酒贩子和一位有钱的小姐结婚，但后来又扔掉了他的几百万财产和漂亮的妻子，我想他们家一定有秘密，这话倒是不能乱说。"

"啊——哈。"

"那好，你就不要说了。我一点儿都没生气，伙计。"他走到桌子这边，拍了拍口袋，拿起了桌子上的帽子。

我说："我没有在寻找里干。"

他锁上了门，我们来到楼下的公共停车场，坐上一辆蓝色的小汽车，出了日落大道。我们偶尔按了几次报警器，闯过红灯。这个早晨真是太清爽了，空气中有一点点寒冷。如果你内心没有什么沉重的东西，你就会觉得这生活又美好又单纯。不过我的心里有一块大石头。

只用了三刻钟，奥尔斯就到达了目的地。这时候汽车滑了一段路，最后停在了已经掉色的拱门前。我从车里伸出腿，我们下了车，看到了从拱门通向海里的栈桥，桥两边立着白柱子栏杆，大约是 2×4 英尺。在栈桥的最外边，有一小群人正在往海里看。拱门下边一个骑着摩托车的警察正在阻拦一些想要去栈桥上的人。有很多看热闹的人把汽车停在公路的两边，有男人也有女人。奥尔斯给警官看了看自己的徽章，我们两个就走上了栈桥。走上栈桥之后立刻闻到一股刺鼻的鱼腥味儿，这气味并没有在这一夜大雨后消散。

"汽车在那里——在那个电气驳船上。"奥尔斯夹着雪茄的手指了指远方。

一艘又低又矮的黑色驳船停在桥头，船上有一个轮机室，看起来这艘驳船应该是一只拖船。在阳光的照耀下，甲板上有个亮闪闪的东西，铁链上系着从海里捞上来的一辆黑色大轿车。起重机的长臂已经恢复原位，在甲板上平放着。有好几个人在汽车的周围站着，我们从又滑又湿的台阶走到了驳船的甲板上。

奥尔斯与一个穿着便衣和一个穿着卡其色警服的警官打了招呼。

三个船员靠在轮机室前面站着，他们嘴里都咀嚼着烟草，还有一个人正拿着一块非常脏的浴巾擦着湿漉漉的头发，估计就是这个人潜入水中，用铁链锁起汽车的。

我和奥尔斯观察了一下汽车，车前面的保险杠已经被撞弯了；一个车灯翘了起来，但玻璃还算好；而另一个车灯已经撞碎了。整个车身上镀镍的地方和油漆都撞坏了，散热器的盖子上有一个很大的洞。车里的座位已经成了黑色的，而且到处都是水，不过车胎没有坏。

汽车司机仍然在方向盘的右边卡着，他的脑袋靠在肩膀上，不过这个姿势非常不自然。这是一个黑头发的年轻人，身材瘦高，他在不久以前一定非常帅气。现在他苍白的脸上泛着乌色，张着嘴，嘴里面都是沙子，眼皮儿耷拉下来，眼珠子暗淡无光。在他白色的皮肤上，前额的左角有一块发青的伤痕，看起来非常突兀。

奥尔斯向后退了两步，喉咙里发出一个不清晰的声音，他划着了火柴，点燃了嘴上叼着的小雪茄。

一个穿制服的人指了指栈桥一边看热闹的那些人。一个人正在摸着那 2×4 英尺的木桩，木桩上被撞出一个豁口，豁口非常大。被撞坏的木桩，好像新砍的红松一样，露出黄色的干净的木头茬儿。

"撞得非常严重，就是从那个地方掉下去的，昨天晚上九点左右，这里已经不下雨了，其实雨很早就停了。从这点可以发现，雨停了以后车子才掉入海里；因为海水比较深，所以汽车的损坏不算严重；而且汽车没有滑到更远的地方去，说明很可能不是潮水最高的时候滑落的；汽车没有被冲挤到桥桩上，所以更有可能是落潮的时候掉落的。今天早上有人来这里钓鱼，发现了水里的汽车，我们又找了一个驳船把它捞上来，发现还有一个人在汽车里。"

穿着便装的警察用脚尖儿刮了刮甲板，奥尔斯斜着眼睛看了我一眼，嘴里的雪茄像一根纸烟一样摆动。

"是因为醉酒了吗？"他问道，并没有针对哪个人。

一个人走到船的栏杆边，大声咳嗽了一下，就是刚才用浴巾擦头发的人，所有的人都开始看向他，"沙子都进嘴里去了，"他吐了一口，"已经不少了，虽然没有那位年轻的小伙子嘴里那么多。"

穿着制服的人说："估计是喝醉了，醉鬼经常一个人在大雨里开车转悠。"

"是喝醉了才怪呢！"便衣警察说，"脑壳外侧有一处击伤，手控油门也只开了一半，我认为这是谋杀。"

奥尔斯看了看那个拿着浴巾的人，问他："朋友，你觉得是怎么回事儿？"

看见有人问自己，拿着浴巾的人非常高兴，一脸笑容地说："麦克，我觉得是自杀。虽然这事和我无关，但既然你问我了，我就要说这是自杀。首先，这个人被冲到水里以前，在马路上留下了一道痕迹，你看这痕迹又直又深，现在还清晰地印下了轮胎上的商标，这说明这件事儿发生在雨停了以后；其次，车撞得非常猛，非常干脆地撞在了栈桥上，否则车应该横过来掉不下去，从这一点看，可能是在掉下来的时候，他的头被撞伤了；汽车撞在栏杆上的时候，已经开足了油门，所以节油阀开得应该大于一半，不过可能在落水的时候，他的手偶然被碰了一下。"

奥尔斯说："朋友，你眼力不错。他身上有什么东西吗？有没有搜查过？"他转过身面对警察局的代表。警官看了看我，又看了看几个坐在轮机室里的船员。奥尔斯说："算了，不管这个了。"

这时候从码头上走过来一个提着小提包的人，他身材矮小，戴着眼镜，一脸疲惫。他在甲板上找到一个干净的地方，放下了皮包，然后把帽子摘下来，揉了揉后颈，盯着海水看了一会儿，好像不知道自己为什么来这里，也不知道这里是什么地方。

奥尔斯说："医生，你有事情干了。我们只知道，这是昨天晚上从码头上掉下来的，可能是九点、十点发生的。"

矮个子医生看了看尸体，面色阴沉。他在尸体的头上摸了摸，用一只手转动了几次，又仔细地看了看额头上的伤痕，然后在尸体的肋骨上摸了几下，把尸体一只瘫软的手拿起来，看了看指甲，接下来让手从空中落下去，观察下落的姿势。他向后退了两步，从提包里面拿出一本印好的尸检报告，加了一张复印纸，然后开始填写表格。

"死因是脖颈折断，这非常明显，"他一边写一边说，"也就是说，他没有喝很多水，所以，一旦他被从水里捞出来，尸体很快就会僵硬。最好在他还没有变硬前，把他弄到汽车外面，不然就麻烦了。"

奥尔斯点头嗯一声。"他死了多长时间？"

"这不好说。"

奥尔斯瞪了他一眼，取出了嘴里叼着的雪茄，看了一眼。"医生，很高兴认识你，作为一名验尸官，你看了五分钟，还不知道人死了多长时间。这可真是怪事一桩。"

矮个子医生笑了笑，笑容非常苦涩，他把表格放回到皮包里，把铅笔卡在了衣服上。"如果这个人昨天晚上吃了晚饭，或者假设我知道他什么时候吃了晚饭，我就能够告诉你死亡时间，可是五分钟可不够。"

"他脑袋的伤是怎么回事？——是掉落的时候撞击的吗？"

矮个子的医生又查看了一下伤痕。"我认为不是，在他还没死的时候，皮下就已经出了很多血，这是用裹起来的凶器击伤的。"

"是用裹了皮的铅头棍棒击伤的吗？"

"有这个可能。"

医生点了点头，拿起甲板上的皮包，顺着台阶走上了码头，一辆救护车正在拱门外倒车，他直接就上去了。奥尔斯看了我一眼说："咱们走吧，是不是不值得来这一趟？"

我们沿着栈桥走到岸边，上了奥尔斯的汽车。汽车开到马路上，沿着一条有三条快慢车道的公路返回城里。雨水把公路冲刷得非常干净。透过车窗，可以看见外面疾驰而过的小山丘，这些小山丘覆盖着多层黄色的沙砾和粉红色的苔藓，绵延不绝。海面上有几只海鸥在盘桓，正在扑向海浪上的什么东西，更远处的空中好像悬浮着一艘白色的游艇。

"你认识这个人吗？"奥尔斯翘了翘下巴问我。

"认识。我昨天还看到他在擦洗这辆汽车。他是斯特恩伍德家的司机。"

"马洛，我不是要质问你。你要告诉我你为他们家办的事儿是否和这个人有关系，这就够了。"

"我连这个人的名字都不知道。当然没关系。"

"他叫欧文·泰勒。你猜我是怎么知道的？这件事说起来非常有意思，大约在一年以前，我们曾经关起了这个家伙，罪名是诱拐妇女。听说当时他要和斯特恩伍德家的二小姐去尤马，但被她姐姐追上了，然后他们就被弄回来了。我们拘留了欧文，不过第二天，她姐姐又亲自跑到了检察官那里，请求检察官马上放他出来，为这个司机请求宽恕。据她说，这司机想和她的妹妹结婚，但她的妹妹并不知道。她妹妹以为只是在酒吧畅饮一番，然后再开个酒会。所以我们就放了他。但我们并没有多余的时间去关注他们还会不会雇用那位司机。没多长时间，我们就收到了华盛顿寄来的欧文的指纹和档案，这是规定的办案程序。在过去的六年里，这个人在印第安纳州也犯过事儿，曾经因为抢劫未遂而被判了六个月的徒刑，就关在蒂林杰逃跑的那座县城监狱里。我们把这份材料交给了斯特恩伍德家，不过他并没有被开除，你对这件事怎么看？"

"这家人很奇怪。"我说，"他们知道昨天晚上的事情了吗？"

"不知道，我要去通知他们。"

"如果可能的话，不要惊动那位老人了。"

"你什么意思？"

"他的身体不太好，他已经为很多事儿耗费心力了。"

"你是说里干的事？"

我挑了挑眉。"我告诉你，我一点儿都不知道里干的事儿，我也没有在寻找里干，而且据我所知，根本就没有人为他操心。"

奥尔斯"噢"了一声，然后就开始盯着车窗外的大海，安静地思考，车子差一点儿从路面滑出去。我们没怎么说话，就这样一直开到城里。在好莱坞中国戏院附近，我下车了，然后他掉头驶向西面的阿尔塔布里亚克雷桑。我在一家餐馆吃了午饭，看了一眼今天下午的报纸，盖格被害的消息仍然没有报道。

吃过午饭后我沿着大马路往东边走，想去看看盖格的书店有没有什么新的情况。

10

商店门口站着那个身材瘦弱的黑眼睛的珠宝商，和昨天下午的站立姿势完全一样，当我走进书店的时候，流露出的眼神也和昨天下午一样，还是彻底把我看了一遍。书店里没有什么变动，墙角的小书桌上那盏灯仍然亮着。桌子后面的灰黄头发的女人站了起来，昨天我就看到她穿着很像小山羊皮的黑色衣服，她脸上带着像笑又不笑的表情，就像昨天那样。她往我这边走了过来。

"你要——"她刚说了两个字就住口了，银色的指甲在身体上来回摩擦。她虽然在笑，但表情简直是在扮鬼脸，根本不是笑，这笑容太勉强了，不过她自己还认为自己在微笑。

"我再一次来了，"我一边抖了抖手中的纸烟，一边用那种叽叽喳喳的轻快的语调说，"今天盖格先生在吗？"

"对……对不起，我认为没在，他不在家，对不起！我想想——你想要——"

我摘掉墨镜，轻轻地敲击左腕的内侧，我努力的目标是成为一个体重190磅还能表现出英俊潇洒的样子的人。

"我上次说了几本初版书，但那都是假装的，"我小声地说，"我有一点儿想要的东西，其实早就想要了，不过我要小心一些。"

她用银色的指甲理了理浅金色的头发，头发里面的小耳朵上戴着一只黑色的耳环。"啊，你是个推销员，"她说，"那么，你可以明天再过来，我觉得他明天应该会来的。"

"你还装什么，"我说，"我们都是同行。"

她眯起了眼睛，就像水潭里映射着森林深处的波光一样，留下一丝浅绿色的光亮。她盯着我，用指甲抠着掌心，甚至都停下了呼吸。

"什么意思？我可以去盖格先生家吗？他生病了吗？"我非常不耐烦的样子，"一趟趟地到处跑，我可没那个闲工夫。"

"呃——你——"她好像噎住了，我以为她会立刻晕倒，然后摔一跤。她全身都在发抖，脸好像是裂成了八瓣，成了一张酥脆的馅饼，不过她还是费了很大的劲儿重新拼起了裂开的几块，就好像使用意志力举起一件非常重的东西一样。她再次恢复了笑容，眼角和嘴角都弯起来，不过看起来很不协调。

"没有，"她喘了一口气说，"他不在城里，也没有生病，即使你去他家，也没用处，你可以明天再过来吗？"

我想说什么，张了张嘴，但突然看见隔扇上开了一道缝，差不多有一英尺宽，一个身穿紧皮上衣的帅气年轻小伙子往外伸了伸头。他紧紧地抿着嘴唇，一脸苍白，看到我以后赶紧关上门。不过就在这一开一关的时候，我看到了几口木箱摆在里面的地板上，箱子里垫着报纸，每只箱子里都装着一些书，松松散散的，一个穿着工作服的人正在忙着收拾箱子，看起来正在向外运送盖格先生的一部分财产。

门关上了以后，我碰了碰帽檐，戴上了墨镜："我可以给你一张名片，明天再说吧，不过你应该也清楚，干我们这行的——"

她颤抖了一下。"我知道，干我们这行的。"涂着唇膏的嘴发出来轻轻的啧啧声。我从书店走出去，沿着马路走到西边的一个拐角，然后又沿着横街往北边走，最后到了书店后面的一个小巷子里。书店后面停着一辆黑色的小卡车，这两款车没有任何标记，车厢圈着铁丝网，车尾正对着书店的后门，那个穿着全新工作服的人正在把一只木箱扔到车里。我再次来到了大马路上，在书店旁边的一个街区找到了一辆出租车，这辆出租车停在消防水龙头的旁边。司机是一个小伙子，看起来傻乎乎的，他正在方向盘的后面阅读一本冒险杂志。我把头伸进车窗里，让他看了看手里的一元钞票："能不能去追一辆车？"

他把我全身看了一遍说："警察？"

"私家侦探。"

他一脸笑容地说："杰克，我就喜欢干这个。"他让我上了车，然后把杂志插在反光镜后面。我们从街区的后面绕过去，在盖格书店对面的一条巷子里的一个消防水龙头旁边停下。

在书店后面停着的卡车大约装了一打木箱子，这个时候，那个穿工作服的人关好车厢后面的铁丝网，然后扣上后挡板，坐到方向盘的后面。

我对司机说："盯着他。"

那个穿工作服的人启动了汽车，前后观察了一下巷子，迅速将车驶向另一个方向，然后向左转，从巷子里拐了出去。我们沿着同样的路线开了过去。卡车向东拐了，我看他上了富兰克林大街，便让司机和他靠得近一点儿，不过司机没有靠得更近，有可能是他做不到。直到前面的卡车开出两个街区，我们才上了富兰克林大街。汽车进入葡萄树大街，穿过之后进入了西大道。我们原本一直能看到前面的卡车，但是我的司机太笨，被拉开了距离，西大道上车又多，所以上了西大道之后就只看到两次卡车。我向他说明这一点，而且非常严肃。卡车远远地开在我们前面，已经转了一个弯儿驶向了北方，进入了一条名叫布利塔尼广场路的街道。我们的汽车也进入了这条街道以后，就看不到前面的卡车了。

隔着车窗的玻璃，我的司机和我说了什么话，让我不要着急。我们的汽车缓慢地爬上了山坡，时速只有四英里。我们在所有的树丛后面寻找那辆不见的卡车。过了两个街区以后，布利塔尼广场路向东转，和兰德尔广场路在一块空地上交会。一栋白色的公寓楼耸立在这块空地上，地下车库对着布利塔尼广场路，前门对着兰德尔广场路。当我们的汽车经过这栋高楼时，我那傻乎乎的司机安慰我说，反正不会离得太远。就在这个时候，我看了看楼房下面的车库拱门，正好看见我们跟踪的卡车进去了，然后打开了后门。

我们把车开到公寓楼的正门，我下了汽车，大厅里没有电话台，也没有人，只有靠墙放着的一张木质桌子，桌子旁边有一个镀金的一格一格的信箱。我看了看信箱上的名字，四零五号房间住着一个叫约瑟夫·布洛迪的人。斯特恩伍德将军曾经为了一个叫乔·布洛迪[1]的人不再纠缠卡门，给了他五千块钱，让他去找别的女孩子们玩。我敢打赌，这位乔·布洛迪就住在这里。

---

[1]　约瑟夫的昵称就是乔。

我绕过一段短墙，来到了自动电梯和铺设花砖的楼梯口的入口，电梯的盖子和地板位于同一水平面。有一道门开在电梯升降通道的旁边，上面写着"车库"两个字。我把这扇门打开，楼梯非常狭窄，我顺着楼梯走到了地下室。电梯的门是开着的，那个穿着新工作服的人正在堆箱子，累得上气不接下气。我点了一根烟，站在旁边看着他，他不喜欢我这么看着他。

　　没过多久，我问他："老兄，你可不要超重。这些箱子要送到哪儿去？这架电梯只能载半吨重的东西。"

　　"四零五号，布洛迪，"他嘀咕一句，"你是管理人员吗？"

　　"嗯，看起来能发一笔财。"

　　他对我翻了一个白眼，"装的都是书，"他的态度不太好，"真是太重了，每箱有一百磅，我只能够背七十五磅。"

　　我说："不要超重，你小心一些。"

　　他往电梯里塞了六个箱子，然后走进去，关上电梯门。我沿着楼梯来到了门厅，又走到大街上，我仍然要乘坐那辆出租车回到市区我的办公室所在的大楼。司机给了我一张业务名片，这张名片的角已经被折过了，我给了他不少钱。电梯入口处有一个装着沙子的陶瓷盆，我没有随手把名片扔进去，而是带回到房间。

　　我有一间半房子，位于七层楼靠后街北面。前半间分成两部分，是我的接待室和办公室，门上什么都没写，只有接待室的门上写了我的名字。我担心我出去的时候会有客人来找我，还担心客人不愿意坐下来等我，所以这间小房子从来不锁门。

　　果然有一个客人在等我。

11

　　她穿的是男士衬衫，系着领结，外穿浅棕色带花点的呢子外套。脚上穿着皮鞋，这种手工订制的皮鞋非常适合走路。她今天没有把两条腿露给我看，不过她的袜子还是和那天穿的一样薄。她戴着一顶罗宾汉式的女帽，帽子下面藏着黑亮的头发。买下这顶帽子总也得五十美元，不过看上去，只要是有一双手，有一张吸墨纸，就可以做出一顶。

　　"你起床了，嗯？"她说着皱了皱鼻子，似乎对我屋里的陈设不满意。我房间里的摆设有两把不成对的安乐椅、一张掉色的红沙发、一张儿童用的书桌，还有早就应该送到洗衣店洗一洗的网格窗帘，桌子上放了几本很能骗人的杂志，这是为了让人感觉到有些办公室的氛围。"我以为你应该和马塞尔·普鲁斯特一样，在床上工作。"

　　"谁是马塞尔·普鲁斯特？"我嘴里叼着一根纸烟，盯着她问。她神色有些紧张，脸上有点苍白，不过看上去是一个能够在紧张的情况下还能够镇静地使用大脑的人。

　　"你不可能知道的，一个颓废派的艺术家，一个法国作家。"

　　"算了，别说他了，"我说，"要不要到我的'寝宫'里去？"

　　她站起来，说："我不是很有礼貌，咱们两个昨天并不谈得来。"

　　"我们两个人都没有礼貌。"我说，然后用钥匙打开了通往隔壁的门，让她进去。我们到了我这套房子的另外一半，屋里有五个绿色的文件夹（其中三个装满了加利福尼亚的气象记录），还有一张已经用了很多年的红棕色地毯，一个某家公司赠送的加拿大五胞胎小女孩儿月历，上面印着五个小女孩在蓝色的地板上打滚儿，这五个小女孩儿都穿着粉红的衣服，漆黑发亮的大眼睛好像特别大的干梅子，还长着黄色的头发。房间里还有三把仿胡桃木的椅子、一张办公桌、笔筒、吸墨纸、烟灰缸、一部电话机，任何办公室都会有这些，另外办公桌后面的转椅已经嘎吱嘎吱响了。

她在办公室的另一边坐下说："对于门面，你好像不太注意。"

我走到了门边的信筒，里面塞着四件商业宣传品、两张明信片、六个信封，我把它们取了出来，把帽子挂在了电话机上，然后在椅子上坐下。

"平克顿[1]对门面也不讲究，"我说，"如果要老实一点儿做事，那我们这行可赚不了多少钱。如果想要把门面装饰起来，那就说明，要么希望赚钱，要么正在赚钱。"

"嗯，你算是老实人吗？"她一边打开自己的提包一边问。她从一个法国式珐琅烟盒里取出一根纸烟，用打火机点着，然后把打火机和烟盒都放回包里，没有扣上提包。

"我正在努力地老实。"

"那么，这一行可不是很干净，你为什么要干呢？"

"你为什么和一个贩卖私酒的人结婚呢？"

"咱们可不可以不要再吵了，老天啊！我今天一大早就在给你打电话，往你的住处打，也往这里打。"

"和欧文的事有关？"

她的声音变得很轻柔，脸上的肌肉绷住了。"欧文真是太可怜了，"她说，"那么说这事儿你已经知道了？"

"我跟着一个地方检察官的手下去了一趟。其实他知道的比我多，可他打算从我这里知道点什么内幕。欧文曾经想和你妹妹结婚，确实

---

[1] 美国的一家私人侦探事务所，历史非常悠久。

曾经想过，这他都知道。"

她抽着烟，一句话也不说。她那双黑色的眼睛盯着我，一眨都不眨。"这个主意倒还真不错，"她的语气非常平稳，"他爱上了她，在我们的交际圈里，这种事儿并不多见。"

"警察局里有他的档案。"

她毫不在意地耸了耸肩膀说："在这个浑蛋国家里，犯罪案件总是不断，警察局里的档案只能说明他过去结交的人都不怎么样。"

"对于这点，我并不想往深里追究。"

她脱下了右手手套，一眨不眨地盯着我，啃着食指的第一个关节："我不是为了欧文的事来找你的。我父亲究竟为了什么找你，你还不想告诉我吗？"

"我是不会告诉你的，除非他同意。"

"这件事和卡门有关吗？"

"我也不能说。"我把烟丝装满烟斗，然后用火柴点着，吹着烟圈儿。她看了一会儿后，一只手伸进了没有关的皮包，拿出一个纸糊的白信封，把信封扔到桌子这边来。

她说："你自己看看吧！"

我把信封拿起，收信人的地址和姓名都是打字机打的：西好莱坞区，阿尔塔布里亚克雷桑三七六五号，薇薇安·里干夫人收。一个专门递送邮件的服务所派的人送出了这封信，时间是上午八点三十五，从邮戳上可以看到这些信息。我打开信封，里面只有一张有光照片，4×3英寸大小。

这是卡门的照片，当时她坐在盖格摆放的矮台子上的那把高背柚木椅上，她戴着耳坠，身上一丝不挂，就好像刚刚来到这个世界上一样。她的眼睛非常疯狂，已经超出了我记忆中的样子。照片后面什么都没写，我把照片放到了信封里。

我问："他们开价多少？"

"如果想要拿回已经冲洗的照片和底版，那么要五千块。这笔买卖要在今天晚上达成，否则就会交给专门揭人隐私的小报。"

"他们通过什么方式提出了这个要求？"

"在我接到信封半个小时以前，一个女人给我打了电话。"

"所谓的揭露隐私的小报都是吓唬人的。如果遇到这种案子，陪审团当场就会判决，根本就用不着退席商议，还有其他事儿吗？"

"是的，"她看了我一会儿，有些不理解，"的确，那个女人让我赶紧按照他们的要求做，说这张照片还和一件刑事案件有关。不然的话，我就只能隔着一层铁栅栏去和我的小妹妹见面。"

"你最好答应她们，"我说，"什么刑事案件？"

"我怎么可能知道。"

"卡门现在在哪儿？"

"她在家里，我想她还没有起床。她昨天晚上生病了。"

"她昨天晚上出去了吗？"

"没有，我不在家。家里的用人说她没有出去。我去了拉绍林达斯，在艾迪·马尔斯的柏树俱乐部玩轮盘赌博，甚至都输光了我的衬衫。"

"既然你已经把衬衫都输了，这说明你非常喜欢轮盘赌博。"

她跷起了腿，又点了一支香烟说："是的，我喜欢玩轮盘赌，斯特恩伍德一家都喜欢赌博，而且喜欢赌输。比如说玩轮盘赌博，结果赌输了；嫁一个丈夫，丈夫又悄无声息地走了；到了五十八岁还参加障碍赛马，结果被马压倒，最终落得终身残疾。哎呀，用钱买来的都是不能够实现的东西，不过斯特恩伍德一家就是有钱。"

"欧文昨天晚上把你的汽车开走，去干什么了？"

"谁知道呢？他把车开走了，可是没有经过我们的允许。昨天晚上不是他休息的日子，只有他休息的日子，我们才会让他开车走。"

她撇撇嘴，"你想——"

"关于这张裸体照片的事，他知道吗？我认为有可能，但也不能确定。你能立刻拿出五千块现金吗？"

"我弄不到，除非向别人借，或者是和我爸爸说，我也许能从艾迪·马尔斯那里借到。天知道，他应该对我慷慨一点儿。"

"说不定有急用，你最好去试试。"

她向后靠了靠身体，把一只胳膊放在椅背上。"如果报警呢？"

"你不会这样做的，虽然这个主意不错。"

"我不会吗？"

"你不会。因为你不知道警察还会玩出什么事儿来，你要保护你的小妹妹和父亲，说不定这件事会让他们沉不住气。虽然警察在处理勒索案件的时候，一般总是要尽量掩饰一些事情。"

"对于这件事，你能做点什么吗？"

"我认为差不多可以。不过，我要怎么做？我要做什么？你为什么不告诉我呢！"

"我喜欢你，"她突然说，"要相信奇迹，你的办公室里有什么喝的吗？"

我把一个很深的抽屉打开，拿出两个小酒杯和一个酒瓶。我把杯子倒满，我们就这样对饮。她把椅子向后挪了挪，关上了皮包，响起了"啪"的一声。

"我可以拿到五千块钱，"她说，"我一向是艾迪·马尔斯的好客人。另外，他应该会帮我这个忙，还有其他一个原因，说不定你不知道，"她对我笑了一下，这是一种还没有到眉眼，就已经被嘴角忘掉的笑容。"他的金发妻子和卢斯蒂跑了。"

我什么都没说，她说了一句："这个不能让你产生兴趣吗？"然后紧紧地盯着我。

"如果我在寻找他的话，这件事会使我的寻找更加容易。你觉得，他和这件事有没有关系？"

她把空杯子推给我。"你这人可真是，再给我倒一杯，从你嘴里得不到任何消息，别人说话，你都不立起耳朵。"

我把她的小酒杯倒满。"我没有在寻找你的丈夫，你就是要打听这件事儿吧！现在你已经从我这里知道了。"

她突然放下酒杯，呛了一口，或者她有了一个装作呛了一口的机会。她慢慢地喘了一口气。

"卢斯蒂不是恶人，也不可能为了这么一点儿钱做坏事儿，他身上带着一万五千块的现金，用他的话来说，'万一有急事的时候要用'。他这笔钱是在我们结婚的时候就带着的，他从我这儿走的时候也带着。这种敲诈勒索的事，他是不可能干的。"

她拿起信封，站了起来。"算了，我们要保持联系。"我说，"你可以给我住的公寓大楼打电话——如果你有事找我的话——那里的女电话员会把消息告诉我。"

我们走向房门，她边走边说："你还是觉得我应该告诉我父亲，"一边用信封敲着自己手指的关节。

"我总得和他先见一面。"

就要走到房门的时候，她站住了，又让我看了看照片。"她是不是非常漂亮。"

"啊——哈！"

她往我这里靠了靠身体，"你应该看我的，"她说得很正经。

"可以准备一下吗？"

她尖笑一声，一条腿已经迈出房门，又转过身来说："我从来没有见过你这样的人，马洛，你真是个冷血动物。我可不可以叫你菲尔[1]？"她的声音非常冰冷。

"没问题。"

"你可以叫我薇薇安。"

"里干太太，谢谢你。"

"啊，马洛，你去死吧。"她头也不回地直接走了出去。

我关上门，手一直放在门上，在那里站着。我的脸有点红，看着自己的手，已经呆傻了。我又来到了办公室的桌子前，把威士忌酒放回原处，洗干净两只杯子，然后放进了抽屉里。

我取下了放在电话机上的帽子，给地方检察官的办公室打个电话，找贝尼·奥尔斯接电话。

他又回到他的鸟笼子里去了。

"我跟你说，老爷子那里，我还没有告诉他，"他说，"管家说，将军的女儿或者是管家自己会告诉他这件事儿。这个欧文·泰勒住在车库里，关于他的东西，我们都查看了一遍。他的父母都在依阿华州都布克。我已经给那里的警察局长打了电话，让他们去问问欧文的父母应该怎么办。斯特恩伍德一家人应该会给他们一笔钱。"

我问："是自杀吗？"

"什么都没写，很难说，"他说，"把汽车开出去是他的个人行为。昨天晚上，其他人都在家，只有里干太太不在。她去了拉绍林达斯，和一个叫拉里·珂布的纨绔子弟在一起。我认识那个赌桌上的侍应生，这件事儿已经查证了。"

我说："你应该管一管那里的豪赌。"

"马洛，你不要天真了。你还不知道咱们这里的黑手党吗？我对那个司机脑袋上的伤痕有很大的疑问，我想你在这件事上一定能够给

----

[1] 菲利浦的昵称。

我提供一些帮助吧！"

　　他喜欢这样提要求，我感觉自己可以在没有说谎的情况下拒绝他。我们都说了再见。我从办公室离开了，买了三份午后的报纸，坐一辆出租车去了法院，取出我停在那里停车场的车，盖格的事情并没有被这几份报纸刊登。我又看了看他的蓝皮记事本，那本子仍然不肯说出秘密，这些密码仍然和昨天晚上一样顽固。

12

　　拉温特雷斯半条街上的树木在雨后都抽出了嫩绿的叶子。在午后清澈的阳光里，我可以清楚地看到街后面有一处陡坡和一段通向室外的楼梯，那个在暗中开了三枪的人就是从这里逃跑的。有两栋房子位于后门对面的街上，那里的人是否听到枪声，都是不确定的。

　　整条街和盖格的房子都没有一点声音，房顶上的木瓦没有晒干，还湿乎乎的。房前的方形树障非常安静，只有一片绿色。我慢慢地开着汽车经过盖格的门前，一直在思考一件事儿，我昨天晚上并没有对车库进行检查，我现在已经不想去那里找了，毕竟尸体已经不见了，而且这种做法会使我的顺序被打乱。我的看法是：他把盖格的尸体移到了车库，装上了汽车，洛杉矶附近有几百个偏僻的峡谷，他可能把汽车开到了任意一个峡谷，这样就很容易处理掉尸体，很多天或者很多星期过去后都不可能有人发现。不过，这种做法需要具备两个条件：一定要同时具有车库和房门的两把钥匙，另外还有车钥匙。如果根据这条思路侦查，就能使侦查的范围缩小很多，尤其是在发生这件事儿的时候，我已经拿到了盖格身上的钥匙。

　　车库的门是锁着的，我没有办法对车库进行搜查。当我把自己的车开到车库前面的时候，听见一阵脚步声从篱笆的后面传来。一个女人从篱笆后面走出来，她穿着白绿相间的方格衣服，戴着一顶纽扣大小的帽子，有着金黄色的头发，她刚才好像没有听见我的汽车声。她睁大眼睛看着我，然后扭了扭身体，又立刻在篱笆后面躲起来了，这个人就是卡门·斯特恩伍德，不用说也知道。

我把汽车开到马路上，在路边停下来，然后走过来，完全把自己暴露出来了，在白天干这种事确实有些危险。我到了树障的后面。她什么话都没说，盯着上锁的房门，一副呆傻的样子。一只手慢慢地放到了牙齿边，她开始去啃那个畸形的大拇指。她面无血色，神经紧张，眼睛下面还有两块紫斑。

她对我轻轻一笑，"嗨"了一声向我打招呼，声音又细又尖，"你是——你是——"还没有说完话就继续啃手指了。

"你还记得我吗？"我问她，"我是道戈豪斯·莱利，你还记得吗？一个非常高的人。"

她脸上的肌肉跟着抽动，点了点头，笑了起来。

"咱们进去吧，"我说，"我这里有钥匙，感觉非常好，对不对？"

"啊——你说什么？"

我推开她，把钥匙插进，打开门，然后又把她推进去，然后关上了身后的门。我站在那里闻了闻，这间房子在阳光的照耀下，显得非常恐怖。中国式的小摆设、装饰复杂的台灯、地毯、花花绿绿的色彩、柚木家具、装着乙醚和鸦片酊的大肚瓶、图腾杆——好像闯进了一个男同性恋的集会一样，这些东西在阳光的照耀下，让人想要呕吐。

我和卡门就在那里站着，互相看着对方。她努力地想让脸上展现出一个魅惑的笑容，不过她的脸一点都不听话，肌肉非常疲乏。就好像流水经过沙地一样，她脸上摆出的笑容根本不能保持下去。她的眼神痴呆，没精打采，皮肤苍白，下面还有很多小粒。她用没有血色的舌头舔着嘴角。这是一个脑子不好用、被娇惯坏的、美丽的女孩子，她在歪道上渐行渐远，直到现在都没有被人拉回来。都去受罪吧，这些有钱人的少爷、小姐们！我简直烦死他们了。我用手指拿起一根纸烟，坐在黑色书桌的一边，把几本书推到了一边。我点上烟，吹着烟圈儿，看着这个女孩子玩起啃咬大拇指的游戏，一句话都没有说。站在我前面的卡门就像是站在校长办公室里犯了错误的女学生。

最后我张嘴问她："你为什么到这里来？"

她一句话都不说，只知道扯衣服上的线头。

"关于昨天晚上的事儿，你还记得多少？"

这次她倒是说话了，一丝狡黠的亮光从眼睛里闪过。"记得什么？我昨天在家里没有出来，我晚上生病了。"她的声音模糊不清，就好像在嗓子里流连一样，我勉强能够听得到。

"说实话。"

她的眼睛上下抖了一下，速度很快。"你回家以前，"我说，"就在这间房间里，在我把你送回家以前，你在那把椅子上。"我指了指椅子，"你应该记得，你坐在那橘黄色的纱巾上。"

这时出现了一件罕见的事儿，她的脖子慢慢地红起来，她竟然还懂得害羞。一块白亮出现在她黑色的眼球下面，她是那样的痴呆，努力地啃着大拇指。

"你……是你吗？"她的呼吸变得急促。

"对。你还记得什么？"

"你是警察？"她有些吐字不清。

"不。我不过和你父亲有些交情。"

"真的不是？"

"真的。"

"你打算做什么？"她慢慢舒了一口气。

"谁杀了他？"

"还有……其他人知道吗？"她的肩膀抖动了一下，并没有表现出意外的神色。

"盖格的事？至少警察还不清楚，不然警察就在这里住下了。我是不知道的，不过说不定乔·布洛迪知道。"

"乔·布洛迪，他……"她好像被这句话扎到了痛处，尖叫了一声。

然后我们两个都安静了，她只知道啃手指，我就在那里抽烟。

"看在上帝的面上，你不要耍小聪明了，"我催促她说，"他是被布洛迪杀死的吗？这个时候需要一些直率。"

"杀了谁？"

我喊道："天啊，他妈的！"

她的下巴低了一英寸，看起来好像被我骂疼了。"是的，"她非常严肃地说，"是乔杀的。"

"乔为什么要杀他？"

"我不知道。"她努力让自己相信她确实不知道，还摇了摇头。

"你最近经常和他见面吗？"

她放下两只手，绷紧的关节成了一个小小的白疙瘩。"我讨厌他，只见过一两次。"

"那你是不是知道他在哪里？"

"是。"

"你不喜欢他吗？"

"我恨他。"

"那么，他遇到了麻烦，你为什么还不高兴呢？"

她又开始呆傻起来，她不能理解我过快的推论，但我还是要问她。"你愿不愿意告诉警察，乔杀死了他？"我又试探了一下。

她突然就惊慌了。"当然了，我的意思是，我保证不说裸体照片的事。"我加上了这句话来安慰她。

她咯咯地笑起来,这笑声真让我想吐。如果她晕倒了,哭了,尖叫了,一下子倒在地上了,那事情也容易些,不过她只知道呵呵傻笑,觉得这是一件非常有意思的事儿——让人拍下她打扮成了埃及女神的样子,不知道是谁偷走了照片,亲眼看见盖格被人打死,被人灌醉——这都突然成为一件对她来说很开心的事儿,简直太棒了,所以她就哈哈傻笑。她的笑声越来越大,就像很多小老鼠在墙板后面跑来跑去一样,从房间的一角传到了另一角。我跳下书桌,来到她面前,给她一巴掌。

"和昨天差不多,"我说,"咱俩在一起真是太搞笑了。两个滑稽演员的副手——斯特恩伍德和莱利,正在一起寻找一位喜剧演员。"

她不再笑了,我打她一巴掌,她也不介意,就像昨天那样。说不定她的男朋友迟早都会给她一巴掌,我完全能够理解他们会这样做。我又在书桌的一角上坐下。

"你不姓莱利,"她严肃地对我说,"你是菲利普·马洛。薇薇安已经告诉我了,你是一个私人侦探,她给我看了你的名片。"她揉了揉被我打过的脸,好像是愿意和我在一起一样,对我笑了笑。

"好吧,你还真都不记得了,"我说,"你进不了门。你是为了找你的照片的,是不是?"

她把下巴靠在我的胸上,上下抖了一下,对我抛媚眼,给我一个娇笑。我正在她的勾引下沦陷,很快我就要发出高兴的喊叫,请她和我一同去尤马。

"有人把照片拿走了,"我说,"我在昨天把你送到家以前,就已经找过了。关于布洛迪的事儿,你有没有骗我?说不定就是被布洛迪拿走了。"

她点了点头,非常认真的样子。

"这件事已经结束了，"我说，"你不要再傻了，关于你到这里的事儿，你不要告诉任何人；不管是今天还是昨天晚上的事儿，你都不能告诉别人，甚至包括薇薇安。干脆忘记这些事儿吧。莱利帮你把这些都解决掉。"

"你不叫——"她刚要说话就住口了，努力地对我点头，好像对我的观点表示赞同，也许是暗自对她脑子里刚闪现的某个念头表示赞同。她的眼睛已经基本变成了黑色，眯成了一条缝，窄得就像自助食堂里的餐盘。她好像坚定了什么想法。"我要回家了。"她说，好像我们当时就在喝茶。

"那好。"

她走到房门之前又给我一个媚眼，我没有动。就在她握住门把手的时候，一辆汽车开过来，我们两个都听见了声音。她看着我，眼睛里写满了疑问。我耸了耸肩膀，汽车正好在这所房子的门前停下，她的脸因为害怕而变形。紧跟着脚步声，门铃声响了起来。卡门转过头，从肩膀上看着我，她恐惧的样子都让人感到好笑了，她一双手用力地把门把手抓住。门铃一直在响，又过了一段时间，门铃不响了。锁孔里插进了钥匙，转动了一下，卡门突然从前门跑开，在那里不动了。门突然打开了，进来一个人，动作很轻快，但他立刻停住了，非常镇静，一直盯着我们两个看，并不说话。

13

来人穿着一身灰色的衣服，从头到脚都是灰色，只有和灰色缎子领相配的两颗红钻石（看起来和轮盘赌盒子上的红方块非常相似），以及脚上闪亮的黑皮鞋不是灰色的。他穿着灰色的衬衫、灰色的双排扣法兰绒西装，材质柔软而又裁剪合身。看到了我们以后，他把灰色的帽子摘下，露出了细如罗网筛过的灰白头发。不知道为什么，他灰白色的浓密眉毛让人感觉到一股匪气，他的鼻子上有一个钩，下巴很长，一双认真思考的眼睛也是灰色的，因为他的上眼皮儿下垂盖住了眼角，所以看起来总是带着一股鄙视的样子。

他在那里站着，非常有礼貌。一只手拿着灰帽子，轻轻地敲打着大腿，一只手摸着后背的门。他的面部表情非常严肃，是一种骑士历经沧桑的脸，而不是那种莽夫粗野的脸。他是艾迪·马尔斯，不是骑士。

他关上了身后的门，在这个光线模糊的房间里，他卡在上衣口袋外的大拇指显得亮闪闪的，他对卡门笑了笑，卡门盯着他看，舔了舔嘴角。他的笑容既随意又亲和，卡门也给他一个微笑，脸上的恐惧已经不见了。

"请原谅我随便地闯了进来，"他说，"盖格先生在家吗？你们好像并没有在意门铃。"

我说："他不在。至于他去哪里了，我们也不知道，我们进来的时候发现门没有关。"

"你们和盖格是朋友？"他点点头，用帽檐在自己的长下巴上刮了刮。

"我们为了找一本书才过来的。以前在他那里买过书，所以就认识了。"

"什么？一本书？"他的声音非常响亮，也非常轻快，可我觉得不太好应对，他好像知道所有关于那些书的事情，他又看了看卡门，然后耸肩膀。

我向门口走去。"我们这就走，"我说。卡门还在盯着艾迪·马尔斯，她似乎很喜欢他，我抓住了卡门的胳膊。

"如果盖格回来的话，需要我为你们转达消息吗？"

"不劳您费心了。"

"真不幸。"他说，这句话另有深意，当我从他的身边走过去，就要开门的时候，他突然变得严厉起来，灰色的眼睛闪了闪。他用非常随便的语气说："当兵的，我有话和你说，不过这个女孩子想走的话就可以走。"

我把卡门的胳膊松开，盯着他看，一副不懂的样子。"别装了，"他说，"白白浪费时间，我外面有两个年轻人，我让他们干什么他们都会照做。"

在我身边站着的卡门发出了声音，直接跑到门外面去。我听见她轻快的脚步声在山坡下消失。她一定把车停在了下面，我看不到她的车了。我刚张嘴说："你究竟想要——"

"啊，别啰唆，"艾迪发出一声长叹，"我要知道的是为什么这里有点怪，你就听我的话吧，要不然我就会对你肚子开一枪。"

"算了！算了！"我说，"算你狠。"

"当兵的，如果不是有必要，我是不会让人为难的。"他不再看我了，拧着眉在屋子里查看了一番，根本不搭理我。我从房间正面的一扇窗户的玻璃看了看外面，一辆汽车的车顶露在篱笆外。汽车已经发动，但还没有开出去。

艾迪·马尔斯在书桌上发现了两只镶着细金边的玻璃杯，还有一个大肚玻璃瓶。他把鼻子放在玻璃杯上闻了闻，然后又闻了闻大肚瓶，撇了撇嘴表示很嫌弃。他用平常的语气骂了一句："这个老浑蛋。"

他嘀咕了一声，翻了翻几本书，然后转过身，来到了桌子旁边，在镜头的图腾杆面前停下，仔细地看了看这个装置，最终看了看图腾杆前面的地面。他用脚踢开了那一小块地毯，很快就在地上蹲下，身体也绷起来了，他的一只膝盖在地上跪着，我看不清他在干什么，因为他的身体被桌子挡住了。我听见他惊恐地喊了一声。他站了起来，一只胳膊很快摸了摸衣服的下面，拿出一只德国鲁格黑手枪，长长的棕色手指把枪抓紧。他没有瞄准任何东西，当然也没有瞄准我。

"血，"他说，"地上有血，好多血，就在那块地毯下面。"

我假装很好奇地说："真的假的？"

他一头倒在书桌后面的椅子上，左手握着鲁格手枪，把紫红色的电话机抱到了怀里。那两条黑色的眉毛非常浓密，都已经挤在了一起。他挑着眉头看着电话机，鹰钩鼻上的肌肉汇成了一道深沟。他说："咱们要报警。"

我走过去，在盖格躺过地方的那块地毯上踢了两脚。"血早就干了，"我说，"这是以前的血。"

"那也要报警。"

我说："没问题。"

他脸上不再挂着温和的笑容，眯起眼睛，一个手握鲁格枪、穿着华美的铁血汉子的脸出现在我面前。我不喜欢同他打交道。

"当兵的，你究竟是干什么的？"

"我是一个私人侦探，姓马洛。"

"那个姑娘是谁？我从来就没听说过有你这么一号人。"

"她是我的雇主。我和她过来就是为了和盖格讨论事情，盖格想要勒索她。门没有锁，盖格不在家，我们想等他，于是直接进来了。难道我刚才没告诉你？"

"简直太巧合了，"他说，"你们手里还没有钥匙，门正好没有锁。"

"的确如此。这房子的钥匙为什么在你手里？"

"当兵的，关你屁事？"

"我可以认为这和我有关系。"

"我也可以把你的事儿当作我的事儿。"他狠狠地笑了，紧闭着嘴，把帽子往后面扬了扬。

"干我们这一行没有多少收入，你一定不会喜欢的。"

"算你识相，就这样吧。那个人是我的租客，这所房子是我的。你怎么看待这件事？"

"对于你这样正气的人，我倒认识很多。"

"只是把房子租给他们，租房子的什么人都有，干哪一行的都包括在内，不都是这样吗？"他耸了耸肩，看了看手里的手枪，把它放在了腋下。"当兵的，对于这里的事故，你能给出什么合理的说法？"

"有很多可能。有人被盖格杀死了，盖格杀人后逃跑了。有人用枪把盖格杀死了。也许是另外两个人下了杀手。也许盖格在图腾杆下面宰杀祭品，说不定他在进行什么奇怪的宗教仪式。也可能是盖格喜欢在客厅里杀鸡，说不定他喜欢吃鸡肉。"

那灰衣服的人看着我，面目阴森。

"我不猜了，"我说，"叫你城里的兄弟们过来吧，你还是打电话吧。"

"真是猜不透你，"他对我龇牙咧嘴，"你在这里耍什么诡计？我真是搞不懂。"

"一场好戏将在这里开演。你快点叫雷子[1]过来吧。"

他想了一会儿，没有挪动身体，然后牙齿又咬住了嘴唇。"你这句话想要说什么？我一点都猜不透。"他绷着脸说。

"出门不顺，马尔斯先生，我认识你。有钱人天天晚上都在拉绍林达斯的柏树俱乐部豪赌。当地警察都听你的话，你有一个直通到上面地方检察官那里的顺畅的内线，也就是说，你有后台。盖格也是因为有后台才会去干这事儿的。说不定你有的时候会照顾他，毕竟他是你的房客。"

---

[1] 对警察的蔑称。

他的样子极为扭曲，紧紧地闭着嘴巴。"你知道盖格是做什么生意的吗？"

"租卖淫书的生意。"

他盯着我看，一眨不眨地盯了很长时间。"有人把主意打在他身上了，"他小声地说，"你应该知道一些内幕，他店里的人不知道他去哪里了，他今天没有去书店。给他打电话，这里也没有人接。我想看看发生了什么事儿，于是就过来了。我发现你还有另外一个姑娘在这里，还发现了地毯盖着的地板上有血迹。"

"这是一个不太合理的故事，"我说，"你可以把这个故事卖出去，说不定有人愿意买下来。不过你的故事缺少一个环节。他出租的那些美妙的书籍——已经在今天被从店里运走了。"

他直接打了个响指："当兵的，我应该有所预感的，你能想到这究竟是怎么回事吗？你好像知道不少内情。"

"这应该是盖格的血，他应该是被害了。因为要把书运走，所以他的尸体暂时被藏起来了。还有人接过了他的生意，并需要一点时间才能重新经营起来。"

艾迪·马尔斯恶狠狠地说："他们可不要指望能逃之夭夭。"

"谁敢说出这样的话？凭外面汽车里的两个保镖？艾迪，咱们这个城市已经越来越大了，只是在这个地方，最近都已经有不少有权势的人在安插自己的势力了。城市需要发展，就应该受到这样的惩罚。真是活该。"

"你已经说得不少了。"艾迪·马尔斯说。他露出牙来，吹了两声口哨。砰！外面的车门响了一声。很快树障那边就响起了仓促的脚步声。马尔斯的鲁格手枪又举了起来，他对着我的胸膛说："开门。"

好像有个声音在叫喊。外面又响起了门把手的声音。我站在那里，一动也不动，看起来鲁格手枪的枪口真像是二马路地道的入口，不过我还是静止地站在那里。我早就应该习惯这个观点了——我的身体不是防弹衣。

"艾迪，你自己去开吧，你凭什么让我听你的？你想让我帮忙，就要客气一些。"

他从书桌后面走出来，走到房门前，两只腿已经僵硬了。一边开门一边用眼睛盯着我，两个人跌跌撞撞地进了房间，手在胳膊下找着手枪。其中一个是拳击家，这很明显就能看出来，他的皮肤很白，小伙子很帅气，但鼻梁是歪的，估计是打拳的缘故，还有一只耳朵像块小牛排。另外一个人长着金黄色的头发，又瘦又高，面无表情。这个人两眼无光，没有一点精神，而且两只眼睛还挨得非常近。

"看看这个东西身上有没有带武器。"艾迪·马尔斯说。

金头发的年轻人把一支短枪拿出来，对着我比画。拳击家斜着身子走过来，小心地在我的口袋里掏东西。我就像展览夜礼服的时装模特儿一样，有气无力地转过身。

他的声音停留了嗓子里。"没带枪。"

"看看他是干什么的。"

拳击手把一只手伸到了我身前的口袋里，把我的钱包拿出来，打开以后看了看里面的东西，"姓名是菲利普·马洛。在富兰克林大街赫巴特安姆斯居住。里面有徽章、私人侦探执照，还有其他的东西。他是一个私人侦探。"说完，他轻轻地拍了拍我的脸，把钱包放到我的口袋里，转过身走开。

艾迪·马尔斯说："你们出去吧。"

两个打手离开了房间，关上了门，听起来他们应该回到了汽车里。他们发动汽车，马达声响起。

艾迪·马尔斯的两条眉毛已经贴到了前额上，他对我呵斥道："算了！你说吧！"

"我还不想说出我所知道的情况。假如盖格真的已经被杀了的话，那么只有愚蠢的人才会为了抢盖格的生意而狠下杀手。我认为这种可能性不大。我感觉书店里的金发女子魂都没了，应该是被吓到了，真不知道她是因为什么被吓傻了。我想到转移盖格书的人是谁了。"

"是谁？"

"你要知道，我必须要考虑雇主的利益，所以我不想告诉你的事就包括这一件。"

艾迪耸了耸鼻子。"那么——"他好像想说什么，但又立刻憋回去了。

我说："至于那个姑娘是谁，想必你已经猜到了。"

"当兵的，是谁把书转移了？"

"艾迪，我还不打算说，那么你有什么理由让我告诉你？"

他把鲁格手枪摔在了桌子上，用手敲了几下。"就凭这个，"他说，"另外，就算你说了，我也得让你吃点苦头。"

"这个想法倒不错，先别管手枪怎么样了。我总是能够很清楚地听见金币的声音，你打算用几块金币敲敲吗？"

"什么意思？"

"你想让我干什么？"

砰！他拍了一下桌子。"当兵的，你给我听好了！我在问你一个问题，你就要问我另外一个。如果这样，咱们两个永远也说不到一起去。我有自己的原因去追查这件事儿，我要知道盖格此时在哪里。至于他干的那个行当，我一点都不喜欢，更没有保护他。我把房子租给他也是巧合。现在我也不怎么喜欢这件事了。我相信别人也正在探究，不管你知道点什么。另外，一大群穿着大皮鞋的警察就要过来了，你会听到嘎吱的响声。你不会有什么好货的，你自己也需要一个后台，你还是快说出来你知道什么东西吧！"

我不想让他知道，虽然他猜得很好。我点了一根烟，吹灭了火柴，对着图腾杆的玻璃眼睛晃了一下。"你说得不错，"我说，"假如盖格真的遭遇了不幸，我现在只能告诉警察我都知道哪些事，我并没有卖给私人的货，所以这件事儿是官方的。如果你不介意，那我就走了。"

　　他的脸色变得惨白，一时间又凶狠又卑鄙，朝着放枪的地方动了一下。我说了一句："顺便问一下，马尔斯太太最近身体好吗？"语气非常随意。

　　我觉得我这个玩笑开得有点大了。他颤抖了一下，突然拿起了手枪。"给我滚，"他轻声说，脸上的肌肉也绷紧了。"想做什么就做什么！想去哪儿就去哪儿吧！我可不在意！当兵的，还有一点，我要给你一句忠告：不要把我牵扯进去，否则你会后悔你老娘把你带到这个世上来的。"

　　"如果没带到这个世上，那我就去阴曹地府，"我说，"听说最近那里有几个朋友来找你。"

　　他在桌子上趴着一动也不动，眼睛瞪得滴溜圆。我走到门前打开门，回头看了他一眼，他还是那样的瘦弱，灰色的身体没有动弹，眼睛一直盯着我看，他的眼神里分明有仇恨。我从房间里走出，翻过树木屏障，来到了我停车的上坡路。我开车调转车头，开过山顶，没有人对我开枪。过了几个街区，我进了一条岔路。熄火后在车里坐了几分钟，没有人跟着我，我把车开到了好莱坞。

14

　　四点五十分，我在兰德尔广场那座公寓大楼的门前停车，傍晚的收音机发出嘈杂的声音，有几扇窗户已经亮起了电灯。我乘坐电梯到了四楼，穿过一个镶着象牙壁板、铺着绿色地毯的大厅，经过一道没有上锁但挂着帘子的门，这道门通向消防楼梯，门外的阵阵冷风吹到大厅里。

我按了一下四零五房间门前的一个小象牙按钮，等了很久以后，房门敞开了一条大约一英尺宽的缝，没有一点声音，这种开门的方式一点都不坦荡。一个宽肩膀长腿长腰的男人站在门口，他漆黑的脸上没有任何表情，我只看见一对深棕色的眼睛，他早就学会让自己装得面无表情了。这个人的头发长得非常靠后，像硬鬃毛一样，前面漆黑的额头露了出来。乍一看，可能觉得脑子里还有点东西。他看了我好长时间，目光非常阴冷，漆黑的手指又细又长，一直在门上抓着，他什么话都不说，就在那里站着。

"是盖格吗？"我问道。

看不出他听了这两个字脸上有什么表情。他从门后取出一根纸烟，衔在了嘴里，抽了一小口，烟雾喷到我的脸上，有种桀骜不驯的懒惰感。一个不紧不慢的声音在烟雾后面响起，就好像是玩费罗纸牌游戏的发牌人说话一样，没有高低起伏的调子。

"你是什么意思？"

"盖格。这些书的主人，阿瑟·格文·盖格。"

长腿男人想了好一会儿，一点都不慌张。他落下眼皮，看了看手中的纸烟。另外一只手——一直抓着门的那只手——放在了门后我看不见的地方，从他的肩膀上看，这只手好像在门后做什么小动作。

"你说的这个人我不认识，"他说，"他在这附近住吗？"

我笑了笑，但他狠狠地看了我一眼，不喜欢我的笑容。我说："你就是乔·布洛迪吧！"他漆黑的脸绷得更紧了。"你想找点钱花吗？是不是能怎么样？老兄，你是来耍我的。"

"原来真是这样，你就是乔·布洛迪了，"我说，"这真有趣，我可不认识一个叫盖格的人。"

"是吗？你真风趣，可能你的风趣和别人不一样。我看你要么向别人去展示你的风趣，要么就把你的风趣用在别的地方去。"

我倚在了门上，对他不以为然地笑了一下。"乔，你这里的书应该挺多吧，咱们应该好好聊聊，我有一张名单，上面有很多傻瓜。"

他的眼睛一直停留在我的脸上，一个很轻的声音从他身后后面的屋子里传出来，好像是挂在帘子上的金属圈轻轻地碰了一下金属棍。他把门开得大了一点儿，斜着眼睛往里面看了看。

他冷飕飕地说道："那好吧，如果你手里真有些货的话。"他让开门口，我就从他身边来到了房间里。

房间里的家具都很高档，但还是很宽松，这间房子的陈设非常舒服。后面的墙上有一个通向石头阳台的落地窗，在这样的傍晚里可以远远地看见远处又低又矮的山丘。有两道门开在西墙上，靠着窗户的那一扇门是关着的，还有一扇门距离房门不远。后一扇门上有一根金属棍悬在门梁底下，上面挂着一块长毛绒门帘。

最后我看了看东边的墙，这道墙上没有门。一张坐卧两用的沙发摆在中间靠墙的位置，我坐上了这张沙发。布洛迪关上门，侧着身体，走到了一张书桌后面，这张橡木桌子非常大，有很多方头的钉子镶嵌在书桌上，一个带镀金合页的雪松木盒子安置在书桌的下面。在西墙两扇门中间，有一把安乐椅，他把这个盒子放到了安乐椅前面，然后在椅子上坐下。我把帽子扔到了沙发上，等着他说话。

布洛迪说："好了，我在认真听。"他把纸烟头丢到身边的一个烟灰缸里，打开装雪茄的木盒，然后往嘴里放一支长长的雪茄，"你要雪茄吗？"从空中扔过来一只给我。

我伸手接了过来。他趁着这个时候，从雪茄箱里拿出一支手枪，对准我的鼻子。我看了看，这把手枪是警察使用的手枪，大约 0.38 口径。在短时间内，我不想因为这件武器而吵起来。

"是不是很利索？"布洛迪问，"只要我略微站起来往前走两步，你就可以呼吸一些空气。"他用那种假装随意的语气说话，就像电影里面的铁血汉子的语调一样，这些人已经被电影打造成一个模型了。

"小声点，"我说，我在那里一动不动地坐着，"拿着枪的人倒是不少，有脑子的人却没有几个。在这几个小时里，我已经遇到第二个这样的人了。你们这些人认为，只要手里拿着一把枪，就可以让全世界的人都在你们屁股后面转悠。乔，别傻了，把枪放下吧。"

他的眉毛扭在了一起，眼睛露着凶狠的光，对我翘了翘下巴。

"艾迪·马尔斯，我遇到的第一个人，"我说，"对于这个名字，你应该有所耳闻吧？"

他的枪仍然对准我。"没听过。"

"假如他知道昨天晚上下雨的时候你在哪里，他就会一下子把你干掉，就像是在赌场里干掉那些有筹码的人一样。"

"我没有招惹他吧？"布洛迪非常冷漠地说出这句话，不过他还是把枪放在了膝盖上。

我说："的确没怎么招惹他。"

我们两个互相瞪着，僵持了好长时间。在那长绒门帘下，一双黑色的拖鞋鞋尖露出来了，我故意不往那里看。

布洛迪的语气比较平稳，"我也是个明事理的人，你不要误会，我只是要小心一些。对于你的身份，我半点都不清楚，你有可能是冲进来杀人的。"

"你还是不够谨慎，"我说，"你一点都不聪明，从你运走盖格书的事儿上可以看出来。"

他慢慢地深吸了一口气，然后又轻轻地呼了出来。接下来他两条腿叠在一起，把拿枪的手放在了膝盖上，向后靠了靠身体。

"如果有必要，我不介意让这东西派上用场，你不要算计错了，"

他说，"先讲讲你的事儿吧！"

"让你那位穿着尖拖鞋的朋友出来吧，他太辛苦了，站在那里都不敢喘气儿。"

布洛迪的眼睛没有离开我的肚子，他喊了一声："阿戈尼丝，出来吧！"

门帘向后甩了一下，出来了一个女郎，她每走一步路都要扭一下屁股，这个金发碧眼的女人，就是昨天在盖格书店见到的那个女人。她盯着我看，一副怨毒的样子，对我恨得牙痒痒。她的鼻子好像被人捏了一把，眼圈发黑，看起来很不高兴。

"你就是一个祸害，我早就知道了，"她生气地说，"我已经告诉乔了，每做一件事都要万分谨慎。"

"如果他要谨慎的话，我觉得应该注意一下自己的后腰，而不是走路。"我说。

灰金色头发的女人发出一声尖叫："我觉得你可能认为自己说话非常幽默吧！"

"曾经还算幽默，"我说，"不过现在不能太幽默了。"

"把你这些好听的话都留着吧，"布洛迪说，"老子我一向非常谨慎。开灯，如果真的有那个必要，我要开枪的话也能准一些。"

灰金色头发的女人按下了开关，一盏四四方方的大落地灯亮起来了，她在灯旁边的一把椅子上坐下。好像皮带勒得有点紧，他的身体非常僵硬。我把雪茄放在了嘴里，咬住一头，在我拿火柴点雪茄的时候，布洛迪的科尔特手枪对我更加重视。我一边吸着雪茄，一边说：

"我刚才说到了一个傻瓜的名册，这都是用密码写的，一共有五百多个名字，但我现在还没有破解密码。不过据我所知，你的书大约有十二箱，至少应该有五百本，这还不包括借出去的，就算保守估计，那总共也得有五百本。假如这个名单上的客人现在还和书店有联系，或者是说只有一半人保持联系，你就可以把书借出十二万五千次。我这只是猜测，其实你的女朋友比我更能干，咱们可以尽量少说一点租费，但至少要一块钱，这些货的成本很低，也就是说，借一本书要花一块钱，你就可以赚到十二万五千块钱。另外，你的本钱一点都没少，我的意思是，盖格的本钱没有少。所以，跟踪你是非常划算的。"

"你这个浑蛋，简直是个疯子。"那个灰金色头发的女人大喊一声。

"你给我少说两句，闭嘴。"布洛迪对她龇牙咧嘴地大声喊。

就算她有一肚子的怒火，她也只能自己咽下去。她用力地用银色的指甲挠自己的膝盖，又生气又伤心。

"那些笨蛋可做不了这种生意，"我的语气非常亲和，"一定要像你这样聪明的人才可以，乔，你对自己有信心，而且永远有信心。但就像找不到客店里的有钱老太太那样，花钱买这种间接刺激的人，不但烦躁而且还焦虑。如果是我，会更加安分一些，做一些买卖和出售图书的事，敲诈勒索简直是个错误。"

科尔特手枪一直瞄准我致命的部位，布洛迪的棕黑色眼睛把我看了个遍。"你真是一个幽默的人，"他的语气非常平和，"谁去做这个生意了。"

"你呀，"我说，"基本已经上手了。"

金发女人堵着了一口气，气得直想扯耳朵，但她只能呆呆地看着我。

"你说什么？"金发女人喊了一声，"你脑子是不是有病？在那样热闹的大街上，盖格先生怎么可能做那种生意？你就坐在那里瞎说吧！"

我对她笑了笑，非常有礼貌。"谁都知道这是什么店铺，我可没说谎。这种东西在好莱坞是需要的，如果有需要，那些极为现实的警察就会让他们在这热闹的地方开设。只要他们愿意，就可以把猎物赶到某个地方去。我们不也是因为同样的道理而支持红灯区吗？"

"我的老天，"金发女人喊道，"乔，他在侮辱我，这个脑子里都是干酪的蠢猪，你手里有枪，你都不打算教训他吗？你还让他瞎扯什么？你就在这里掐着一支雪茄？"

"我愿意听，"布洛迪说，"这是一个有脑子的家伙，你还是别说了，闭嘴吧，不然我可以让你闭嘴，直接拿这个东西打你的嘴。"他对我的提防越来越弱，晃了晃手枪。

布洛迪看着我，狡猾地说："你说说我是怎么样把这宝贵的东西运出来的？"金发女人抽了一口气，转过脸看着墙。

"你把盖格先生杀死，然后就得到了。这天气真适合杀人，晚上下着雨。比较麻烦的是，还有人在旁边看着你把他杀了。我觉得你不太可能没发现她，实际情况应该是，你看到情况不妙赶紧逃跑了。不过你竟然从相机里取出了底片，我认为你还是很有胆子的，而且你竟然还敢跑回去藏起尸体，你还真是大胆，在警察发现尸体、展开调查之前，就把盖格的书弄走了。"

"胡说。"布洛迪一脸鄙视，他膝盖上的科尔特手枪又开始晃来晃去。他漆黑的脸就像个木头一样绷得紧紧的，"先生，你这是拿你的命开玩笑，我没有打死盖格，不然你还能活着吗？"

"你根本说不清楚，即便盖格不是你杀死的，"我有些得意，"说到这个案子，你肯定被牵扯进去。"

"你要陷害我？想设一个陷阱？"布洛迪的声音开始颤抖。

"就是这个意思。"

"你要做什么？"

"有一个证人看见了。我刚才和你说得很明白，有人说盖格是你杀的。你别认为我跟你对着干，那你的脑子就太蠢了。"

布洛迪一下子就火了。"啊，那个小骚货，"他喊着，"她总是跟我对着干，一点儿都没错，总是跟我对着干，真是该死。"

"真好，我还以为你把她的裸体照片弄到手了呢！"我笑呵呵地看着他，把身体往沙发上靠了靠。

布洛迪和那个金发女人什么都没说，我就是想让他们好好地推敲我说的话。过了没多长时间，布洛迪虽然还是垂头丧气的，但好像想明白了，脸色也不那么臭了，他把手枪放在了椅子旁边的一张小桌子上，不过他的右手始终在枪的附近徘徊。他弹了弹雪茄上的烟灰，抖落在地毯上，用力地看着我，眼睛都已经眯成了一条缝。

他说："我想你可能认为我实在太笨了。"

"智力中等，把照片拿出来了吧，如果你想去做勒索的事儿。"

"哪来的照片？"

我摇了摇头。"乔，如果你这样接下去那就错了。假装无辜是不能解决问题的。要么是你从另外一个到过那里的人手里拿到了照片，要么是你昨天晚上去了那个地方。这件事和一个刑事案件有关。你让你的女朋友恐吓里干太太，可见你知道那个女孩曾经到过那里，并且必然亲眼看到了这件事，所以你才会这样做。要不然你就拿到了照片，知道照片是在什么时候、什么地方拍的。还是说点实在东西吧，你要机灵一些。"

"我要钱。"布洛迪说。他转过头看了看金发碧眼的女人，我现在发现她金色的头发只剩下了外表，她的眼睛也不那么绿了，倒像是一只被杀了的兔子，软塌塌地倒在那里。

我说："这我可给不了。"

"你是怎么找到我的？"他拧着眉，脸色一片阴郁。

我拿出了钱包，让他看了看我的证章："我在帮我的主顾处理盖格的事情。昨天晚上我在外面大雨里听到了枪声，然后从窗户爬进去了，我什么都看见了，就是没有看见谁杀了他。"

布洛迪冷哼一声："你没有告诉别人吗？"

"没有，"我装好钱包坦白告诉他，"到目前为止还没有，你不把照片给我吗？"

"你是怎么知道那些书的事的？"他说，"我真是搞不懂。"

"我有一个证人，我从盖格书店出来以后，一路跟踪，一直就跟到了你这里。"

"那个小浑蛋？"

"哪个小浑蛋？"

他的眉毛又挑了挑。"就在书店里工作的那个。装书的卡车一离开他就跑了，至于他去哪里了，连阿戈尼丝都不知道！"

"你提供了一条非常有用的信息，"我笑着对他说，"我本来没有想通这点事儿。晚上以前，你们两个人谁去盖格家里了？"

"我们两个昨天晚上都没有去，"他有些气愤，"你什么意思？她说是我杀死了盖格？"

"她昨天晚上喝了一点酒，如果你把照片给我，也许我就让她知道她弄错了。"

布洛迪感叹一声。"她恨死我了，我把她甩了。当然，我也得到了一些钱，不过我早晚会把她甩了，就算是没有钱。我这个实诚人，可招架不了她那个疯子。"他清了清嗓子，"我一分钱都没有了，给我点钱吧，我和阿戈尼丝明天就从这里离开。"

"我的雇主不给我钱。"我说。

"你听我说——"

"布洛迪，把照片给我吧。"

"他妈的，"他骂了一句，然后站起来，把科尔特手枪插在侧边的口袋里，"算你狠。"他的左手伸到上衣里，把那东西拿出来，放在了我手里。他脸上分明写着嫌恶，门铃在这个时候响起来，而且还不停地响。

15

布洛迪的眉毛蔫了下来，他咬住下嘴唇，一点都不喜欢这种铃声，他的整张脸变得狠毒、阴险、狡诈、警惕。

我也不喜欢这种铃声，门铃还在响。如果来人是警察，我也帮不上什么忙，只能答应他们说出我所知道的事，再给他们露个笑脸；如果来人正好是艾迪·马尔斯还有他的属下，那么他们一看见我在这里，绝对会立刻杀了我；如果来人是布洛迪的几个朋友（假如他还有朋友的话），那么他们至少不会像布洛迪这样好应对。

这铃声也让金发女人高兴不起来，她突然跳了起来，一只手使劲儿地在空中摇晃，她整个脸变得又丑又老，她太紧张了。

布洛迪一边打开书桌上的一个小抽屉，从里面拿出一支骨把儿的自动手枪，一边盯着我。他递给金发女人一把枪，金发女人走过去，哆哆嗦嗦地接住了。

"在他那边坐下，"布洛迪喊了一声，"拿手枪对着他，离门远一点儿，枪口低一些，如果他要诈，你应该知道要做什么。宝贝儿，咱们还能应付得了。"

"乔，啊！"那女人哭着走过来，坐在了我旁边，枪口对着我腿上的大动脉，她眼睛里有慌张的神色，我一点都不喜欢。

门铃不再响了，然后是非常剧烈的敲门声，布洛迪的一只手在口袋里放着，他握着枪来到了门口，用左手打开门。然而，他棕色的薄嘴唇被卡门·斯特恩伍德的一把小手枪抵住，他不得不退回到房间里。

他一步一步往后退，脸已经被吓得扭曲了，嘴角在抽动。卡门随手关上门，一步一步逼着布洛迪，不看阿戈尼丝，也不看我。她的舌头从牙齿中间稍微露了出来。布洛迪从口袋里伸出手，向她表示友好，两条眉毛组成了各种角度和弧线。阿戈尼丝调转枪头瞄准了卡门。我突然伸出手，用力抓住她拿枪的手，用大拇指卡住保险。我扣上了保险，仍然握着她的手，布洛迪和卡门都没有注意到我和阿戈尼丝在厮打，因为我们两个没有弄出动静，而且持续时间很短。我终于夺过了阿戈尼丝的手枪，阿戈尼丝浑身都在颤抖，一直大口喘气。卡门的肉皮紧紧地包着骨头，她的脸紧紧地绷着，甚至连呼吸都带着嘶嘶声。她发出机械般的声音："乔，把我的照片给我。"

　　布洛迪咽了口口水，努力摆出笑脸。"我的女孩，当然给你，我当然给你。"他的声音非常细、非常轻，同刚才和我说话的声音相比，就相当于十吨大卡车和踏板车的区别。

　　卡门说："我全都看见了，你杀死了盖格，把我的照片给我。"布洛迪的脸都已经变成绿色的了。

　　我喊着："啊，卡门，你等一下。"

　　阿戈尼丝突然又动起来了，她低下头咬住了我的右手，这一口可真狠，我把她甩开，叫了一声。

　　"我的女孩，你听我说，"布洛迪在那里嘀咕，"你听我说……"

　　金发女人吐了我一口，直接扑上来，想咬住我的大腿。我打了一下她的头，并没有怎么使劲儿。我想从沙发上站起来，她滚到了我的脚边，两只胳膊把我的腿抱住，我又摔倒在了沙发上。金发女人的力气还真大，可能是因为害怕，可能是因为爱情，也可能是因为害怕和爱情的混合，不过也可能她天生力气就大。

　　布洛迪想把对准他的小手枪抢过来，这只枪距离他的脸只有一英尺，不过他失败了。手枪发出一声不太响、但很清脆的响声，折叠起来的落地窗的玻璃被子弹射穿，布洛迪叫了一声，倒在了地上，卡门被他的两条腿绊倒了，"扑通"一声倒在地上，手枪被甩到了墙角边。布洛迪赶紧站起来，从口袋里往外掏手枪。

我又很不客气地在阿戈尼丝头上打一下。她还抱着我的腿，我把她踢走，然后站起身。布洛迪看了看我，我让他看了看阿戈尼丝的自动步枪。他就不在口袋里掏了。

"别让她杀我，"布洛迪哭着说，"基督耶稣！"

我开始不停地大笑，简直像个傻子一样，根本控制不住自己。地板上的金发女人坐起来，张着嘴，她两手支在地毯上，右眼上粘着一缕金属线一样的头发。卡门的嘴里发出嘶嘶声，双手双脚一起在地上爬。在墙角护板下面，她的小手枪闪着亮光，她努力地爬到手枪那边去。

我晃了晃手中的手枪，对布洛迪说："我们谁都不会伤害你，你站好别动。"

我绕过在地上爬的姑娘，捡起墙角边的手枪，她抬头看了我一眼，开始呵呵直笑。"小天使，快起来，你趴在地上的样子真像是一只哈巴狗。"我拍了拍她的背，把手枪放到自己的口袋里。

我来到了布洛迪身边，用手枪对着他的肋骨，拿出他口袋里的那只科尔特手枪。这个武器我才见了几面，现在就被我拿下了。我一只一只地把这几把枪放在口袋里，然后把手伸向布洛迪。

"拿来吧！"

他眼神里写着惊恐，舔着嘴角，对我点了点头，然后从前胸的衣袋里掏出了一个厚信封，递给了我，里面有五张上光的照片，还有一个冲好的底片。

"你可以保证全都在这里吗？"

他再次点了点头，我把信封放在自己前胸的口袋里，转过身。回到沙发上的阿戈尼丝正在整理头发。她真想把卡门吃掉，两只眼睛狠毒地瞪着卡门。卡门站了起来，伸手走到我这边，一边嘶嘶的喘气一边笑着，还有一点白沫子挂在她的嘴角，嘴唇里的小白牙闪闪发光。

她呵呵地娇笑了一下，对我说："你能给我吗？"

"你回家去吧，我暂时帮你收着。"

"回什么家？"

我走到门口，看了看门外，周围非常安静，夜晚的凉风吹到了客厅里，没有趴在门口张望的好奇的邻居。不过是玻璃窗被一把走火的小手枪打碎而已，大家已经习惯了这种声音。我把门打开，拉着门把手，对卡门点点头，卡门走过来，脸上挂着有些疑虑的笑容。

我安慰她说："你先回家，等着我。"她把大拇指塞进嘴里，然后对我点了点头，从我身边走到了大厅。我们两人的身体靠在一起的时候，她拿手在我的脸上摸了摸，轻轻地说："你会照顾我的，是不是？"

"是的。"

"你太酷了。"

"你才看到的没什么，"我说，"我的右腿上还刺着一个翩翩起舞的巴厘岛女人呢！"

"真调皮，"她睁大圆眼睛说。然后她伸出一个手指对我晃了晃，小声说，"给我手枪吧！"

"我以后会给你的，现在不能给，我把你送回去吧。"

她突然抱着我的脖子，亲了亲我的嘴角。"我喜欢你，"她说，"卡门非常非常喜欢你。"她一蹦一跳地跑出大厅，像个画眉鸟一样。到了楼梯口的时候转过身，对我摆了摆手，然后就跑下楼梯了。

我又走进了布洛迪的房间。

16

我来到了折叠的落地窗前，检查了一下上面的碎玻璃。卡门的手枪并不只是射穿了一个洞，而是打碎了整块玻璃。如果仔细看，还能够看到子弹穿过玻璃留下的孔洞。我把窗帘拉上，挡住了这扇破碎的玻璃，然后把卡门的手枪从衣服口袋里拿出来。这是一把小手枪，特别为银行的守卫制作的，凹头子弹，0.22 口径。手枪柄是珍珠母做的，上面镶着一块银质的小圆盘，刻着"欧文赠送卡门"几个字。不管是谁，都可能要被这疯婆子戏耍一番。

我又把手枪放回了衣袋里，坐在了布洛迪身边。他棕色的眼睛在瞪着什么东西看，表情迷茫。过了一分钟，金发女人拿起一只小镜子，开始给自己化妆，布洛迪摸了好一会儿，拿出一盒纸烟。"这回符合你心愿了吧？"他突然说道。

"到目前为止，基本符合。你要勒索里干太太，为什么不直接找他们家的老爷子呢？"

"大约在六七个月以前，我已经从老爷子那里拿到了一笔钱。我怕他报警，万一他怒火中烧呢！"

"你认为里干太太不会告诉他这件事儿？这又是为什么？"

布洛迪想了一会儿，一边盯着我的脸看一边抽烟。"对于里甘太太，你有多少了解？"他最后这么说了一句。

"我和她见过两次。你既然想从她身上弄点钱花，说明你对她非常了解。"

"这个女人的交际圈很广，让她拿出五千块钱应该很容易，她有一些事儿见不得光，不敢让他们家老爷子知道。"

"我不打算继续探究了，"我说，"你这个说法不太可信，你手里有钱花，难道不是吗？"

"我只能攥着两枚硬币，这种状态已经一个多月了，我把它们放在一起配对儿。"

"那你的生活要怎么持续下去？"

"开保险行。我在圣莫尼卡区的弗尔维德大楼，普斯·渥尔格林公司有一间办公室。"

"你干脆把剩下的事情也告诉我吧，反正也告诉我不少了。你要怎么解释这间公寓里的书？"

他咬了咬牙，发出"咯吱"一声，摆了摆手，又变得自信了。"已经收进仓库里去了，并不在这里。"

"你让人把书转移到公寓，然后又找一家仓库，把书送过去，让他们帮你保管，是这个意思吧？"

"当然了，难道直接找人从盖格书店弄走？"

"你很有脑子，"我很钦佩他，"你还有其他犯法的事吗？"

他努力地摇了摇头，一副非常担心的表情。

"算了。"我说道。阿戈尼丝已经化完妆，就在对面坐着，我看了她一眼，她好像没有听见我们在说什么，而是一直看着墙壁，一副痴呆的样子。在经历了恐慌和疲倦以后，她想睡觉，脸上的表情非常憔悴。

布洛迪眨了眨眼睛，"难道还有其他事儿？"他非常警惕地问。

"你是怎么弄到那些照片的？"

他的眉毛拧了起来："你已经得到了自己想要的东西，甚至没花一个钱。我告诉你，你现在可以主动向你的主人邀功了。你真是好样的，我现在非常清白，我根本不知道照片的事儿。阿戈尼丝，你说是不是？"

金头发的女人睁开眼睛看了看他，明显对他没有什么好感，眼神中有些犹豫。"你只是聪明到了一半，"她用鼻孔出声，一副懒洋洋的样子，"我就是这么想的，至于完全聪明的人，我还从来没见过，真没有见过。"

"刚才有没有打疼你？"我对她笑了笑。

"我习惯了，谁都可以打我，不管是我遇见的其他人，或者是你。"

我又转过身看着布洛迪，他正在用力地用手指搓烟，一边揉一边搓。他漆黑的脸上没有任何表情，手指好像在颤抖。

"咱们必须对这件事达成一致，"我说，"比如说，卡门并没有过来，你刚才看到的都是幻想，这很重要，她并没有过来。"

布洛迪一声冷哼，"按你这么说的话，如果你能——"他把手伸出来，攥着手指，手掌向上，大拇指贴着中指和食指，轻轻摇了两下。

"这容易，"我点了点头，"不能超过一千块钱——也就只能这么多了——当作你的报酬。那么你是怎么得到照片的，现在可以说了吧！"

"从别人手里拿到的。"

"啊——哈！一个过去从来没有见过面的人，你在街上遇到他，后来再也不会见面了，就是这么一个人？"

布洛迪撇嘴一笑。"照片是从他口袋里掉出来的。"他打了个哈欠。

"你有没有证据证明，昨天发生那点事儿的时候你并不在场。"

"当然有，我和阿戈尼丝在一起，就在这间屋子里，阿戈尼丝，是不是这样？"

我说："我又开始担心你了！"

他的嘴角落下来，眼睛睁得很大，嘴唇上还叼着香烟。

"你真是太蠢了，可是还自以为聪明，"我说，"将来的日子恐怕不怎么好过，就算你不在圣昆丁的监狱了此残生，也要一直孤独寂寞，十分凄惨地活下去了。"

他嘴唇上的香烟动了两下，烟灰落在了衣服上。

我说："就凭你这种小聪明。"

"出去喘口气儿，"他突然叫起来，"跟你浪费了不少口舌，现在要活动活动，给我滚。"

"好吧。"我答应着，起身来到了橡木大桌子旁边，从口袋里掏出他的两支手枪，并列摆在吸墨纸的旁边，枪柄正好成平行线，摆得非常整齐。我拾起了沙发旁边地板上的帽子，走到了门口。

"停下！"布洛迪喊了一声。

我转过身看着他，他嘴里的香烟还在颤动，就好像是下面安着一个弹簧。他喊道："是不是已经没事了？"

"这是一个自由的国家，当然没事了。如果你不想在外面待着的话，有进监狱的自由。当然首先你要是这个国家的公民，你算是公民吗？"

他嘴唇上的香烟上下跳动，眼睛一直盯着我。金发女子慢慢地转过头，也在这个高度看着我，这两个人的神情里都有气愤、质疑、奸诈。突然阿戈尼丝抬了一下银色的指甲，把一根头发揪下来，拼命地拽成两节。

布洛迪把嗓音压低："兄弟，你不可能去报警。如果你为斯特恩伍德家做事，你就不会去报警。我知道太多关于他们家的事儿了。算了，你已经拿到照片了，就不要把这件事说出去。我按你说的话做了，你赶紧去卖你的晚报吧，赶紧走。"

我说："你还是好好算计一下吧，你刚才让我滚，我立刻就走了；后来又让我回来，我立刻就停下了；现在你又让我走，是确定了要让我走吗？"

布洛迪说："我不能让我的把柄落在你手里。"

"只有两条命，没有任何把柄。不过对于你们这种人来说，根本都不是事儿。"

他蹦了一英尺高，是一英尺，不是一英寸。眼白完全包围起了烟草色的眼珠，在灯光的照射下，他漆黑的脸上渗出了浅绿色。

阿戈尼丝一头扎进沙发的靠垫下，像动物一样喊了一声。我在那里站着看着她的两条细长腿。

布洛迪慢慢地舔了舔嘴角。"老兄，坐下吧，我还可以告诉你其他事。你说有两条人命，这又是怎么回事儿？"

"乔，你昨天晚上七点半在哪里？"我的身体靠在了门上。

他的眼睛看着地板，阴沉的嘴角已经落了下来："我正在跟踪一个人，他的生意很好，这个人就是盖格。我想他可能需要一个合作伙伴。我想知道他有没有较硬的后台，所以就想着看紧他。我想他之所以敢明晃晃地干这种生意，应该有几个朋友。但是去他家里的都是女人，没有他熟识的人。"

"你继续说，"我说，"你盯得还是太松了。"

"我昨天晚上又去跟踪他，当时的雨还很大，我在他们家房子下面的马路上停车，我什么都没看见，一直在汽车里坐着。距离他房子不远的上坡路上，停着一辆汽车，而他的房子前面也停着一辆汽车。我的车在房子的后门停着，有一辆大型的别克轿车停在我附近。过了很长一段时间后，我去打探了一下，上面的执照写着薇薇安·里干。我跑了，之后并没有发生什么事儿。就这些。"他的眼睛上上下下地看着我，摇了摇手里的烟。

"可能就是这样，"我说，"关于那辆别克轿车，你知道现在在哪里吗？"

"我为什么要知道？"

"那辆车在法院的车库里，今天早上在里多码头前面十二英尺的海底被捞上来，车里有一个人，但是已经死了，生前被人用重物砸了脑袋，手动油门拉了一半。汽车头对着码头外面。"

布洛迪的一只脚在地上画来画去，他非常焦虑，呼吸也变得急促。"哎呀，耶稣基督，这事儿可跟我没有关系。"他粗糙的声音响了起来。

"为什么没关系？根据你刚才的说法，这辆别克轿车曾经在盖格的房子后面停留过，这车是一个叫欧文·泰勒的年轻司机开过去的，不是里干太太开过去的。这司机和卡门走得太近，所以他就去找盖格，想和他谈谈，他不喜欢盖格和卡门玩的那些东西。他从后门进了房间，手里拿着一支手枪和撬棍，当时盖格正在给赤裸着身体的卡门拍照，正好被他看见。手枪总是喜欢砰砰响，他的手枪也不例外。盖格一下子就倒在了地上，欧文马上逃走了。不过，逃走之前他还做了一件事儿，拿走了盖格相机的底片，后来你又追上他，抢过底片。假如事情不是这样，你手中为什么会有底片？"

布洛迪舔了舔嘴。"是的，"他说，"确实如此，但这并不是说我杀了盖格。我听见了枪声，还听见了房后面的楼梯有咚咚咚的声音，然后就看着凶手跑下来，他上了汽车，然后就逃走了。我开车跟在他后面，他把车开到了峡谷，调转车头驶向了西面的日落大道，过了比弗利山，车子又滑到了马路外面，他必须要停车了。我假装警察走了过去，虽然他手里拿着枪，可他太紧张了，我很容易就打晕了他。我在他的衣服里找了一通，知道了他的身份。我完全是因为好奇才拿走了底片。他醒过来的时候，我还在想这底片是怎么回事儿。突然，他把我打到车外面。我站起来的时候他已经不见了，对于他的去向，我也不知道。"

我问他："你怎么知道盖格死在他的手下？"

布洛迪抖了抖肩膀："这是我猜的，也不一定能猜得对。我冲好了底片，就知道相片是怎么一回事儿了，这时候就比较能确定了。今天给盖格打电话没人接，而盖格也没有去书店，我就更加能肯定了。我认为这是一个好机会，可以运走他的书。我应该尽快到外面去躲一躲，不过在此之前应该从斯特恩伍德家拿一笔钱。"

我点了点头："说不定你并没有杀死这两个人。你的话有些道理，盖格的尸体被你藏在了什么地方？"

他撇着嘴笑了笑，扬了扬眉毛："别瞎说，根本就没有这事儿，你认为我还会帮他收拾一番？我根本就不会这么做。如果那样，说不定满载着警察的警车就会开过来。"

我说："尸体被人藏起来了，这是无可辩驳的。"

布洛迪仍然笑着，他耸了耸肩膀，表示不相信。门铃再次响起，此时他还在犹豫。听到门铃声后布洛迪的眼睛瞪得溜圆，"噌"的一声站起来，看了看桌子上的两把手枪。

他叫喊着："她又过来了，可真行。"

"她手里已经没有枪了，就算来人是她你也不用担心，"我安慰他，"你有没有其他朋友？"

"只有一两个，"布洛迪说，"我已经受够了被人踩在脚底下的感觉。"他走到桌子旁边，拿起了科尔特手枪，左手抓住门把手转动了一下，打开了一条缝，大约有一英尺宽，右手拿着枪，紧紧地贴在大腿上，然后就把上半身伸出去。

"你就是布洛迪？"门外响起了一个声音。

我没有听清布洛迪在说什么。像是枪声闷到了什么里面，一定是抵着布洛迪的身体开枪的。布洛迪往前一倒，倒在了门上，门"砰"的一声关上了，布洛迪从门上滑下来，地毯都被他的两只脚弄得翘起来了，他的左手也从门把手上滑下来，"扑通"一下就落在了地上，头卡在门和地板之间。他的右手仍然握着科尔特手枪，不过身体已经不能动了。

我快步跑过去，推开他的尸体，把门打开一点，然后挤出去，一个女人正在斜对面伸着脑袋往外看。她留着长指甲，指了指过道，脸上写着惊慌。

　　我听见了咚咚咚的声音，有人正在往楼下跑，我快速跑过楼道，沿着声音追过去。当我到达楼下大厅的时候，门马上就要关起来了，那个人已经跑到了外面的人行道上。在门将要关上的时候，我用力一推，蹿了出去。

　　我的眼前闪过一个没有戴帽子、穿着短皮外衣的人。他穿过门前停着的几辆汽车，跑到了马路的斜对面，他转过身，手里闪了两道亮光，我身边的灰泥土墙被两颗子弹深深地击中。这个人继续往前跑，在两辆汽车中一闪而过，消失不见了。

　　有个人走到我前面问我："发生什么事儿了？"

　　我说："有人开枪。"

　　他本来想向我打听发生了什么事儿，但这时却慌忙地跑到了公寓大楼里，喊了一声"上帝。"

　　我很快就沿着人行道来到了自己的汽车旁边，踩下油门。我把汽车从马路上开过去，慢慢地开到山下，马路对面一辆车都没有。我好像听到了脚步声，但又不太确定。我沿着下坡的马路，开了一个半街区，在某个十字路口调转车头，又倒了回去。人行道那边传来了微弱的警笛声，我模模糊糊能够听到，接下来就是慌乱的脚步声。我在马路边的一排汽车旁边停下，从车上下来，藏在了两辆汽车中间，从口袋里掏出卡门的小左轮手枪。

　　脚步声越来越响，警笛声也响个不停，似乎要凑个热闹。没多长时间人行道上就出现了一个穿着短皮外衣的人。我从两辆汽车的中间走出来对他说："朋友，借个火。"

　　穿着皮外衣的年轻人突然转过身，右手飞快地伸到上衣里面。他的眼睛在路灯的照射下，看起来水汪汪的，脸非常白，很帅气，黑色的眼睛是杏仁形的，黑色的头发是卷曲的，低低地盖住了额头，还有两个小弯儿。他是我在盖格书店看到的那个人，一个帅气的年轻人。

他在那里看着我，没有说话，右手放在短皮外衣的前襟上，不过没有往里面伸。我把左轮手枪握在了大腿上，说："你简直被你的女神迷得失了神智。"

"你他妈的！"年轻人小声说，在人行道里侧和路边一排汽车之间五英尺高的防土墙之间静止不动地站着。

山下开来了老远就鸣着警笛的警车，听见这声音以后，年轻人的脑袋歪了一下。我走近一步，用枪抵着他的皮上衣。

我问他："你是想去警察局，还是跟我走？"

他好像被我打了一耳光，头歪向一边。"你是干什么的？"他非常不客气。

"盖格的朋友。"

"你这狗娘养的，给我滚。"

"兄弟，我的枪只是看着比较小，你可别小看它。万一你的肚脐眼儿被打中了，你就三个月都不用走路了。你也可以走路，圣昆丁的监狱新建了一间又漂亮又舒服的毒气室，你可以去那里。"

他又骂了一句"妈的"。他想把手伸到皮外衣里去。我的手枪抵住他的肚子，靠得更近了。他的手从皮外衣上放下，在身边垂下来，肩膀也耷拉了下来。他长叹了一口气，低声说："你到底想怎么样？"

我把手伸到他的皮外衣里，掏出了他的自动手枪。

"老兄，和我上车吧！"

他走过我的身边，我在后面推了他一下，他钻进了车里。

"你来开车，坐在方向盘的后面去。"

他侧身在方向盘后坐下，我挨着他坐在了车里，对他说："先让巡逻的警察过去，警察会以为你因为听到了警笛声才到这里的。暂时等一会儿，等警察都走了，咱们再掉头，下山回去。"

我收起了卡门的左轮手枪，用那年轻人的自动手枪顶住了他的肋骨。我回头看了看窗外，警笛声越来越大，两盏红灯出现在马路中间，红灯越来越大，最后汇成一道红光，呼啸着的警车从旁边飞驰而过。

我说："开车吧！"

这年轻人调转车头，开下山去。

"咱们回拉温特雷斯去，"我说，"回家去吧！"

他光滑的嘴角抽搐了一下，很快就把车开到了西区的富兰克林大街。

"小子，你的脑子不太精明啊！你叫什么名字？"

他无精打采地说："卡洛尔·伦得戈林。"

"卡洛尔，你杀错人了，乔·布洛迪并没有杀死你的女神。"

他继续开车，嘴里又跳出了一句脏话。

17

朦胧的白雾弥漫在拉温特雷斯路边的桉树梢间，残缺了一半的月亮透过薄薄的雾气发出银色的光芒。山下的一所房子里传来了收音机发出的嘈杂声。年轻人把汽车开到了盖格房子前面的方形树障里。熄火以后，他看着远方，两只手在方向盘上放着，一副痴傻的样子。盖格的房间里没有一点灯光。

"小子，有没有人在房间里？"我问他。

"有没有人，你还不知道吗？"

"我哪里会知道？"

"你妈的。"

"有人就是因为喜欢说脏话，所以最后安上了假门牙。"

他龇牙咧嘴，肌肉绷紧，然后一脚踢开车门，从车上下来。我赶紧跟着他下车。他一声不响地走到树木屏障处看着房子，紧握的拳头放在胯骨上。

"算了，"我说，"咱们进门吧，拿出钥匙吧。"

"我怎么可能有钥匙？"

"小子，不要装了，钥匙就是你那相好给的。你有一间相当漂亮的房间，就在这所房子里，那是男人的卧室，你的房间非常整洁。如果有女客人过来，他就会把房子锁起来，把你赶出去。其实他就像是恺撒，在男人面前是妻子，在女人面前是丈夫。你以为我猜不出你们有什么关系？"

他抡着拳头向我打过来，正好打在了我的下巴上，我实打实地被打了一下，很快退了两步，还好没有倒下。他这一拳非常重，但不管怎样，既然身体已经空虚了，拳头也就硬不起来了。

"这个东西说不定能让你派上用场。"我说着就把手枪扔到了他的脚边。

他闪电般迅速弯下腰。虽然动作非常快，但我还是及时用拳头打在了他的脖子上。他跌倒在地上，想要抓住手枪，但失败了。我拾起手枪扔到了汽车里。这年轻人手脚并用往我这边爬过来，斜着眼看着我，眼睛睁得很大，接着晃了晃脑袋，咳嗽了两声。

我说："你最近体重下降很多，应该不想打架。"

他想打架。像弹射器发射出的飞机一样，他弯着腰向我这边扑过来，想抱着我的两条腿。我身体歪了一下，把他的脖子紧紧地掐住。他努力地蹬着两脚来回挣扎，两手空出来，用力打向我身上脆弱的部分。我扭过他的身体，把他举起来，用右面的胯骨抵住他，左手握住右腕。有那么一段时间，我们两个谁都动弹不了。我们两人耗在这迷蒙的月光下，就像雕塑一样，四只脚紧紧地踩在地面上，就像两只大喘气儿的畸形的动物一样。

这个时候，他的气管被我的右胳膊勒住了。我两只胳膊的力量完全都集中在右边。他的两只脚在地上挣扎了一会儿，他终于被我勒得晕过去，膝盖也变得无力，左脚向一边劈开。我又继续勒了一分钟，他在我的胳膊上软塌塌地倒下去。太重了，我根本抱不起来他。我松开手，他晕了过去，瘫在了我的脚底下。我回到汽车里，从放置手套的储物箱里拿出一副手铐，把他的手背过去，给他戴上手铐。我托着他的腋窝，不让路人看见，勉强把他拽到了篱笆后面。我又上了车，把车开到山上一百码左右的地方，锁上门。

我回来的时候他还没有醒，我打开房门把他拖进去，然后又关上了门。我开了一盏灯，喘了几口气儿。他眼睛动了两下，睁开后就开始用力地瞪着我。

我尽量躲开他的膝盖，弯下腰对他说："你还是乖乖在这躺着吧，不然有你好受的。最好老实点，别喘气儿，忍着，忍着，直到你忍不住的时候，就对自己说，你一定要喘气儿了，你的眼睛已经凸出来的，脸已经乌青了，你一定要喘气儿。可是你在圣昆丁的监狱里，被绑在一个椅子上，这间小毒气室非常干净，只要你一喘气儿，你就会后悔，觉得不应该喘气儿，因为你吸入的是氰化钾的烟雾，而不是空气。这就是我们国家吹捧的人道主义的死法。"

他小声说了一句："他妈的。"

"小子，你还是乖乖地都说了吧，你不要认为自己能扛过去。让你说什么你就说什么，不让你说的你就不要说。"

"他妈的。"

"你要是敢再骂一句，我就把一个枕头垫在你的脑袋下面。"

他撇了撇嘴，我让他在地板上躺着，手铐在背后，半张脸埋在毯子下面，只有野兽一样的闪亮的眼睛露在外面。我又打开一盏灯，来到了起居室后面的走廊里，好像没有人来过盖格的卧室。过道对面盖格的卧室有一道门，门没有上锁，我把这道门打开了。我闻到一股檀香味，还能够看到在昏暗中摇晃的灯光。橱柜上有一只小铜盘，上面有两撮香灰。两根黑色的大蜡烛分别摆在两只一英尺高的烛台上，这就是房间里的光源。床两边都摆着一个高背椅子，烛台就放在这椅子上。

盖格在床上躺着，一件长条毯子斜挂在身上，这原本是悬挂在起居室上的毯子，毯子在他身上摆成 x 型的十字架，正好盖住了胸前中式衣服上的血迹。他脚上穿着白色厚毡底拖鞋，下身穿着黑色的睡裤，他的腿在十字架下面伸得很直。盖格的两只手臂在十字架上面折回来，交叉放置，手指并在一起，非常整齐，手掌紧靠着两肩。他留着陈查理式的小胡子，看上去像是贴在嘴唇上的假胡子；他的嘴巴闭得非常严；眼睛也闭着，但不是很严；大扁鼻子已经青肿了。他好像在向我眨眼，那只假眼珠闪着微光。

我没有走近，也没有碰他的身体，他一定硬得像块木头，凉得如同冰块。

门打开了以后，蜡烛被冷风吹得直流眼泪，眼泪沿着蜡烛的身体流下来。房间里的空气好像不是真的，感觉非常恶心。我赶紧出去，把房门关上，来到了起居室。那年轻人还在地上躺着，我在他前面站了一会儿，等着警笛的声音。阿戈尼丝可能已经逃跑了，也可能好几个小时都不说话，也许可能说到了盖格的事儿，如果这样警察就会过来。现在就看阿戈尼丝什么时候说话以及说什么话了。

"小子，你想不想坐起来？"我低头看着那年轻人。

他假装在睡觉，眼睛紧紧地闭着。我来到了书桌前，拿起紫红色电话，打通了贝尼·奥尔斯办公室的电话。他六点的时候从办公室离开回到家里了，我又打了他家里的电话，他正好在家。

"我是马洛，"我说，"今天早上，你们的人是不是发现欧文·泰勒的身上有一把左轮手枪？"

我知道他在假装镇静，因为我在听筒里听见了他清嗓子的声音，他不想让我听出他的惊讶。

"警察在档案里都会记录下来，不管有没有。"

"如果他们发现了这支手枪，里面应该有三只空弹壳。"

奥尔斯用非常平静的语气问："你为什么会知道？"

"你来月桂谷大道的盆路口，拉温特雷斯七二四四号房间。我能够让你看到谁中了子弹。"

"有这种事儿？"

"确实有。"

奥尔斯说："我会从拐角那边过去，你看着窗户外面。我一直都觉得你在偷偷摸摸地做什么事儿？"

我说："不能在这件事上用'偷偷摸摸'这个词。"

18

奥尔斯在那里站着，低头看这个小伙子。卡洛尔斜着身子，倚着墙在沙发上坐着。奥尔斯看着他，一句话也没有说。奥尔斯弯弯的浅白色眉毛好像弗勒尔印刷公司免费赠送的两把瓜果刷子，每一根都直立着。

"布洛迪是你杀死的吗？"他问这个年轻人。

还是那三个字。年轻人又沙哑地说了一声。

奥尔斯看着我，叹了一口气。我说："我已经拿到了他的枪，根本不需要他再说一遍。"

奥尔斯说："这句话还挺有趣的！如果每次听见人们说这三个字，我就能够赚一块钱的话，我现在就发财了。"

我说："人们不是为了有趣才骂人的。"

"我可不能忘记你这句话。"奥尔斯说。他转过身去，"我刚才已经给怀尔德打电话了。把这个小浑蛋带上，咱们一块儿过去吧。你开车跟在后面，我和他坐一辆车。如果他有什么小动作，或者在车里不听话，我们也有应对的办法。"

"你不喜欢卧室里的那些东西？"

"非常喜欢，"奥尔斯说，"我感觉，从码头摔下对泰勒来说真不是坏事儿，他杀了那个老浑蛋，我真不忍心把他送到监狱里去。"

我回到那间小卧室，吹灭了蜡烛，让它们冒烟去吧。我又回到了起居室，这时候奥尔斯已经拽起了这个年轻人。年轻人瞪着黑色大眼睛看着他，苍白的脸像冻起来的肥羊肉一样紧绷着。

"咱们走吧。"奥尔斯把卡洛尔的胳膊拖住。看起来和年轻人的肢体接触让他感到非常不乐意。我把灯都关掉，跟在他们后面走出房子。我们上了汽车，奥尔斯汽车后面的两个车灯闪着，我们就在这弯弯曲曲的漫长山路上行驶，我一直盯着他的车灯。我真希望，这是最后一次去拉温特雷斯。

地方检察官塔戈特·怀尔德住在第四大街拐角和拉斐特公园附近。那个和电车库房差不多一样大的白色房子，就是他家。一座红砖砌成的车房位于白色房子的一边，前面有一大片绿色的草坪。由于城市不断向西扩建，这些老式的、坚固的房子，一栋一栋地建到了新城区。出生于洛杉矶古老家庭的怀尔德，说不定就是在这房子里出生的。但是他出生时这房子可能在菲戈洛亚，也可能在西亚当斯，或者在圣詹姆斯公园附近。

一辆警车和一辆私人小汽车停在行车道上，警车的后挡板上靠着一个穿制服的司机，他一边看月亮一边抽烟。奥尔斯走过去，两人说了几句话。司机看了看奥尔斯汽车里的年轻人。

我们来到房子前面，按下了门铃。开门的是一个男人，他长着金黄色的头发，梳得油光锃亮，他带着我们进了房间，穿过一个半地下的起居室，这间起居室里摆满了颜色浓重的庞大家具，然后来到了另一边的客厅，他敲了敲门，走了进去，帮我们把门打开，我们来到了书房，书房镶嵌着壁板，一扇敞开的落地式窗户位于书房的尽头。通过窗户可以看见夜色中神秘的树影和花园，鲜花和泥土的香气也可以通过窗子飘进房间内。几张掉色的大油画挂在墙上，房间里摆着一些书，还有几把安乐椅。一股高级雪茄的气味儿混合在鲜花和泥土的气味中。

办公桌后面坐着已经发福了的塔戈特·怀尔德。他是一个中年人，蓝色的眼睛非常清澈，脸上只有伪装的友好表情。他前面摆着一杯咖啡，左手修剪得非常光洁，手指夹着一只带花纹的细雪茄。怀尔德旁边的蓝色皮椅上，还坐着另外一个人，这个人的目光冷飕飕的，看起来非常凶恶，像一个当铺老板一样冷漠，像草靶子一样瘦弱。他的脸修整得非常光洁，好像一个小时之前才刮过胡子一样。他戴着一颗黑色的珠子，穿着一套熨烫得笔挺的棕色西装。这个人手指细长，看起来他脑子很灵光，不过有点不太正常，好像铆足了劲儿准备和人大吵一架一样，气呼呼地在那里坐着。

奥尔斯拿过一把椅子坐下来说："科龙耶格尔，晚上好。这是菲利普·马洛，一个私家侦探，手头有个棘手的问题。"说完他还扯着嘴笑了笑。

科龙耶格尔看了看我，没有任何表示。他像是看一张照片一样把我看了个遍，然后才轻轻地动了动下巴。怀尔德说："马洛，坐下吧。我正要和科龙耶格尔警长说些事情，咱们现在是个大城镇，你当然知道是什么事儿了。"

我坐下来，点了一支香烟。

"兰德尔广场的谋杀案进展如何？"奥尔斯问科龙耶格尔。

"嘎巴"一声，这个看起来凶狠的人掰了一下手指上的关节，耷拉着眼睛说："一具死人的尸体而已，身上中了两颗子弹。有两只手枪，但是都没有开过火。有一个金发姑娘，正要把别人的车开走，我们看到她非常慌乱，就在街上把她抓住了。她自己的车就在旁边停着，一样的车型号。我的手下扣下了她，从她口中也问到了一些有用的东西，不过她一直说没有看见凶手，可是布洛迪被杀死的时候，她就在现场。"

奥尔斯问："只有这么一点儿？"

科龙耶格尔挑了挑眉毛说："你还想要多少？这件事就发生在一个小时以前，难道你想让我们把杀人的过程拍成电影吗？"

奥尔斯说："你可以给我们讲一讲凶手的样貌。"

"身上穿着皮大衣，个子挺高——如果你认为这算是样貌的话。"

"那个人就在我外面的破汽车里靠着，"奥尔斯说，"我们已经铐住了他，是马洛帮忙铐住的。这支枪就是凶手的。"奥尔斯从口袋里拿出那个年轻人的自动步枪，放在了怀尔德前面的桌角上。科龙耶格尔没有伸手去拿，只是看了一眼。

怀尔德把身体向后仰了仰，呵呵地笑了起来。他没有把嘴里的雪茄拿出来就喷出了一口烟，然后探着身体喝了一口咖啡。他从晚礼服的口袋里拿出一条丝质手绢，擦了擦嘴角，然后又放了回去。

"这件案子还牵扯到其他几起死亡案子。"奥尔斯一边捏着下巴上的肥肉一边说。

科龙耶格尔的眼睛非常阴沉，射出了两道阴冷的目光，能够看得出来他动了一下。

奥尔斯问："我们在里多栈桥码头外面的海水里捞出了一辆小汽车，你听说了吗？里面有一具尸体。"

"还不知道这事，"科龙耶格尔还是阴沉着脸。

"汽车里的那具尸体，是一个有钱人家的司机，"奥尔斯说，"前一段时间，因为他们家一个女儿的事儿，这家人被人勒索过。马洛先生就是通过怀尔德先生认识了那家人，现在正在处理这件事，一直没有吭声。"

"这种看见谋杀案也不出声的私家侦探，真是让我喜欢，"科龙耶格尔口气不怎么好，"你根本就不用掩饰这些事情。"

"的确，"奥尔斯说，"的确没有必要掩饰这些事情。我也没有那么多和你们警察说话的机会。我不想崴了自己手的同时，还在这里浪费口水，告诉你们应该从哪里入手。"

房间里非常安静，科龙耶格尔的呼吸嘶嘶发响，他的鼻子已经冒白气儿了。"老油条，你完全没有必要告诉我的人应该从哪儿下手。"他假装镇定地说。

"那咱们就等着吧，"奥尔斯说，"就在昨天晚上，就在你管辖的范围内，就是刚才我说到的那个在码头淹死的司机，杀死了一个叫盖格的人。盖格开了一家出租淫秽书籍的书店，店铺在好莱坞大街上。在外面被扣住的那个小流氓和他住在一起，你能理解吗？我的意思是他们是同居关系。"

科龙耶格尔开始盯着他。"肯定有些龌龊的事儿，听你这语气就知道了"他说。

"很多警察做的事儿未必比这干净多少，我也不是不知道。"奥尔斯喊了一声，然后转过身对着我。他的眉毛都竖起来了，"马洛，该你说了，你把这件事告诉他们吧！"

我讲了一下这件事情的整个过程。

我当时有意地忽略了两件事，自己也不知道是出于什么原因。一是艾迪·马尔斯下午去找盖格，另外一件是卡门去了布洛迪的家。不过剩下的事儿我都说了。

我在说话的时候，一直被科龙耶格尔死死地凝视着，不过他还是没有什么表情。当我说完以后，他好长一段时间都不吭声。怀尔德只是一口一口地喝着咖啡，悠闲地抽着雪茄，并不说话。奥尔斯则一直盯着自己的大拇指。

科龙耶格尔把一只脚搭在另外一条腿上，慢慢地向后靠到椅背上，用颤抖的、瘦弱的手按着自己的脚脖子。他脸上的眉毛皱得很紧，非常冷淡地对我说：

"这么说，昨天晚上就发生了谋杀案，可你却没有上报，然后又用了一天的时间盯梢，所以盖格的这个相好就在今天下午找到时机，又杀了另一个人？"

"的确如此，"我说，"我要保护我的委托人，可能是我做得不对，不过对我来说确实很麻烦。那个年轻人跑去杀了布洛迪，我根本就想不到他这么做的原因。"

"马洛，其实警察可以想到的。如果你昨天报告盖格死亡的事件，那么这些书就不会从书店转移到布洛迪那里，这个小流氓也就不会跟踪着这些书找到了布洛迪然后杀死他。就算他们这种人该死，但毕竟也是一条人命啊。"

"你说的话很对，"我说，"不过我觉得你还是自己保留这些话吧！下次某个小偷偷了一个备用轮胎，并在街上逃跑的时候，你的手下开枪把他击毙了。那个时候你要教训他们，这些话就能派上用场了。"

啪！怀尔德的两只手敲了敲桌子。"够了！够了！"他大吼，"你凭什么那么肯定盖格是被泰勒杀死的？就算是从泰勒的身上，或者是从他的车里搜到了杀死盖格的手枪，你也不能认定杀人凶手就是泰勒。说不定真正的凶手是布洛迪，他只是用这把枪陷害泰勒。"

"从现实条件上看，这种可能是存在的，"我说，"不过从理论的角度来考虑，这需要很多巧合，所以这种推测是不成立的。那位姑娘和布洛迪的性格并不符合这种做法。从他们的动机考虑，也不能成立。我和布洛迪谈过一次话，他不会是杀人犯，尽管他也不是什么好人。他从不随身带枪，虽然他有两把枪，这还是从那个女人那里知道的。他一直在努力插手盖格的龌龊买卖，他想知道盖格的靠山有多强大，所以偶尔会去打探一下盖格的行踪。我认为他们没有说假话。假设他们杀死盖格的目的是那些书，然后拿走了盖格给卡门·斯特恩伍德拍的裸照，在逃跑以后又陷害欧文·泰勒，还把泰勒从里多码头推到海里，那么这也太不合常理了。另一方面，泰勒有理由杀死盖格，当然他也有机会。他恨盖格，当然也嫉妒盖格。他并没有经过主人的同意就把车开走，他杀死了盖格，而且还让那个姑娘看见了。即使布洛迪能够干出杀人的事，他也绝对不会这么做。我想象不到一个只想赚钱的人会做出这样的事。但泰勒就会受到那些裸体照片的刺激而气愤地去杀人，他确实有杀人的动机。"

怀尔德瞄了科龙耶格尔一眼，呵呵地笑着。科龙耶格尔清了清喉咙，哼了一声，怀尔德又问："那为什么要掩藏尸体呢？我想不明白。"

我说："肯定是卡洛尔干的，虽然外面那个年轻人没有告诉我们。盖格被杀死以后，布洛迪不会再去那处房子的，我在开车把卡门送回家的时候，那个年轻人就跑了回来。他害怕警察，他是一个见不得光的人。他可能认为先掩藏尸体、再转移财产是一种高明的做法。从红地毯上的痕迹可以看出，他把尸体拖出了门，然后又放进了车库，他收拾好房间里自己的东西以后，又去了其他地方。到了深夜，在尸体还没有变僵硬的时候，他又把尸体搬回来放在了床上，因为他觉得那样对不起死去的朋友，这种做法完全是一时兴起。当然，这些只是我的猜测。"

怀尔德点了点头："那么，他今天早上回到了书店，假装什么事儿都没发生，可是他的眼睛却一直盯着。在布洛迪搬书的时候，他知道这些书要运到哪里，并且据此猜测杀死盖格的人就是搬书的人，他知道很多关于那个姑娘和布洛迪的情况，多得恐怕连他们自己都无法想象。奥尔斯，你认为呢？"

奥尔斯说："这并不能为科龙耶格尔提供帮助，真是可惜——不过我们会查明的。他刚刚才得到消息，可是昨天夜里就已经出事儿了，所以他才觉得不舒服。"

科龙耶格尔语气不善地说："我有办法处理这件事情。"他瞪了我一眼，非常狠毒，然后立刻转移了视线。

怀尔德甩了甩手中的雪茄，说："马洛，咱们去看看物证吧！"

我把我的口袋翻了个遍，把我找到的东西一件一件地摆在他前面的桌子上：盖格给斯特恩伍德将军的名片、三张纸条、卡门的照片、蓝色的笔记本——里面有密码记录的通信录，我事先已经把盖格房子的钥匙给了奥尔斯。

看到这些东西以后，怀尔德轻轻地抽着雪茄，奥尔斯也点了一支雪茄，安静地看着天花板吐着烟圈儿，倚在桌子上的科龙耶格尔正在看我给怀尔德的物证。

怀尔德拍了拍签有卡门名字的三张纸条说："如果是斯特恩伍德将军付钱，那么他一定非常害怕发生更加不安的事儿，所以我猜这只是一个试探。你知道那老爷子害怕什么吗？他害怕盖格会变本加厉。"他一边说一边看着我。

我摇了摇头。

"你把其中的细节都说出来了吗？"

"我跳过了其中的几个私人问题，怀尔德先生，我以后也不会说的。"

"哼——哈！"科龙耶格尔这一声有点意味深长。

怀尔德平静地问我："你为什么这么做？"

"只有面对大陪审团的时候，我才会说出来。因为我的雇主有权利受到保护。我有私人侦探的执照，我认为'私人'这个词还是有些内涵的。两起凶案发生在好莱坞警察分局管辖范围内，两起案子都已经破了，并且已经抓捕了凶手，找到了凶器，查明了作案动机，虽然有一件敲诈案也牵涉进来，但并没有必要说出去，至少不一定非要公开当事人的姓名。"

怀尔德又问了一句："这又是为什么？"

"算了吧，"科龙耶格尔说，他的声音非常冷淡，"给一名私人侦探配戏，我感到真高兴。"

我说："我可以给你们看一样东西。"我站起来走出房间，走向了我的汽车，把盖格店里那本书拿出来。年轻人还在车里，正在一个犄角上倚着。那个穿着制服的警车司机正在奥尔斯的汽车旁边站着。

我问："他有说话吗？"

"他好像提了个要求，"那警察呸了一口说，"但我没搭理他。"

我又回到了房间，把书放到了怀尔德的桌子上，把包装纸拆开。我进来的时候，科龙耶格尔正在打电话，看到我后，他挂了电话坐了下来。

怀尔德翻了翻书，又合上，没有什么表情。然后推给了科龙耶格尔。科龙耶格尔打开书，看了一两页就赶紧合上。我看见他的颧骨上露出两块儿红晕，大约有半元硬币大小。

我说："借书日期的戳子在封底上，看看吧！"

科龙耶格尔翻了翻书："啊！"。

"如果有必要的话，"我说，"我可以发誓，这本书是从盖格的书店里借出来的。至于那店里在做什么，灰金色头发的阿戈尼丝会向你们说明的。只要是有眼睛的人就能看出，那书店是个幌子。但是警察却允许他们开在好莱坞，当然警察也有理由允许他们这样做。至于其中的道理，我敢说陪审团一定很想知道。"

科龙耶格尔突然站起来，把帽子戴上。"我们现在是一比三，"他怒火中烧地喊道，"盖格在经营黄色书刊，这与我们有什么关系，我是刑事部门的警察。当然我承认，假如报纸报道了这件事儿，的确对我们分局不太好。你们这些人到底要做什么？"

怀尔德看着奥尔斯。

"我只是想把一个犯人给你送来。跟我过来吧！"奥尔斯语气平静地说完后站了起来。科龙耶格尔看了他一眼，目光非常狠毒，然后就迈着大步走出了房间，奥尔斯紧跟后面走了。门又关上了。怀尔德一边用那双澄澈的蓝眼睛看着我，一边敲打着桌子。

"你要知道，你不应该隐瞒这件事，不然警察会怀疑你的，"他说，"你最好讲清整个问题，至少为了建立档案。我认为可以分别处理这两起杀人案，这样可以不牵扯到斯特恩伍德将军。你知道为什么我没有把你的一只耳朵扯掉吗？"

"不知道，我想可能是为了一起扯掉两只耳朵才留下的吧！"

"你这么做究竟能收获什么？"

"除了必要的花销外，每天二十五元。"

"加上一些汽油费，也不过五十块钱罢了。"

"基本是这样。"

他把头扭到一边，用左手的小手指轻轻地揉着下巴："难道你就为了这么一点钱，得罪一半地方警察局里的人？"

"我当然不想，"我说，"可是我在办案。我也没有办法。上帝赐给我一些头脑和勇敢，让我用它们来讨生活。为了保护委托人，我一定要有能力承受多方的怒火。我今天晚上告诉你们这么多事儿，而没有征求将军的同意，这已经和我自己的原则背道而驰了。至于说到隐瞒，我自己也在警察里干过。你应该早就知道，在所有的大城市里，拿钱就能够买到许多干警察这行的人，他们简直太不值钱了。如果是一个局外人隐瞒一些东西，警察可能会表现出非常严重的样子。但他们为了讨好有权势的人，或者顾及自己熟人的脸面，一转身就会毫不在意的。另外我还要继续处理这件案子，我的任务还没有结束。如果有必要，我还会继续隐瞒。"

"前提是你的营业执照不被科龙耶格尔吊销。"怀尔德张开嘴笑了笑，"你刚才说没有讲出几个私人问题，这些都重要吗？"

我盯着他的眼睛说："我还要继续处理我的案子。"

怀尔德对我笑了笑，露出了爱尔兰人的那种直率的笑容："伙计，我来告诉你一些情况吧。我的父亲和斯特恩伍德老将军是好朋友。我已经在自己的职权范围内，争取了所有的力量，说不定还不止这些，就是为了让他少伤心一点。可是现在都没用了。这件事情根本就没法掩饰，他的两个小姑娘早晚都会被卷入进去，尤其是那个小的。她们四处放荡，这实在不是她们应该的行为。不过，这事儿也都怪那老爷子。现在的世界都已经成什么样了，我猜他可能还不知道呢。另外，咱们的谈话是男人对男人的谈话，我不想对你弄虚作假。我可以跟你说另外一件事儿，我敢用一美元对加拿大的一毛钱来打赌：这种事情多少会牵扯到他那位女婿，就是过去曾经贩卖私酒的那位，他希望里干和这些事没有关系。你觉得是不是我说的这个道理？"

"据我所知，里干并不像是一个诈骗犯。他已经得到了一个金饭碗，可是又出走了。"

怀尔德哼了一声："我们两个人都不知道这个金饭碗的实际成色。

如果里干是一个硬汉子，有自己的骨气，那么这个金饭碗也就不那么值钱了。将军一直在找里干，他有没有告诉你这点？"

"他跟我说他希望里干平平安安的，他想知道里干在哪里。他非常喜欢里干，可里干还是直接就走了，都没有和他打招呼，他感到很伤心。"

怀尔德向后靠了一下，眉毛拧在了一起。"我懂了。"他的语调完全是另外一种感觉，他把盖格的蓝色笔记本推到了桌子的一边，手在桌子上来回摸索，把剩下的东西推给我，"这些对我来说都没用了，"他说，"你可以带走。"

19

将近十一点的时候，我停好车子，绕过赫巴特安姆斯前门。在十点的时候，大玻璃门就上锁了，所以我只能把钥匙拿了出来。在这空落落的方形大厅里的棕榈盆旁边，一个男人放下一张绿版的晚报，在花盆里掐灭了烟头，站起身，对我扬了扬帽子："老兄，你让我等了好长时间，我们老板想和你聊聊天。"

我停下来看着他那如同肉饼一样的耳朵和坍塌的鼻子。

"有事儿吗？"

他用手摸了摸没有系扣的上衣扣眼："你不惹事，那就没有事，你不用管到底怎么了。"

"我身上带着警察的气味，"我说，"我已经累得吃不下去、说不出话、不能动脑子了。不过，如果你认为我还没有累到不能服从艾迪·马尔斯的命令，那么你最好先把那东西拿出来，免得我把你的耳朵打掉。"

"你没带枪，别瞎说了。"他的嘴角落了下来，黑色的钢丝般的眉毛皱在了一起，狠狠地盯着我。

"我只是那个时候没带，现在又带了，"我告诉他，"我不可能总是空手出来。"

他扬了扬左手："算了，你赢了。他马上就会给你消息，他没有让我动武器。"

"现在时间不合适。"我说。当他从我身边经过，走到大门的时候，我慢慢地转过身。他打开门出去了，甚至都没有回头。我感觉自己很傻，非常可笑。我坐上电梯，上楼来到了自己的房间。我从口袋里拿出了卡门的小手枪，对它笑了笑，然后仔细地擦了一遍，上了油，用一块法兰绒布包上，然后锁了起来。我给自己倒了一杯酒，慢慢喝着，这时候电话铃声响了。我坐在了放着电话的桌子旁边。

这是艾迪·马尔斯的电话："听说你今天晚上表现了一番。"

"你想让浑身都是棱角、固执、轻慢而又放肆的我能为你做点什么呢？"

"听说那个地方——警察已经去了，你应该知道是什么地方。你没有把我卷进去吧？"

"我为什么要帮你遮掩？"

"当兵的，我是个以德报德、以怨报怨的人。"

"我的牙齿都在打战，你仔细听。"

"那没有提到我吗？真的没有？"他干笑了一声。

"没说，我没有提到你的事儿，我自己都不知道为什么，就算你没掺和进来，这件事已经很复杂了。"

"当兵的，多谢了，到底是谁杀了盖格？"

"明天的报纸上写着呢，你看明天的报纸吧。"

"可是我现在就想知道。"

"你想的事情都已经完成了。"

"还没有，当兵的，你这算是什么答案？"

"就此打住吧。一个你从来都没有听说的人下的杀手。"

"迟早有一天我会把这个人情还给你，假如你没有说谎。"

"我要睡了，挂电话吧。"

他又笑了笑："你是在寻找里干吗？"

"很可惜，我没有在找，不过很多人都以为我在找他。"

"如果你要找他的话，我可以给你提个建议。如果方便的话可以来海边找我，时间你定。要是能够见到你，我会感到很高兴。"

"再说吧。"

"那么再见。""咔嚓"一声，电话挂了。我控制着自己，用了很大的耐心。我坐在那里紧紧地抓住话筒，然后拨通了斯特恩伍德家的号码，那边的铃声响了四五次。"这里是斯特恩伍德将军公馆。"管家诚恳的声音响了起来。

"还记得吗？我是马洛，我是昨天见过你呢，还是一百年前见过呢？"

"马洛先生，我当然记得你，怎么会不记得。"

"里干太太在家吗？"

"她在家，我想在的。你是不是——"

我打断他的话："不用了，帮我转告她，"我突然不想那么做了，"你就告诉她，所有的照片都在我手里。已经没事了。"

"好的……好的，"那边的声音有点颤抖，"所有的照片都在你手里……所有的照片……已经没事了。非常感谢，我应该说——谢谢，先生。"

五分钟以后，电话响了起来，此时我已经把酒喝完了，这些酒让我想起早就忘记的晚饭。电话不停地响，我没有搭理，直接出去了。

我回来的时候电话还在响，一直持续到十二点半，断断续续的。过了十二点半，我打开窗户，关了灯，用一块纸塞住电话铃，然后爬上了床。我现在心里想的都是斯特恩伍德一家的事儿。

第二天早上，我在吃火腿煎蛋的时候，看了三份晨报。报纸上的故事，基本都一样，报道的案情和事实相差并不多，也就火星和土星之间的距离。三份报纸都没有提到斯特恩伍德一家，也没有提到在里多波堤上发现的汽车司机——欧文·泰勒和"月桂谷怪宅凶杀案"的关系。没有一篇报道提到斯特恩伍德、奥尔斯或者是我的名字。欧文·泰勒被说成是"一个富贵人家的司机"。好莱坞警察破获了两起凶杀案件，分局科龙耶格尔警长的名声响了。听说是因为一家通讯社的财产问题而引发的争执，通讯社是盖格在好莱坞大街上一家书店后面开办的，布洛迪杀死了盖格。为了复仇，卡洛尔·伦得戈林又杀了布洛迪。卡洛尔·伦得戈林目前已经被警方抓捕归案，并且已经招供，他曾经有犯罪史——估计是中学时期犯下的。另外，警方还拘留了一名叫阿戈尼丝的女人，她是盖格的秘书，可以为这件事做证。

这些报道写得非常出色，人们大约会产生这种想法：在前一天夜晚，盖格被人杀害。大约在一个小时以后，布洛迪被打死，而科龙耶格尔警长也就用了抽一根烟的时间，就把两个案子破了。第二类新闻的第一版刊登了泰勒自杀的消息，驳船甲板上的汽车照片附在上面，故意涂掉了汽车的车牌号。一块用白布蒙着的尸体放在汽车的踏板旁边的甲板上。欧文·泰勒健康状况不太好，情绪消沉。他的家在都布克，遗体将要运回。没有必要再深究这件事了。

20

失踪人口调查局的格里高利上尉坐在一张宽大的办公桌前，摆弄我的名片，来来回回地翻转，一直到名片和桌子边缘形成两条平行线才罢。他嘴里嘀咕什么，歪着脑袋，研究了好一会儿。格里高利在转椅上转了一下，通过窗户看了看半个街区以外的法院大厦，法院大厦最高一层的窗户装着铁栏杆。他长得非常健壮，但行动却非常迟缓，而且还非常谨慎。他的眼睛看起来非常疲惫，就像是一个守夜人。他说话没有语调，声音平淡，让人感觉任何事情都不能引起他的注意。

"嗯，私人侦探？"他说完就看着窗外，完全没有理会我。他的牙齿上挂着一只熏得发黑的烟斗，烟斗里升起一缕青烟，"你有什么事儿吗？"

"斯特恩伍德将军住在西好莱坞，阿尔塔布里克雷桑三七六五号，我正在为他效劳。"

格里高利上尉吐出一股青烟，并没有从嘴里拿开烟斗："你能为他做什么？"

"我觉得您可以帮忙。这件事儿和您的工作不大相同，但却让我很感兴趣。"

"怎么帮忙？"

"斯特恩伍德将军非常富有，和本区首席检察官的父亲是好朋友。因为将军他们家里有钱，不怕花钱，所以他要专门雇个人为他办事儿，而且这件事儿不代表警察局的意见。"

"你为什么感觉我会帮他？"

我没有回答这个问题，他笨拙地、慢悠悠地把转椅上的身子转过来，两只脚在铺着油毡的地板上放平，他盯着我，脸色阴沉，办公室里有一股多年公事公办的霉味儿。

"上尉，我不打算浪费你的时间。"我把椅子向后移了大约四英寸。

"你和地方首席检察官认识？"他没有移动，有气无力的眼睛继续看着我。

"我见过他，曾经在他手下做事儿。他的探长贝尼·奥尔斯和我相识，我们非常熟悉。"

格里高利把电话拿起来，对着电话嘀咕："给我接检察官办公室，要奥尔斯接电话。"

他在那里坐着，拿着放在支架上的电话。又过了一会儿，他的烟斗里飘散出一缕缕青烟。他的眼睛像两只手一样一动不动，呆滞而又浑浊。电话铃响了，他左手拿起我的名片说："找奥尔斯……我是阿尔·格里高利……我在办公室……我这儿有一个人，他的名片上写着菲利普·马洛，是个私人侦探。他想在我这里了解情况……是这样吗？他长得什么样？好了……谢谢！"

他把电话放下，拿出嘴里的烟斗，用一只大铅笔的铜帽按了按烟丝。他的动作非常严肃，看起来非常小心，好像每天都要做这件非常重要的公事一样。他向后靠了靠，又盯着我看。

"你想了解什么情况？"

"如果可能的话，我希望知道你们的进展如何？"

他想了很长时间，最后问我："关于里干吗？"

"就是他。"

"你和他相识？"

"我没见过他，听说他是一个长得非常漂亮的爱尔兰人，大约四十岁左右，曾经贩卖私酒，后来与斯特恩伍德将军的大女儿结婚。有人告诉我他在一个月以前失踪了，而且和妻子处得不怎么好。"

"斯特恩伍德将军为什么雇用私人侦探打听消息呢？他应该感到高兴才对。"

"这种事儿经常有。将军的身体已经瘫痪了，非常寂寞，里干以前总是陪着他，将军很喜欢这个人。"

"你觉得我们做不到的事，还有谁能够做到呢？"

"对于探寻里干去向的事，我可能什么都做不到。不过一个神秘的敲诈案件被牵扯了进来，我在想里面是不是有里干的份儿。对我来说，知道他在哪儿或者不在什么地方，可能是有帮助的。"

"兄弟，我真不知道他在什么地方，虽然我很愿意为你提供帮助。他已经离开不见了，只有这些。"

"上尉，想要隐瞒你们一些事情是不是并不容易？"

"是的——不过我们可能暂时被瞒住，所以也不一定。"他按下桌子上的铃，侧门伸进来一个中年女人的头。"安芭，把有关卢斯蒂·里干的卷宗都拿过来。"

门关上了。在这阴沉的气氛中，我和格里高利上尉互相看着对方。像这样持续了一会儿，门开了，一个女人把一沓绿色的编号卷宗放在桌子上，格里高利上尉让她出去。他把一个很大的角质眼镜放在了露着青筋的鼻子上面，慢慢地翻起卷宗里的文件。而我用手指夹着香烟。

"他出走的日期是九月十六日，"他说，"那天司机放假，这是唯一重要的线索。虽然我们知道他大约在黄昏前开车出去，但是并没有人看见他把车开走。四天以后，他的车被找到了，在日落大道附近一间非常漂亮的别墅的车库里。看守车库的人报案了，他以为这是盗窃案件，说这辆车并不是车库里的。这个地方叫凯萨德奥罗。待会儿我再告诉你另外一件事儿。没有查到任何线索说明谁把车开到这里的。"

我们在汽车上弄到了一些指纹，不过和警方档案中的旧案没有一点关系。虽然我们有理由怀疑这是某种犯罪行为，但看不出来车库里出现这辆车和某些罪行有什么关系。还有另外一件事儿和这个案子有关系，我现在就告诉你。"

我说："是失踪的名单上又多了艾迪·马尔斯的妻子吗？"

很明显，他有些气愤："没错。里干出走的时间和她失踪的日期差不多，前后只差了两天左右。我们在调查房客时了解到，她凑巧在那里住过。有人看见她曾经和一个人在一起，那个人与里干有些相似，不过我们的证据并不确凿。警察做的事儿真是可笑：我们有时候给旅馆侍者一张非常清晰的照片，但他们却认不出是谁；有时候一个老太太透过窗户看到外面跑过一个人，但在六个月以后，她竟然还能够在一群人里认出这个人。"

"作为一名合格的旅馆侍者，必须具备的能力应该包括认人。"我说。

"是啊，据艾迪所说，他们两人关系融洽。但是艾迪·马尔斯并没有和妻子住在一起。那么就有这几种可能：里干身上一直带着一万五千块钱，听别人说都是现金，根本不可能是一张真钱下放着一堆废纸，这笔钱可不少。他和别人在一起的时候，总是拿出来显摆，有人说他爱炫耀，他可能就是这样的人。不过他也有可能一点都不在乎钱，因为他的妻子说，除了她给他的一辆帕卡德 120 以及为他提供食宿外，他从没有花过斯特恩伍德一个钱。不要忘了他曾经是一个私酒贩子，是个有钱人。"

我说："我真是想不明白。"

"算了。大家都知道他身上揣着一万五千块钱，我们要面对的就是一个这样出走的人。所以，这里应该有钱的问题。如果我自己有一万五千块钱，虽然我的两个孩子还在上中学，但说不定我也可能会走。所以我们首先想到的是，因为钱的问题，他被有些人整治了一番，而且还被整治得很惨，所以只能跑到了沙漠里去，在仙人掌底下待着。不过这是一种不太可信的推断，因为他有着丰富的打枪经验，而且还随身带着一把枪。据我了解，他不只在那些油嘴滑舌的私酒贩子里待过，早在1922年——或者任意某一年，他曾经在爱尔兰的一次叛乱中指挥过一个旅的士兵。对于一个抢劫犯来说，像他这样的人可不是一块好啃的骨头。另外，那间车库里停放着他的汽车，也就是说，想整治他的那个人——不管那个人是谁，都会因此知道他和艾迪·马尔斯的妻子关系不错。我想这些都是真的。不过，也不是任意一个赌场上混的赖子，都知道这件事儿。"

我问："有他的照片吗？"

"有，可是没有她的，这真是奇怪。你看吧，这个案子还有很多奇怪的地方。"他从桌子上推过来一张上了光的照片，我看到一个爱尔兰人的脸，其实他的神情是忧郁而不是快乐，是拘束而不是稳健。他不是一个任人捏扁搓圆的软骨头，也不是一个硬汉子。他的前额很宽，显得不太高，长着突出的颧骨和挺直的黑眉毛，鼻子很小，嘴巴很大，头发乌黑发亮，下巴上有线条，但和他那张大嘴在一起一比，就显得小而无法相配。他的脸绷得紧紧的，这是一种果断而又鲁莽的人。我把照片递过去，我想以后遇到这张脸，我会认出来的。

格里高利磕了磕烟斗，再次装上烟丝，用大拇指按了按。他把烟头点燃，吹着烟，接着说道：

"另外，不仅仅艾迪知道，可能其他人也知道，里干爱着艾迪的妻子。我在想艾迪是怎么知道的，这确实很奇怪。我们曾经调查过事发前后艾迪的行踪，发现艾迪似乎并不在意。艾迪要是因为嫉妒而杀死人，这也太吸引人的注意了，他不可能这么做的。"

"那要看他有多聪明了，"我说，"如果他是故意伪装成这个样子呢？"

"他是一个非常聪明的人，"格里高利上尉摇了摇头，"而且没有人敢过问他开了一个大赌场的事，可见他绝对不会做出这种蠢事的。我知道你想要说什么——他认为如果自己做了这种事，我们也不会怀疑到他身上，所以才大胆地去做。但是从警察的角度来看，这是一种错误的推论，因为这种做法对他来说是不利的。如果他这么做了我们就会密切地关注他。你也可能认为偷偷摸摸地做事是一种聪明的做法。但是一般人不会这么想，不过说不定我也会这么想。总之，他以后的日子可能不会好过了。我认为他不太可能做这种事，如果你能证明我错了，我会把我的坐垫吃掉。我认为艾迪是无辜的，至少在你拿出证据之前是这样。嫉妒不可能成为他们这种人的杀人动机，黑社会老大在做事情的时候都是用脑子的，他们绝不会因为个人的感情而把正事耽误，他们知道做事情要用谋略，所以我认为你的推论不成立。"

"那你认为什么能成立？"

"这是里干和那个女人自导自演的一出戏，没有其他人出场。那女人曾经长有金黄色的头发，但现在可能不是了，我们认为他们可能是开车逃走了，因为我们没有找到那女人的汽车。我们下手太晚了，已经晚了两个星期，除了里干的那辆汽车外，我们没有找到任何线索。当然我们也习惯了这种情况，尤其是这种事情出现在上流社会。另外只要是经过我手里办的事，我一定会严格保守秘密。"

他向后靠了靠身体，"啪！"的一声，那双又粗又大的手掌敲了一下椅子的扶手。

"当然，我也不可能什么都不干，做甩手掌柜。"他接着说，"我们已经把通知发到各个地方了，但还没有后续，因为时间不够长。我们都知道里干身上带着一万五千块，那个女人身上应该也有一些零钱，但总有一天他们会花完这些钱，那个时候里干就要去兑换支票，所以一定会露出痕迹。他也可能会写信。他现在可能改名换姓，在一个陌生的城市居住，不过他不可能改变旧的习惯。在钱财方面的习惯，早晚都会露出来的。"

"在嫁给艾迪·马尔斯以前，那个女人在做什么工作？"

"唱流行歌曲的。"

"你能不能弄到她以前的照片？"

"艾迪一定有，但他肯定不会给的。我可没有办法弄到。我不知道他是什么意思，他不希望别人去打扰他。他在城里有几个朋友，否则也不会做这么大的生意。"他撇了撇嘴，笑着说，"我说的这些对你有用吗？"

我说："太平洋距离我们太近了，谁也找不到这两个人。"

"我还是和你打赌吃椅子的坐垫，我们会找到他，可能要浪费一些时间，说不定一两年。"

我说："斯特恩伍德将军未必能活那么久。"

"兄弟，我们已经努力了。如果他肯多花一点钱，多付出一些辛苦费，我们说不定还能有点进展。这个城市的市政当局收入很多，但我们却没有这笔花销。"他的大眼睛看着我，松松的眉毛在颤抖，"你真认为他们两个是被艾迪杀死了？"

我笑了笑："不，我只是在开玩笑。上尉，我和你的想法一样。里干更喜欢这个女人，他和这个女人私奔了，他和自己的妻子处得并不好，虽然他的妻子很有钱，但他没有把他妻子的钱弄到手。"

"你见过她？"

"见过。如果你和这个女人整天待在一起，你恐怕会觉得恶心；如果你只是和她过一个疯狂的周末，那倒还不错。"

他又张嘴笑了笑。我感谢他提供的资料以及为我花费的时间，然后就和他说再见。在从市政厅回家的路上，我被一辆灰色的普利茅斯小轿车跟踪了。在一个僻静的街上，我给他一个机会，想让他超过我，不过他一直在我后面跟着。我还有很多正事要做，所以只好甩掉他。

21

我没再去过斯特恩伍德家。我坐在办公室的椅子上，两条腿不由地晃起来，能有这么悠闲的时间，是很久之前的事儿了。隔壁旅馆里点的是汽油炉子，煤烟随着一阵阵风从窗户飘进办公室，像一块从空地上掠过的野苋菜，冲到了我的办公桌。我正在想，生活是多么的单调，就算是喝点酒也还是那么单调，我根本就不想出去吃饭。我又在想，一个人在这个时候出去喝酒，实在是没劲！就在我想事情的时候，诺里斯打电话来了，他告诉我将军的身体不太好，他给斯特恩伍德将军读了报纸上的几条新闻，将军认为我应该已完成了侦探的任务。他的口气非常有礼貌。

"是的，盖格的事情已经告一段落，"我说，"不过我没有开枪杀死他。"

"马洛先生，将军也没有认为是您杀了他。"

"那些照片的事儿让里干太太内心不安，将军知道吗？"

"他肯定不知道，先生。"

"您知道将军把什么东西交给我了吗？"

"先生，我知道，一张名片，还有三张借条。"

"是的，我打算还回这些东西。至于相片，我认为让我立刻销毁是最好的做法。"

"先生，这样很好。昨天晚上里干太太给您打过电话。"

我说："我去喝酒了。"

"是的，先生。我知道，那是非常有必要的事。将军让我把一张五百元的支票寄给您，你认为够不够？"

我说："他非常大方。"

"这件事情已经结束了，是不是？"

"是的，结束了。就好像被定时锁锁住的保险箱一样，严严实实地封起来了。"

"先生，非常感谢您。这件事儿办得很好，我敢说我们大家都是这样想的。如果将军的身体略微好一些——可能是明天，他会当面向您表示谢意。"

"好的。我要去喝他的白兰地，"我说，"说不定还要加一点香槟。"

老管家说："我一定把酒调得非常凉。"他好像是笑着说的。

就这样，道别后，我们挂断了电话。窗口飘来的煤烟与隔壁咖啡馆的饭香搅在一起，不过我并没有因此而胃口大开，所以就拿出放在办公室里的酒瓶开始喝酒。我已经没心思去管我的自尊心会有什么感受了。

我掰着手指想这件事：卢斯蒂·里干和一个不知来路的金发女人跑了。不管怎么说，这个女人都和黑帮老大艾迪·马尔斯结婚了。里干就这样不见了，连个招呼都不打，宁愿放弃一个美丽的妻子、一大笔财产。对于这件事可以做出很多解释。我和将军第一次见面的时候，他就给我留下了骄傲的印象，其实也可以说是极其慎重。他已经让失踪人口调查局去办理这件事儿了，但他没有告诉我。失踪人口调查局明显没有为这件事情多努力，否则也不会这么多天都没有结果。里干想做什么都应该做完了，别人为他的担忧都是多余的。我同意格里高利的观点，艾迪·马尔斯不太可能因为一个男人和一个女人一起跑了就把他们都杀死，他甚至都没有和那个金发女人住在一起。这种事情肯定让他非常气愤，但他首先考虑的是自己的生意。他会把牙咬得很紧，因为要在好莱坞这里混，就得这样，否则脑子里随时都可能溜进来一个金发女人，就要整天为这些事感到烦恼了。当然，如果有一大笔钱搅和进来的话，那就要另算了。不过，对于艾迪·马尔斯来说，一万五千块钱并不算什么，他不会为了这点钱而浪费脑子，他根本不是布洛迪那样的人。

盖格死了，卡门只能去找其他人喝外国酒了，都是一些不着调的人。我倒是不担心她遇到什么麻烦。她只需要找一个安静的地方，在那里乖乖地站五分钟，假装害羞就可以了。我希望下一个勾搭她的人，不要太性急，要把眼光放得长远，对她客气一点。

既然里干太太和艾迪·马尔斯都已经熟悉到可以借钱了，那么很明显，如果她经常玩轮盘赌博，并且总是输的话，就算是一个好主顾，任何一个赌场的老板都愿意在必要的时候借钱给她。另外，里干是她的丈夫，并且和艾迪·马尔斯的妻子私奔了，所以在里干这件事上，他们还有另外一种利害关系。

那个除了骂人说脏话，就不会说其他话的年轻人，杀人犯卡洛尔·伦得戈林，很久时间都不会再出现了。估计他没有被他们绑在电椅上，因为他可能会自认有罪，这样就没有必要没完没了地接受审讯了，所以他们也不会遇到什么麻烦，这倒是省了不少钱。一般来说这么做的人都是请不起大律师的人。作为证人，阿戈尼丝·罗泽列还被拘留着，如果卡洛尔承认自己有罪，那么就不需要她做证。他只要在传讯的时候认罪，她就会被他们释放。关于盖格的事儿，他们不想做深入的研究。只要不深入追究，他们就不能把她怎么样。

然后就剩下我了，我隐瞒了一起凶杀案，扣押证据超过二十四小时，马上就要收到一张五百块钱的支票，并且正在恢恢法网外逍遥。我应该去喝一杯酒，然后忘记这些乱成一团麻的事儿，这才是聪明的做法。

既然这是聪明的做法，我就给艾迪·马尔斯打了一个电话，告诉他我今天晚上要去拉绍林达斯，有事和他谈。由此可见，我确实很聪明。

我到拉绍林达斯的时候，大约是晚上九点左右。十月的月亮高高地在空中悬挂着，散发出冷光。当我到达海滨的时候，朦胧的雾气已经遮住了月亮。柏树俱乐部位于拉绍林达斯市的尽头，这是一个结构很不规整的却非常庞大的大楼。它原来是一个叫德·凯森的富豪的避暑山庄，后来做过旅馆。从外表上看，这座建筑又大又黑，年久失修，周围长着密集的蒙特利柏树，柏树被风刮得乱七八糟。这些柏树就是这座大楼名字的由来。楼前是带着旋涡装饰的巨大门廊，四周都是角楼，彩色玻璃装饰在大窗户周围。有一个空旷的大马厩建在大楼后面。这个大楼整体给人的感觉是毁灭、阴冷。艾迪·马尔斯买到以后，并没有将它改变成米高梅电影公司那样金碧辉煌的建筑，还是让它的外观保持原来的样子。

在一个悬挂着噼啪直响的老旧霓虹灯的街道上，我把车停下，沿着一条潮湿的石子路，走向了大门。守门的是一个穿着双排扣的卫兵，他把我带进了一个安静而又黑暗的大厅，我看到一道弧形的白色橡木楼梯通往黑漆漆的楼上。我把大衣和帽子放在了更衣室，外面传来嘈杂的人声和乐曲声，我就在这笨重的双扇大门里，一边听一边等待。这些声音和这座大楼一点都不搭，好像是从很远以外的地方传来的。没多长时间，楼梯后面就走出来一个金发男人，他脸色发青，身材瘦弱，曾经陪着艾迪·马尔斯和那个拳击家来过盖格的房间。他对我笑了笑，转过身带着我来到了老板的办公室——一个铺着地毯的大厅。

这是一间方方正正的办公室，里面有一座石头砌成的壁炉，一个窗口很深的老式月桂木窗户，房间的墙上镶嵌着胡桃木护墙板，炉子里烧着一块松木，给人以懒洋洋的感觉。墙壁上挂着褪色的缎子来当作壁毯，天花板非常高。房间里有一股海水味，感觉非常冰冷。

艾迪·马尔斯的深色办公桌没有一点光泽，这张桌子不是这个房间原来的家具。房间里的家具都不是在 1900 年以后制造的。房间里铺着佛罗里达式的棕红色地毯。一个酒吧街使用的收音机摆放在角落，一个铜盘里放着一套瑟佛尔茶具，旁边摆着一个俄罗斯式的茶壶。另外一个角落有一道安着定时锁的门。我真想知道这到底是为谁准备的。

艾迪·马尔斯对我笑了笑，他非常客气地和我握了手，用下巴指着那安着定时锁的保险柜说："在一群抢劫犯中间，我的日子也很难过。好在有这个东西。"这个时候他很得意，"我和地方警察们约好了，他们每天早上都会过来和我一起查看。"

"在电话里你说你要告诉我一些事情，我想问是什么事情。"

"咱们先坐下喝一杯。你何必那么着急。"

"我一点儿都不急，咱们还是说正事儿吧！"

"你肯定喜欢听的。还是先喝一杯吧。"说完他就调了两杯酒，自己叉着腿在办公桌前面站着，把我的那杯酒放在一把红皮椅子旁边。他把一只手插在深蓝色晚礼服的口袋里，露着大拇指，指甲在发光。相比于穿灰色的法兰绒衣服，他穿着晚礼服时显得更加严肃。从整体上来说他还是像个骑士。我们一边互相点头，一边喝酒。

他问我："你以前来过吗？"

"我对赌博不太感兴趣，在禁赌期间来过。"

"看来你对钱不感兴趣，"他笑了笑，"你的一位朋友正在外面玩轮盘赌，你今天晚上可以顺便看看她，我听说薇薇安·里干今天晚上运气挺好。"

我一边喝酒一边拿起特制的香烟，上面印着他的姓名的缩写。

"对于你昨天处理问题的做法，我表示非常欣赏。"他说，"我最开始遇见你的时候，感觉很不高兴，后来发现你做得不错。咱们两个人会相处得很好，我欠你多少钱？"

"你怎么会欠我的钱？"

"嗯。我在警察里有人，知道内幕，不然也不会在这里待着，你为什么那么慎重？我看的不是报纸上的那些东西，看到的是事情的真相。"他对我露出大白牙。

我问："你手里有多少？"

"你指的不是钱？"

"我在说消息。"

"什么消息？"

"里干的消息，你记性不太好啊。"

"啊，这个……"他摆了摆手，指甲在一盏红灯射向天花板的光束里闪闪发光，"我听说你已经得到了这些消息。别人对我义气，我是会报答的。我觉得我应该付给你酬劳。"

"我不是为了钱才来你这里的。我做的事儿已经有人付钱了，虽然按你的标准来说不算多，但也说得过去。我历来坚持一个原则，一次只效忠一个雇主。你没有杀死里干吧？"

"是的，你认为这可能是我的手笔吗？"

"我觉得有可能。"

"你说笑了。"他笑了笑。

我也笑了："当然，我在说笑。我见过里干的照片，但没有见过他本人。你的手下真不会办事。既然我们都已经说到这个问题了，希望你以后不要派人拿着枪，到我那里去给我发号施令。说不定我会发疯打倒一个。"

他从玻璃杯后面看着炉火，又把杯子放到了办公桌的边缘，用一条很薄的麻布手绢擦了擦嘴。

"你嘴上说得好，"他说，"你确实不好应对，这点儿我敢肯定。不过，关于里干的事儿，其实你没什么兴趣，是吗？"

"是的，我的雇主没有要求我调查他。从我的职业来说，我确实没有兴趣，不过我知道有人想知道他在什么地方。"

他说："她根本就不关心。"

"我是说她父亲。"

他擦了擦嘴，好像从手绢上看到了血迹一样，再次看了看手绢。他一只手摸着历经沧桑的鼻子，那浓浓的灰色眉毛已经挤在了一起。

"盖格想要勒索将军，"我说，"我猜将军在担忧里干是不是也参与了，虽然他没有明说。"

艾迪·马尔斯笑了。"哈——哈！这全都是盖格的想法，他就喜欢来这一套。他先从别人那里弄到几张看起来完全合法的借条，我敢肯定地说这些借条是合法的，但是他不敢凭借这些借条告状。他会把这些借条寄出去，自己一张都不留，还会用花体字签上名字。如果没有找到傻瓜，他就不干这件事儿了；如果找到了一个大傻瓜，他就有希望把对方吓住，然后继续勒索。"

"这人很聪明，"我说，"他确实停手了，不但停手了，而且把自己也搭进去了。你是怎么知道这些的？"

他耸了耸肩膀，很不耐烦的样子："在这个圈子里，有个亏本的生意就是打听别人的秘密。我倒是希望，别人给我的消息我有一半没有听到。如果你只是要处理盖格这件事，那么你应该可以结束了。"

"是的，他辞退了我，给了我一笔钱。"

"这可真遗憾，我希望老斯特恩伍德让他的女儿留在家里，哪怕一星期让她们在家里待几个晚上也行，他可以为此出一点钱来雇用你这样的人。"

"你是什么意思？"

他的嘴角垂下来："她们到处惹麻烦。就说那个黑头发的女人吧！我这里的人根本就没有办法招架她。如果她输了，那就继续下赌注，不要命了一样地赌，最后给我一堆欠条，这些欠条都和废纸一样，不

125

管打多少折扣都无法兑现。除了每个月的零花钱外，她根本没有钱。直到现在也不知道老头遗嘱上的遗产有多少。如果她赢了，就把我的钱带走了。"

我说："你可以在第二天晚上再赢回来。"

"只能赢回一部分，长此以往，我还是吃亏。"

他看着我的眼神非常恳切，好像是告诉我这些话都非常紧要。可是他为什么把这些事情告诉我？我感到很奇怪。我打了个哈欠，喝光了酒说：

"我想出去看看这是个什么地方。"

"好吧，你去吧！"他指着保险柜那边的门说，"这扇门可以通到赌桌后面。"

"我想知道赌鬼们从哪里走。"

"好呀，随便。当兵的，我们是朋友，不是吗？"

我站起来和他握了握手："当然是朋友。"

"你从格里高利那里得到了你想要的信息了吧，"他说，"说不定哪儿天我可以为你做点什么呢。"

"这么说你和他也有来往。"

"我们只是朋友，不是你想象的那样。"

我看了他一会儿，然后走向刚才我进来的那道门，打开门以后，回头看了看他。

"你有没有派人跟踪我，开着一辆灰色的普利茅斯轿车？"

他非常惊讶，眼睛瞪得很大："没有啊，我为什么派人跟踪你？真是见鬼了。"

"我也想不到为什么。"说完我就走出来了。他那副惊讶的样子让我感觉他没有说谎。不知道是什么原因，我感觉他好像还有些担忧。

22

现在是十点半左右，一小组墨西哥乐队戴着黄色的绶带，有气无力地表演着华而不实的低音伦巴舞曲，但没有人去跳舞。吹奏葫芦的人嘴里叼着一根烟，正在那里揉着酸痛的手指尖。剩下四个人一同弯下腰，取出椅子下面的酒杯，拿起来喝了几口，吧唧了两下嘴唇。虽然他们喝的可能只是矿泉水，但他们的神情好似说这是龙舌兰酒。其实没人关注他们这些假招子，这和他们的音乐一样，都没有什么用处。

这是一间曾经当过舞厅的房间，根据生意上的需要，艾迪·马尔斯做了一些必需的改造。房间的墙上没有石英玻璃画，带棱的檐口后面没有无影灯，没有用抛光的金属管制成的紫罗兰色硬皮包面椅子，没有电镀铬的灯光。照亮整个房间的是又重又笨的枝形水晶大吊灯。诸如好莱坞夜总会里那么现代化的设备和装饰，这里全部都没有。玫瑰红的锦缎挂在墙板上，但因为灰尘太多，已经变得灰暗了，同时因为时间太久，颜色也不鲜亮了，不过为了使得与木地板的颜色相配而保留着。乐队前面的地方有一小块橡木地板露出来了，如同玻璃一般光滑，其他地方都铺着深红色的、贵重的、非常厚的地毯。地板是由几十种硬杂木拼接而成的，颜色由浅到深，从加利福尼亚山中的青白色野丁香木开始，然后是不同的桃花心红木和六七种不同颜色的橡木，最后是缅甸的柚木。色彩的变化非常精准，图案拼接得极其精美。

毋庸置疑，这间大厅非常漂亮，然而那种古老的优美舞蹈被轮盘赌台代替了。三张赌桌被放置在对面的墙下。它们被几道低矮的铜质栏杆连在了一起，这些栏杆又组成了一道屏障，围住收赌资的人所站的地方。正在豪赌的台子有三张，不过大部分赌博的人都被挤在了中间的一桌上。薇薇安·里干的黑脑袋紧挨着赌桌，我在这边倚着酒吧的柜台前，正好能看见她。桃花心木柜台上放着一小杯百加得酒，我在这里转动酒杯玩。

我身边站着的酒吧间侍者正看着赌桌四周的那些人，他们个个穿得光鲜亮丽。侍者说："今天晚上庄家可输惨了，那个黑头发的女人一定会赢得满盆钵。"

"那个女人是谁？"

"她经常过来，但我也不知道她的姓名。"

"你连她的姓名都不知道？这可够奇怪的！"

"先生，我的工作只是打杂而已，"他丝毫不以为意，"和她一起过来的人都醉得不省人事，被抬到汽车里了，她身边没人陪着。"

"等会儿我把她送回去。"

"当然得你去了。无论如何，祝你好运。你这杯百加得酒是就现在这样，还是让我冲淡一些？"

我说："这酒挺好的，不用换了。"

"我觉得还不如喝治咽喉炎的药水，我一点都不喜欢这酒。"

人群散到了两边，里面挤出来两个穿着晚礼服的男人。薇薇安穿着暗绿色的天鹅绒衣服，领口很低，我从空隙处看到了她露在外面的肩膀和后脖子。其实对于这种场合，她穿得过于讲究了。她又被彻底挡住了，人堆又挤在了一起，我只能看到她的一点黑头发。那两个男人走了过来，在酒吧台上靠着，点了苏格兰威士忌加苏打水。其中一个人非常兴奋，脸已经红了，正拿一块镶着黑边的手绢擦脸。他的裤子两边，有很宽的缎子条，看起来像是轮胎留下的痕迹。

"兄弟，她的运气还真好，我还从来没见过呢。"他的声音非常兴奋，"她一共压了十次，每次都压红，两局平了，八局赢了。兄弟，轮盘赌不就是这样吗，就是这样的！"

"让人看得心里跟着着急啊，"另外一个人说，"她一次就拿出了一千块当赌注，肯定会赢。"他俩把酒杯放在嘴边，很快就喝光了，然后又过去了。

"可真是没见过世面，都是一些小角色，"酒吧间的侍应生说，"一次拿一千块当赌注。呵！我曾经在哈瓦那见过一个长着驴脸的人——"他的语速很慢。

中间的赌桌上又开始一阵喧闹，不过嘈杂的人声被一个清晰的外国调的声音压住："夫人，您的赌注本赌台现在收不起，请您略微等一会儿。马尔斯先生这就过来。"

我把手里的百加得放下，放轻步子走到地毯上。小乐队又开始演奏新的一曲探戈，不过还是没有人跳舞，虽然演奏的声音不小。人们松松散散地站着，我直接穿过去，走到最左边的赌桌。这些人有的穿着上班的衣服，有的穿着运动服，有的穿着一身晚礼服，有的穿着常礼服。左边这张赌桌后面站着两个管理者，这张台子的人已经离开了，这两人凑到一块，一起斜着眼看向旁边。下注的格子里什么都没有，其中一个人拿着钱篓子无聊地划来划去。他们两人都盯着一个人看——薇薇安·里干。

薇薇安·里干的脸白得不对劲儿，长长的睫毛一颤一颤的。她正对着轮盘，在中间的赌桌旁边站着，眼前是一堆乱七八糟的筹码和票子，看起来数量还不少。她对管轮盘的人说：

"我倒是要看看你们这个地方是有多穷酸。有钱的庄家，赶紧动手转起轮盘吧。我要把桌子上的钱都压上去，还要再玩一次。我发现你们出钱的时候磨磨蹭蹭，但收钱的时候比谁都快。"她拉着长调，骄傲而又冷酷，阴阳怪气地说。

耍性子的赌客千千万万，管轮盘的人早就习惯了。他冷漠地笑了笑，不过并不失礼。虽然他一副神秘、骄傲、不声不响的样子，但也说不出他哪里做得不对。"夫人，本赌台现在收不起您的赌注，已经有一万六千多块钱摆在您的台面上了。"他绷着脸说。

"你不想赢回去吗？"这女人还在讽刺他，"这些钱可都是你的。"

她身边还有一个男人站着，好像想和她说两句，不过她很快转过身，对着他吐了一口。这个人早就脸红了，躲到了人群里。在栏杆围起来的那块地方，在最里面的木板墙上的门开了，艾迪·马尔斯带着镇定的笑容从里面走出来，他好像非常喜欢这种姿态——两只手放在晚礼服的口袋里，闪闪发亮的大拇指卡在口袋外面。他经过收赌人的身后，慢慢悠悠地在赌桌中间的一角停下来了。他语气平静地慢慢说道：

"里干太太，你有事吗？"他倒是没有收赌人那么客气。

里干太太突然转过脸面向他，我发现她的精神非常紧张，似乎已经不能再忍了，脸上的肌肉突然绷住了。不过她没有理会他。

艾迪·马尔斯说："如果您不想继续赌，那我找个人把您送回去吧！"他的语调不松不紧。

这时候她脸红了，映衬得颧骨惨白。她狠毒而又嘲讽地笑了出来：

"艾迪，我要再赌一次。我喜欢红色，喜欢血的颜色，我要压上所有钱。"

艾迪·马尔斯点点头，微微一笑。他伸手从上衣的口袋里拿出一个钱包，这是一个镶着金角的海豹皮钱包，他把钱包扔给桌子边收赌的人，一副不以为意的样子。"和她赌，拿出一样多的钱，"他说，"这一轮专为这位夫人而设，大家有意见吗？"

当然没有人有意见。薇薇安·里干弯下腰，用双手把赢来的钱一下子都推到赌盘格子中间的大红方块上，看起来非常凶狠。

收赌的人没有任何质疑，直接趴在了赌台上，他数了数薇薇安的筹码和钱，然后码起来，他把她的钱整齐地垛了一堆，只剩下几张钞票和几个筹码，然后用扫钱的耙子把剩下的零钱都扫到赌盘的外面。他打开艾迪·马尔斯的钱包，从里面拿出两沓钞票，每张都是一千元。他把其中的一捆拆开，拿出了六张，放到了没拆开的那一捆上，又把剩下的四张收到钱包里去，然后像扔火柴盒一样，把钱包扔到一边，一副满不在乎的样子。除了收赌的人，剩下的人都老老实实地站着，一副看热闹的架势。艾迪·马尔斯也没有理会钱包。他左右摇动轮盘，手腕轻轻一动，一个象牙球就在轮子上的滑槽里滚动起来。艾迪·马尔斯松开两只手，放在胸前。

薇薇安慢慢张开两片嘴唇，直到灯光把她的牙齿照得像刀刃一样闪着亮光。沿着轮盘斜面轻轻滑下去的象牙球，在镀铬的数字棱角上跳来跳去。过了很久，"咔嚓"一声响起，小球停下来了。轮盘的转速在这个时候变慢了，象牙球被带着一同转来。收赌的人在那里一动不动，手臂交叉站好。轮盘终于完全停止转动了。

"红方赢了。"马尔斯没有什么表情说道，看起来非常严肃。象牙球距离"零零"还有三个位置，停在了二十五号。薇薇安满意地笑了，向后仰了仰头。

收赌的人把耙子举起来，把那一捆一千一张的钞票划到赌盘的另一边，和薇薇安的赌注放在了一起，他的动作很慢。然后又把所有的钱都推到了赌盘外面。

艾迪·马尔斯把钱包收到口袋里去，笑了一下，转动脚跟，来到木板墙的那道门前，从房间里走了出去。

十几个人同时挤到酒吧那边去，终于可以松一口气儿了。我也跟着他们一块挤出来，来到了赌厅的另一边，这时候薇薇安整理好刚赢的钱，在她从赌台转过身前，我出了这间大厅，来到了门厅里，门厅非常空旷。我从更衣室的姑娘那里拿走了我的大衣和帽子，把一个两角五分钱的硬币扔到了她的盘子里，然后走到外面，来到了门廊上。这时候门童走过来问："先生，要不要把您的车开过来？"

我说："我出来散散步。"

雾气打湿了门廊边上的旋涡状栏杆，丝柏树上落下一滴滴水滴，这些水滴都是雾气凝结而成的。这些丝柏树一直延伸到大海边上的悬崖，树影越来越淡，最后在一片朦胧的夜色中逐渐消散。我沿着门廊前的台阶走，前后左右都只能看见几步远的地方。我缓缓地从树丛穿过，模模糊糊看见一条小河，沿着这条小河探索往前走，最后我听到了海浪拍打海岸的声音，这声音是从悬崖下面传过来的。周围没有一点光亮。雾气有时淡有时重，有时我能清楚地看见十几棵树，但没一会儿这些树影就变得朦朦胧胧，又过一会儿，我就什么都看不见了，眼前只有一团雾气。我拐到了左边，来到一条小路上，这条路一直绕到赌客们停车的车库，我打算顺着这条路回去。在我能看清这栋建筑的样貌时，我不自觉地停住了脚步，因为我听到了一阵咳嗽声从前面不远处传来。

我走过去，地面很湿，一点都没有出声。那人又开始咳嗽，然后这声音被什么东西掩住了，可能是一条手绢，也可能是衣服的袖子。就在他掩住嘴巴的时候，我又往他这边走了几步。我隐约看见路边靠着一个身影。我迈出一步，来到一棵树后面，然后蹲了下来。那人把头转了过来，其实如果他转过来，我应该能看见他的脸才是，或者看到一团白色才是，可是我却看见了一块模糊的黑色隐藏在雾气中——这是一个脸上戴着面具的人。

我安静地在树后面等着。

23

很轻的脚步声传了过来，是一个女人，她沿着那条不太清晰的小径走过来了。我眼前的这个男人好像是靠在浓厚的雾气上一样，往前伸了伸身体。最开始的时候，我根本看不清那个女人，后来我看见了她的身影，她那骄傲地仰着脑袋的姿势，虽然看起来不太清晰，但我还是感觉很熟悉。那个男人走向她，步伐矫健。两个人简直成了浓雾的一部分，都融合在大雾里。最开始的时候非常安静，如同死亡一般，然后那个男人说道："夫人，老实点，我有枪。"——他的声音从雾气里传出来——"把你的提包给我。"

那个女人什么都没说。我往前走了一步。我突然看见那个男人的帽檐上的水汽凝结成了白霜。那个女人一动不动地在那里站着。然后，她的呼吸就像是一把锉刀锉在软木头上一样，变得又粗又重。

"你要是敢喊，"那个男人的声音响起，"我就把你撕成两半儿。"

那女人似乎没有动弹，也没有叫喊。男人动了起来，然后冷笑了两声。

他说："最好在这里把事情都做了吧！"

我听到了一阵声响，应该是打开提包的声音，然后是找东西的声音。那个男人转过身，走了三四步，走向我这棵树，然后又笑了起来。我好像已经把这种笑忘记了。我从衣服口袋里拿出一只烟斗，举在手里，当一只手枪用。

"喂！拉尼！"我轻轻地叫了一声。

那个人突然停下来了，抬起自己的手。"你这就不对了，"我说，

"我已经告诉你了，不要做这种事。我正用手枪指着你呢，拉尼。"

三个人都没有动弹。我没有动弹，路边的女人没有动，拉尼则更是没有动。

"兄弟，把提包放在你的两脚之间，"我命令他，"不要紧张，慢慢来。"

他弯腰下去，就在这个时候，我一步跳到了他的身边。他直起腰，差点和我撞在一起。他喘着粗气，两只手里什么都没有。

"你不想让我占到便宜？是不是想和我说这个？"我问。我靠近他，拿出他大衣口袋里的手枪。"总是有人乖乖把枪给我，"我说，"要是我带着这些枪，走路都直不起腰来。滚一边去吧！"

我们两个都喘着大气，呼出的气体混在了一起。两人都瞪大眼睛看着对方，好像是两头公猫在一面墙上相遇，想用眼神刺穿对方。我向后退了一步。

"拉尼，别生气，带路吧。咱们两个都不说话，这总可以吧？"

他沙哑的声音响起："好啊！"

他被大雾淹没了。最开始的时候还能听见不太清楚的脚步声，后来就什么都没有了。我把提包拾起来，在里面摸索一番，走上那条小路。她还是在那里站着，一下都不动弹。一只手没有戴手套，手指上戴着一个闪着柔光的戒指，这只手抓着白色皮大衣的衣领，抓得非常紧。她没有戴帽子，黑色的眼睛，黑色的中分头发，好像夜色的一部分。

她刺耳的声音响起："马洛，你干得真不错。你现在可以做我的保镖了。"

"给你提包，看起来我还有点保镖的样子。"

她把提包接了过去。"你开车过来的？"我问。

"我和一个男人一起过来的。你来这里有事吗？"她笑了笑。

"艾迪·马尔斯有事找我。"

"为什么要找你？我竟然不知道你们认识。"

"其实也可以告诉你，他以为我在找一个人——那个和他老婆一同跑了的人。"

"你真的在找吗？"

"当然没有。"

"那你为什么过来？"

"我就是想知道，他为什么认为我在找那个和他老婆一同跑了的人。"

"你得到答案了吗？"

"当然没有。"

"我感觉这和我完全无关，虽然这个人是我丈夫。"她说，"你在讲出秘密的时候，真像是收音机里的广播员。另外，我感觉这件事没有引起你的兴趣。"

"大家都非要让我对这件事感兴趣。"

她磕着牙齿，有一点不高兴。好像一点都没有被刚才那个戴着面具、拿着手枪的人的所作所为影响到。

"算了，我要去找我的保镖，"她说，"把我带到车库去吧。"

我们沿着小路走了回去，拐过这栋建筑物的一角，看到了前面的灯光。又拐了一个弯儿，来到了停车场，这个停车场是由马棚改建的。这里的地面铺着砖，稍微有一些坡度，一直延伸到其中的一处栅栏。一辆汽车正闪着车灯，将这里照的通亮。椅子上坐着的一个穿着褐色工作服的人起身走了过来。

薇薇安非常不在意地问："我的男朋友还醉得醒不过来吗？"

"小姐，我估计是的。我把车窗摇上了，还给他盖了一条毯子。我觉得他休息一下就好了，没有什么事儿。"

我们走向一辆大型卡迪拉克轿车。穿工作服的男人把后面的车门打开。一个男人扭曲地在后面又宽又长的座位上躺着，张着嘴打呼噜，身上盖着一条方格呢子长毯，一直盖到下巴上。看起来这个黄头发的美男子应该千杯不倒，因为他的身材实在非常高大。

"这是拉瑞·珂布先生，你们认识一下吧。"薇薇安说，"马洛先生——珂布先生。"

我给他两声哼哼。

"就是珂布先生陪我过来的，"薇薇安说，"这位珂布先生真是一位不错的保镖，把我照顾得非常到位。我要告诉你，他很少清醒，总应该有人看到他清醒的时候是什么样，我应该看看，你也应该看看。因为，拉瑞·珂布先生醒来的时候完全能够写入历史——真是稍纵即逝，一眨眼工夫就没了。"

我说："的确。"

"我还有和他结婚的打算呢。"她不太自然地说，好像现在才表现出刚才抢劫应该造成的震动。"那个时候我脑子里想不到什么事情是愉快的，也就偶尔会这样，一会儿就过去了。你要知道，谁都会有不痛快的时候，而且这人特别有钱，在百慕大有一栋别墅，新港有一栋别墅，长岛有一栋别墅，还有一套游艇。就好像到处有一瓶苏格兰威士忌一样，估计他在这个世界的任何一个地方都有别墅。对于珂布先生来说，很容易得到一瓶上好的威士忌酒。"

"的确，"我说，"你有司机送你回去吗？"

"别总是说'的确'，你也不嫌俗气。"她看着我，皱起了眉毛。那个穿着工作服的人在努力地咬着下嘴唇。

"啊，不用想都知道，他的司机能组成一个排了。说不定他们穿着亮闪闪的制服，戴着白晃晃的手套，扣着锃亮的扣子，每天都对着汽车做训练，看起来有种西点军校的高雅感。"

我说："打住吧。你还是直接说他的司机到底在哪里吧。"

"今天晚上他自己开车过来的。"那个穿工作服的人歉然说道,"我可以给他家里打电话,让他们派个人接他回去。"

薇薇安转过身微微一笑,好像他刚才把钻石首饰送给了她一样。

"这个主意不错,"她说,"珂布先生嘴巴张这么大,我可真不想他一下就死了。如果他死了,别人还以为死于酒瘾上头呢。你是不是现在就去打电话?"

"小姐,只要闻一下,就知道他不是因为酒瘾而死的。"穿工作服的男人说道。

"你会好好照看他的,我想我没说错。"她把提包打开,拿出一沓钞票,塞给了他。

"哎呀,小姐,我一定会的。"他的眼睛瞪得滴溜圆。

她甜甜地说:"我姓里干,里干夫人,你以后一定会再次见到我的。你是不是来这儿没多长时间?"

他好像不知道把钞票放在哪里好,两只手紧紧地抓着:"夫人,确实没多长时间。"

"你会喜欢这个地方的。"她一边说一边挽起我的胳膊,"马洛,咱们坐你的车走吧。"

"去外面,我的车停在大街上。"

"马洛,走走路也不错。我喜欢在大雾里面散步,会遇到很多有趣的人。"

我说:"算了吧,你就会胡说。"

她挽着我的胳膊,开始颤抖了起来,这一路上一直使劲地拉着我。我们要去我的汽车那里,终于到了,她也停止颤抖了。我开车出发,从大楼阴面的一条蜿蜒的林荫小道经过。

这是一条通向拉绍林达斯的主要街道——德·凯森斯大街的一条小路。我们的汽车从灯下经过时,那破旧的弧光灯还在噼里啪啦地响。

没多久，我们就来到了一座小镇里：这里的商店一团死气，有不少高楼，还有一个加油站，加油站的夜班电铃上亮着一盏灯。有一个杂货店还没有关门，我们最后就来到了这里。

我说："你走之前最好喝一杯酒。"

车座角落里的一个小白点闪了一下，她动了动下巴。我把车开到马路斜对面，停在了路边。

我说："一小杯黑咖啡，加一点黑麦威士忌，一定有用。"

"我愿意像水手一样喝得酩酊大醉，而且我的酒量比得上两个水手。"

我帮她把车门打开，她的头发贴着我，然后又紧靠着我走出来。我们来到了商店，我在卖酒的柜台买了一品脱黑麦威士忌，拿到了板凳旁边，在开裂的大理石柜台上放下。

"两杯咖啡，"我说，"不要给我们陈年旧货，浓一点，不要加奶。"

穿着褪色工作服的店员说："这儿不能喝酒。"他的眼光非常真诚，头发非常稀疏，下巴缩着，根本不会在没看到墙的时候让下巴撞到墙上。

薇薇安把手放进了提包，拿出一盒香烟，晃出来两根，然后递给我，这套动作像个男人一样。

店员再次重复："在这里喝酒是犯法的。"

我没有搭理他，直接点燃了烟。他在我们面前倒出两杯咖啡，这镍质咖啡壶已经乌漆墨黑了。他又看了看那瓶黑麦酒，最后小声嘀咕着："算了，算了，你们两个喝的时候，我去街上望风吧！"看起来他也没办法。

他走过去，背对着我们，在橱窗的后面站着，竖起了耳朵。

"每次做这种事的时候，我的心都提起来了。"说着我把威士忌的瓶盖拧开，倒入了咖啡杯里，"在整个禁酒期间，艾迪·马尔斯的公馆还都一直开夜总会，这个地方的警察真不是白干的，每天晚上都派出两个穿制服的警察看着门厅里的客人，不管是谁，都不能带酒进去，也不能在马尔斯那里去买。"

那个店员转过身，走到玻璃窗户后面的里间，来到了柜台的后面。

我从咖啡壶后面的镜子里看着薇薇安的脸，她的嘴唇非常红，红得刺眼，她的脸带着一点狂野，但确实非常漂亮，苍白而又干净。我们慢慢地喝着加了酒的咖啡。

"艾迪·马尔斯到底抓住你什么把柄？"我问，"你的眼神可真够凶的。"

"我今天晚上在轮盘赌上赢了他很多钱——"她从镜子里看着我，"本钱是昨天晚上从他那里借的五千块钱，其实我根本没有用这五千块钱。"

"说不定就是他派那个歹徒过来的，那些钱可能让他肉疼了。"

"哪儿来的歹徒？"

"那个拿枪的人不是吗？"

"那你算是吗？"

"算是吧！"我对她笑了笑，"不过确切地说，那些没站对地方的人才应该算是歹徒。"

"那我倒想知道，所谓的站对地方是指站到了哪里？"

"咱们跑题了。你到底有什么东西被艾迪·马尔斯抓住了？"

"你说的是我的把柄？"

"没错。"

"马洛，你不应该很聪明吗？"她撇了撇嘴唇，"你应该比现在聪明很多才对。"

"我可不想装得太聪明。将军现在怎么样了？"

"他今天没有起床，情况不太好。你至少可以不要继续审讯我吧？"

"将军到底知道多少情况？我记得我曾经这样问过你。"

"说不定没有他不知道的事儿。"

"他是从诺里斯那里知道的？"

"不是。是那位地方检察官怀尔德，曾经到我们家里探望他。你烧了那些照片吗？"

"肯定烧了。对于你的小妹妹，你还是挺关心的，至少偶尔会关心的。"

"我认为她是我唯一需要关心的人。从某种程度上来说，我也在关心我父亲，所以要尽量瞒住他。"

"我想，他还是要面子的，"我说，"虽然他并不抱有那么多奢望。"

"这就是麻烦的地方，我们都是他的骨肉。"她透过镜子看着我，那两道目光非常幽深，"我们确实流淌着不安分的血液，可并不总是自甘堕落，我不希望他在死的时候还鄙视自己的骨肉。"

"那现在是这样吗？"

"我猜你可能是这么想的。"

"你只是在装样子，你不是这样的。"

她的眼睛低下去了。我喝了一口咖啡，为我们两个都点上一支烟。

"如果这样，那你也曾开枪杀人。"她平静地说，"你就是一个杀人犯。"

"杀人犯？你在说我？"

"警察和报纸编得不错，但我并不怎么相信自己读到的东西。"

"啊，原来你认为盖格或者布洛迪是我杀的——或者认为都是被我杀的。"

她没有说话。"我没有这个必要。"我说，"尽管我认为他们两个都想对我开两枪，而且杀死他们对我来说也不算难。"

"这正好说明，你在本质上和其他警察都一样，都是杀人犯。"

"啊，你可别瞎说。"

"你不声不响的，但却很阴沉，相比于屠夫对畜生的感情，你对他人的感情未必多几分。我早就看透你这点了，就在咱们第一次见面的时候。"

"你对各种类型的人了解得都不透彻，因为你的朋友都是不三不四的人。"

"和你一比，那些人都是软蛋。"

"夫人，多谢。其实你也不是一块软塌塌的英国蛋糕。"

"这个地方真是差劲，咱们走吧。"

我付了钱，把那瓶黑麦威士忌放在了口袋里，两个人一同出去了。我们留给店员的印象一定非常不好。

我开车出了拉绍林达斯，经过几个海滨小镇，每个小镇都潮乎乎的。这些小镇里的高大的楼房建在靠后的一些山坡上，低矮的房子则建在吵闹的沙滩上。大多数居民都已经关灯了，不过还是偶尔能看见一两扇窗户亮着黄灯。海面上飘过来一股海草的腥味，大雾里到处都是这种气味。在湿淋淋的混凝土大道上，汽车的轮胎咯吱咯吱地响。这个世界除了虚无就是潮湿。

在我们快到得尔雷的时候，她终于和我说话了。她的嗓子里好像有什么东西在滚动，声音很压抑。自从离开杂货店以后，她还是第一次和我说话。

"我想看看海水，从得尔雷海滨俱乐部旁边开下去。左边，就在第二条马路上。"

一盏晃晃悠悠的黄色路灯在十字路口闪着。我调转车头，沿着一条斜坡下去。路的右边是城际公路，另一边是高耸的悬崖。公路外更远的地方是一些乱七八糟的灯火，再往远处就是码头的灯光。这个城市经常有烟雾，此刻的天空中就满是烟雾，不过这里的雾已经都散了。我们这条路在城际公路转弯并从延伸到悬崖下面的地方穿过去，然后来到一条用石砖铺成的海滨大道。大道的一边是海滩，安静而又空旷。便道上停着很多黑漆漆的汽车，这些汽车都面对着大海。几百码以外的地方，闪耀着海滨俱乐部的灯光。

我在路边刹车停下，手放在方向盘上坐着，关了前面的车灯。

这雾气蒙蒙的海边基本上没有一点声音，一波波涌起的海水泛着白沫，就好像在意识的边缘上努力形成的思想一样。

她模模糊糊地大喘气说："坐过来一些。"

我从方向盘后面过来，在座位的中间坐下了，她好像要偷看窗外似的，把身体往这边挪开了一点儿。然后她直接向后一靠，靠在了我的怀里，一句话都不说。她闭着眼睛，脑袋差一点撞在方向盘上，表情模糊。

然后，我看着她把眼睛睁开，轻轻地眨着。我看到她的眼睛在发光，虽然现在是黑夜。

她说："你这禽兽，把我抱紧一些。"

最开始的时候，我感觉她的头发刺我的脸，只用胳膊松松地抱着她，然后我又紧紧抱住她，把她抱起来。我慢慢地让她的脸和我的脸靠近。她的睫毛就像是蛾子的翅膀，不停地颤抖着。

我用力地吻她一下，很快就结束了这个吻。然后是一个长长的、紧靠在一起的吻。她的身体在我怀里颤抖，她的嘴唇在我的嘴唇下张开。

她温柔地说："你这个杀人犯。"她呼出的气体喷到了我嘴里。

我把她的身体紧紧靠在自己的身体上，她一直都在颤抖，直到最后我也跟着动起来。我们继续拥吻。"你在哪里住？"很长一段时间过去以后，她向后仰着头问。

"康莫尔附近的富兰克林区。赫巴特·安姆斯。"

"我从来没去过呢。"

"想不想去？"

她大喘着说："想。"

"你有什么把柄被艾迪·马尔斯抓住了？"

她的呼吸变得粗重，她的身体在我怀里变得僵直了。她又向后靠着脑袋，睁着两只大眼睛盯着我看，她的白眼仁就像是一道白边镶嵌在黑眼珠四周。

她无精打采地说："原来是这样。"看起来有些呆滞。

"就是这样的。你父亲没有雇我陪你睡觉，即使接吻算是一件美妙的事。"

她一动不动，阴森森地说："你这个狗娘养的。"

"不要以为我是一根冰棍儿，"我对她笑了笑，"我和其他人一样，流淌着滚烫的血液。我不是傻子，也不是瞎子。你太容易被得到了——真是太容易了。你到底有什么东西被艾迪·马尔斯抓住了？"

"我要喊了，如果你还一直说这句的话。"

"喊吧，随你的便。"

她突然直起身体，从我的怀里闪开，在汽车最里面的角落里坐下。

"马洛，这不过是小事儿，可男人们经常因为这些事挨子弹。"

"实际上，男人们总是挨子弹，甚至没有任何原因。我和你说过，我是一名侦探，第一次见面的时候就说了。你应该用那可爱的小脑袋好好想想这件事。我不是在玩游戏，我在工作。"

她掏了掏提包，拿出一块手绢，一口咬在嘴里。

我听到了手绢撕裂的声音，她的脑袋在我面前扭动，她用牙齿把手绢撕成了一条一条的。

她小声说："你凭什么认为我的把柄落在他手里？"她说话的声

音非常沉闷，可能是嘴被手绢堵住了的缘故。

"他让你赢了不少钱，然后为了把这笔钱拿回去而派出一个拿枪的人。而你对此并没有感到惊讶。我帮你把钱截了下来，你却并不感谢。总体上看，这件事是一场演出。我相信从某种程度上来说，这种表演是故意针对我的，如果我还够格的话。"

"你认为他可以自由决定输赢？"

"当然，如果赌注是一样的，他基本能控制得了。"

"侦探先生，我无比讨厌你，还需要我再对你说这句话吗？"

"已经有人给我钱了，所以你并不欠我什么。"

"你对女人挺有礼貌啊。"她把撕碎的手绢扔到了窗外。

"我喜欢和你接吻。"

"我真高兴，你真是够冷静的。我是祝贺我父亲呢，还是祝贺你呢？"

"我喜欢和你接吻。"

她拉长音调说："如果你还有点良心的话，带我离开这里吧。我非常确定我想要回家了。"声音阴森森的。

"你就不想当我的姐妹吗？"

"我真想把你的咽喉割开，看看你血管里流的是什么——如果我有一把刀子的话。"

我说："也就是毛毛虫的血罢了。"

我开动汽车，调转车头回去，从城际公路上的大路穿过，沿着大路开到了西好莱坞。这一路上，她基本没有动，也没有说一句话。我从这一道道门开过，来到了门厅的下陷的车道，这座府邸里的汽车都从这里进出。还没等车停稳，她就突然拉开车门，跳了下去。她在那里背对着我站着，一直都没有说话，我看着她按了门铃。门开了，诺里斯往外看了看。她直接进门消失不见了，看样子非常急躁。

我在车里看着他们。砰！大门关上了。

我原路返回，回到了自己家里。

24

公寓的大厅空无一人。那盆棕榈树旁边也没有拿着枪对我颐指气使的人。我坐着电梯到了自己居住的楼层，沿着走廊往前走。一阵轻缓的收音机声音从一扇门后面传来，乐曲的拍子正好符合我走路的节奏。我一分钟也等不了了，一定要喝一点酒。一进门我就直接奔厨房去，甚至都没有开灯，不过距离厨房还有三五步的时候，我突然停下来了。房间里有一点香味，这可不太正常。街道上的灯光从窗帘缝透进来，窗户上的窗帘已经放下来了，房间里模模糊糊的。我就站在那里听着，没有移动半步。房间里有香水味，这股香水味太浓、太腻人了。

房间里没有任何动静，也没有一点声音。我的眼睛逐渐适应了黑暗。我看到了地板上有一样东西，这件东西本来不应该有的。我向后退了两步，用大拇指按下了墙上的电灯开关。啪！房间里亮了。

床上有呵呵的傻笑声。原来活动床已经放下来了。我的枕头上有一个金黄色头发的脑袋。一双手在后脑勺上交叉放着，两条光溜溜的胳膊向上弯曲。躺在床上对我傻笑的人就是卡门·斯特恩伍德。枕头上散着她那茶褐色的卷黄头发，这种安排好像是特意设下的。就好像平时有一个枪口瞄准着我一样，她的蓝灰色眼睛正在盯着我。

她露出了小小的闪闪放光的尖牙，对我笑了笑。

她问："我的样子酷吧？"

"就像是星期六晚会上的菲律宾人，真是太酷了。"我的语气不是太好。

我走了过去，把一盏落地灯打开，然后回来关掉天花板上的灯，又走到房间的灯下面的一个小牌桌前。棋盘上有一局残局，六招之内就可以定下胜负。就好像我不能解决其他一系列问题一样，我也不能解开这个问题。我伸手过去，让马走了一步，然后随手把我的大衣和帽子扔到一边。床上的人一直发出呵呵的傻笑，听到这声音，我就想到了一群老鼠在一所老房子的墙板后面窜动。

"你肯定想不到我是怎么进来的，我非常确定。"

"我敢说我真知道，就像彼得·潘[1]一样，你是从钥匙孔里钻进来的。"我拿出一根烟，冷飕飕地看着她说。

"他是什么人。"

"啊，我以前在弹子房认识的一个人。"

"你也非常酷，不是吗？"她又呵呵傻笑。

我正要说"你的大拇指——"，但她根本就用不到我提醒，动作比我还快，很快就把右手从头下面抽出来，含在嘴里，然后任性地用那圆溜溜的眼睛看着我。

她等我吸完一根烟，又看了她一会儿以后，终于说道："我已经全脱了。"

"我的老天！"我说，"我正在想着这件事呢。我正在思考我到底在想些什么，就在我快想出来的时候，你开口打断了我。如果你刚才不说话，我也立刻会说：'你已经脱光了，我敢打赌。'我怕半夜醒了以后遭到良心的指责，所以睡觉的时候连鞋都不脱，为的是能快点从床上逃走。"

她转了转脑袋，活像一只小猫。"你真是太帅气了。"说完她才

---

[1] 英国作家詹姆斯·贝瑞的神话剧《彼得·潘》中的主人公的名字。

又从脑袋下面抽出左手，突然抓住被子扔到了一边，好像突然停止演戏了一样。在灯光的照射下，全身赤裸的她就像一颗珍珠闪闪发光。斯特恩伍德家的两个女人在今天晚上，都往我身上扔火药桶。我从下嘴唇上捏到了一点烟末。

"你真美。"我说，"但你应该记得，我已经看过了，我总是遇到全身赤裸的你。"

她重新盖上被子，呵呵地傻笑了几声。

我问她："喂，你是怎么进入到我的房间的？"

"我从薇薇安那儿偷到了你的名片，把你的名片给管理公寓的人看了看，他就让我进来了。我总是——总是出其不意，我告诉他是你让我来陪你的。"她的脸变得红光满面，应该很自豪的缘故。

"真不错。"我说。"现在，我已经知道你是怎么进来的了，管理公寓的人总是这副德行，那你说说你打算怎么出去？"

"我不想出去，"她不停地呵呵傻笑，"我喜欢你这里，最起码要多待一会儿。你真是太酷了。"

"你给我听好，"我用手里的烟卷对着她说，"我已经烦了，不要让我给你穿衣服了。我真是不能接受你对我的这种感谢。我是你的朋友，道戈豪斯从来不会这样害人，就算你乐意，我也不会害你的。咱们两个是朋友，你现在的所作所为根本不是维持友情的做法。现在，你现在愿意做个乖巧的小姑娘穿上衣服吗？"

她不停地摇晃脑袋。

"你给我听好了，你只是想让人知道你到底有多肆意，"我接着说，"你心里根本就没有为我考虑，我非常明白这点，你也不要在我面前装模作样了。我总是遇到你——"

她傻傻地笑着："关灯吧！"

我得再让她放弃这种想法。我把烟头扔到地上，踩了一脚，掏出手绢，把手心擦了擦。

　　"我根本不在乎邻居，"我说，"他们才不会注意这里呢。这所公寓来过不少下作的女人，就算多几个，也不至于让这座大楼晃动。这个问题牵扯到我的职业尊严。职业尊严——你到底懂不懂？你父亲，是一个非常绝望而又敏感的病人，我正在为他工作。他相信我不会做小动作。卡门，穿上衣服，好吗？"

　　"你叫菲利普·马洛，"她说，"你别想骗我，你根本不叫道戈豪斯·莱利。"

　　我低下头，看了看棋盘，刚才走了一步马，真是一步臭棋[1]。在这盘棋里，义气根本不能解决问题，这步棋根本不能赢的，我又把它放回了原处。

　　我又抬起头看了看她。她没有动，还在那里躺着。因为白色枕头的衬托，她的脸色显得更加苍白了。她那双又黑又大的眼睛非常空洞，就像是旱季里的空水桶。她的小手没有一点指甲，在那里抓着被子，显得非常局促。一股忧郁的神情隐约出现在她的脸上。她还不知道自己是因为什么而来的。让女人们知道，她们的肉体诱惑还没有到无往不利的地步，包括那些极其优雅的女人，这还真不是一件容易的事。

　　"我要去厨房里调一杯酒，你要不要喝点？"我问她。

　　"啊，啊！"她那双犹豫的、深沉的、漆黑的眼睛看着我，阴郁而又迟疑的神色越来越重。就好像是一只猫沿着深深的草丛走向一只画眉鸟一样，她的眼睛不自觉地挂上了一种迟疑的神色。

　　"如果我回来的时候，你的衣服已经穿好了，那么我可以给你一

---

[1]　在国际象棋中，英语的"骑士"和"马"是同一个单词，这里的意思是骑士精神不能用在卡门身上。

杯酒，你觉得怎么样？"

她嘴里发出了轻轻的嘶嘶声，两排牙齿已经分开了。她没有在意我说了什么。我来到了厨房，拿出一些汽水和苏格兰威士忌，调了两杯苏打水威士忌。我不喝蒸馏过的烈酒和硝化甘油，所以我并没有真正的烈酒。我已经端着杯子回来了，虽然嘶嘶声已经停止了，但她还是在床上躺着。她的眼色已经镇定下来了，假装要给我一个笑容。然后她突然坐了起来，掀开被子，然后伸出手。

"快给我吧。"

"你不穿衣服我就不给你，先穿衣服再说吧。"

我把两杯酒放到了牌桌上坐下来，然后又点了一根烟："我不看你，你快穿吧！"

我扭过脸，但我听到一种刺耳的嘶嘶声，这声音非常突然，我只能警惕地转过头，看她到底怎么了。她在那里坐着，赤裸着身体，嘴巴张开一条缝，两手在床上撑着，脸色如同刚刚刮过的骨头。她嘴里发出剧烈的嘶嘶声，似乎她自己也控制不住。另外一种神情掩藏在她空洞的眼神下，我从来没有在别的女人眼里看见过。

她的嘴就像是被弹簧控制着的假嘴一样，小心而又缓慢地动了一下。

她骂了我一句，这句话非常肮脏。

其实我并不在意，不管她骂我什么，或者别人骂我什么，我都不在意。不过这个房间是我的，这里的一切都是我的，我认为这里是我的家，我就因此而产生了一种联想，想到了一个叫作家庭的地方，想到了过去。房间里没有多少东西，只有一些旧信、一台收音机、几本书、几张画、一副棋子，真没什么大不了的，只有这一点东西。然而我的所有记忆都被这些东西占据了。

她对我的辱骂让我想到了这些，我不能继续容忍她待在我的房间里了。

"我给你三分钟时间，你最好穿好衣服出去。如果你做不到，那么我不介意——"我压制着自己说，"你这个样子，赤裸着身体，被我用武力扔到外面去。另外，你的衣服也会被我扔到走廊里去。现在——可以开始了。"

她的嘶嘶声变得更加疯狂而又恐怖，她的牙齿一直在颤抖。她一脚踩到地板上，一只手去拿床边椅子上的衣服，然后就穿起了衣服。我就在旁边看着，给她计着时间。虽然对于其他女人来说，她穿戴时的手指显得僵硬、笨拙，但是她的动作很快，全部穿好也只用了两分多一点的时间。

她站在床边，镶着皮边的大衣被一只绿色皮包紧紧地压着，头上斜戴着一顶绿帽子，显得非常淫荡。她在那里站着，脸色很差，真像是刚被刮过的骨头，仍然对我发出嘶嘶声。就这样僵持了好一会儿，她的眼里闪现出狂野而又空洞的情感。最后，她飞快地来到门口，开门就走了，没有回头，也没有说一句话。我听到了电梯声，还听到了电梯顺着架子降落的声音。

我来到了窗台前，把窗帘拉开，开得非常大，一股不太新鲜的甜腻味儿顺着风飘进来，城市和汽车尾气的气味也夹在其中。我拿起酒杯，慢慢地喝着。我窗下的公寓大门关上了。一阵脚步声从安静的人行道上传来。一辆汽车在不远的地方开动，离合器嘎嘣嘎嘣直响，接下来这辆汽车与黑夜混为了一体。我回到床边，低下头看了看。我的枕头上还留有她脑袋的印记，床单上还有她那堕落的、纤瘦肉体压下的痕迹。

我一肚子气，把空酒杯放下，把床铺扯成乱糟糟的一团。

25

第二天早上，天空又飘起了雨点。那灰色的雨点，就像是摇晃着的一串串玻璃珠串成的门帘，倾斜着飘落下来。我起床的时候非常疲惫，懒懒地站在那里看着窗外，斯特恩伍德家两姐妹留下的艰涩味还似有似无地停留在嘴边。我的生活太空洞了，就像是稻草人身上的破口袋。我来到了厨房，喝了两杯咖啡。除了醉酒外，女人也能给人留下沮丧和头疼感，这一点让我感到恶心。

我淋了个澡，刮了刮脸，把衣服穿上，拿着雨衣从楼梯上下来，在大门口站着，看着街头。一辆灰色的普利茅斯轿车停在街对面一百码以外的地方，我曾和艾迪·马尔斯提过这辆车，这就是昨天想要跟踪我的汽车。如果警察有多余的时间，愿意跟在我后面到处乱跑的话，那么说不定在那辆车里的就是一个警察。也有可能是一个侦探圈子里的老油条，他想占点便宜，插手别人的案子。当然也有可能是百慕大的主教，估计他对我的夜生活不太满意。

我来到了公寓大门的后面，从车库里开出我的敞篷车，然后又绕到了这辆灰色普利茅斯的前面，从它身边开过去。只有一个低矮的男人在里面坐着。他开车跟踪我。虽然是大雨天，但他开车技术非常好。他密切地跟着我，只要是比较短的街区，我还没有开到头，他就会赶上我。不过，我们之间还是保持着相当的距离，总是有一些车辆夹在我们两车之间。我把车开到大路上，停在了我办公室所在的大楼旁边的停车场里，然后走了出来。我的帽檐压得很低，雨衣的领子也向外翻，雨水就在我的雨衣领子和帽檐之间渗进来，打在我的脸上，我感到很凉。那辆普利茅斯轿车在对面的一个消火栓旁边停下，我走过十字路口，绿灯亮了，我穿过马路，又转过头来。很多汽车停在人行道的外面，我沿着人行道往回走。那辆普利茅斯轿车里没有人下来，也没有开走的意思。我来到车旁边，突然使劲儿把车门拽开。

方向盘后面坐着一个矮小的男人，他的眼睛非常闪亮，身体紧紧地靠在角落里。我不顾自己的后背被雨水敲打，就站在那里看着他。车里面烟雾缭绕，他眯着两只眼睛躲在烟雾后面。他的双手在方向盘上不停敲打，显得非常不安。

"你能不能彻底点儿？"我问他。

他唇角上的香烟抖动了一下，咽了一口唾沫，压低声音说："先生，我并不认识你。"

"你已经跟着我两天了，我叫马洛。"

"先生，我没有跟着什么人。"

"你确实没有跟着我，但我总是被你的车跟着。你想怎么说就怎么说吧，估计你管不了你的车。我现在要去马路那边的咖啡馆吃早餐，我要吃蜂蜜、奶酪、火腿蛋、橘子汁，喝三四杯咖啡，还需要一根牙签儿。你正对面的那座大楼的第七层有我的办公室，吃完饭我就要回去了。如果你感到无聊，可以过来和我聊天。我今天只需要给机关枪上点润滑油，除此之外没什么其他事儿。"

他还在那里眨眼睛，我没有理他直接走了。二十分钟以后，我把女清洁工的《爱的夜晚》扔出了办公室，拆开一个粗纸信封，这个信封非常厚，里面的字是壮丽的老书法，写得非常整齐。信封里面装着枣红色的五百元支票，还有一张非常简短的请柬，由文森特·诺里斯代表盖伊·布里萨·斯特恩伍德将军签字盖章，收款人是菲利普·马洛。这天上午我一直非常阴郁，但这张支票的到来让我的心情明朗了不少。我正要填写一张银行的存款单，电话铃响了，那边告诉我，我那间又窄又小的接待室迎来了一位客人。不是他人，就是刚才从普利茅斯轿车上下来的小矮子。

"你进来吧，"我说，"真不错，把你的大衣脱了吧。"我把门给他打开，他从我身边蹭了进来，非常小心，好像担心我随时踹他屁股一脚似的。我们隔着办公桌坐下来，互相打量着对方，他身高还不到五英尺三英寸，算得上非常矮，估计一个屠户的大拇指都要比他重。他的眼光非常警惕，努力表现出严肃的姿态，好像是牡蛎肉粘在半块硬壳上一样。他穿着双排扣的暗灰色衣服，这件衣服的肩膀非常宽，领子翻得非常大。一件爱尔兰花呢大衣套在外面，大衣没有系扣子，上面有一些破旧的小点。大衣里面伸出来一条花绸领带，在翻领外面吊着，雨水打在了领带上面，留下很多小点。

"我叫哈里·琼斯，"他介绍自己说，"我估计你认识我。"

我并不认识他。我往他那里推过一盒扁了的香烟，他用手指拈起了一根，他的指头非常瘦，也非常干净。他的动作很迅速，就像是鳟鱼吞下苍蝇一样，他挥了挥手，用台式打火机点着了香烟。

"我认识很多人，"他说，"我在这一带混过。我以前从怀尼梅港把酒运过来，是的，我是一个倒卖私酒的人。兄弟，这生意可真不好做。我们腿上放着一把枪，开着一辆小汽车打探道路，裤子后面的口袋里所塞的钞票足够使一条运煤通道堵塞。一路上，我们要先后给警察四次过路费，才能够抵达比弗利山，这生意可真不好做。"

我说："是挺恐怖的。"

他抿着小嘴儿，向后靠了靠身体，对着天花板吐烟圈儿儿。

他说："但你似乎不相信。"

"可能相信，"我说，"也可能不相信。你到底想干什么？我可没有那多余的时间想你要做什么？"

他不以为意地说："也没什么事儿。"

"你就像是跟在一个姑娘后面的小伙子，一点儿勇气都没有。"我说，"这两天你到处跟着我。估计你认识一个叫乔·布洛迪的人。当然你也可能是卖保险的。不过有很多这种'可能'。另外，我自己还有很多事儿要做呢。"

他的下巴差点掉在了大腿上，眼睛都凸出来了。"这些事儿你是怎么知道的？基督耶稣！"他尖叫了一声。

"我对别人的心理做过专门的研究。我可没有空闲时间陪你聊，你快酝酿一下肚子里的想法，然后都告诉我吧。"

他眯起了眼睛，眼皮下的精光突然消失了。他有好一会儿都没有说话。雨水正在使劲儿地敲打着公寓门厅上面的柏油篷顶。他睁开了一点眼睛，眼睛里放着光。

"确实，这两天我在打探你的底细，"他感叹了一声说，"但你怎么能够想到我和乔·布洛迪有关系呢？我手里有一些东西，想把它卖出去，很便宜，只要几百块钱。"

我把一个信封打开，读了一下，里面是一个广告，研究指纹的函授学校要招生，时间是六个月，如果我想参加，学费可以给我优惠一半。我看着这个小个子，把信封扔到垃圾桶里。

"我没有在瞎猜，你不要介意我的话。我昨天已经问过艾迪·马尔斯了，你不是他那里的人，当然也不是警察。我想不出来除了乔·布洛迪的朋友，还会有谁能够对我感兴趣。"

他舔了舔下嘴唇说："耶稣。"在我说到艾迪·马尔斯的时候，他的嘴角垂下来，嘴上的烟卷儿好像被一股魔法力控制住了，还能挂着。他的脸色变得非常苍白，像纸一样。他最后说道："啊，你在骗我。"他的脸上挂着绝望的笑容，这种笑容在手术室里经常看见。

"我在骗你，这总行了吧。"我又把另外一封信打开，写信的人说到他可以每天都给我寄一份新闻稿，全都从华盛顿过来，是直接从机密部门发出来的内部消息。我又补充一句，"我想阿戈尼丝已经出来了。"

"是的，你有兴趣了吗？就是她让我来的。"

"她是一个金发碧眼的美人儿，我当然有兴趣了。"

"不要开玩笑了，就在布洛迪死去的那天晚上，你做的真是太棒了。布洛迪一定知道一些事儿，这些事儿关系到斯特恩伍德家的生死存亡。如果不是这样，他也不会去邮寄一些照片，这简直是倾尽所有去冒险的做法。"

"啊——哈。他能知道什么呢——如果你说他知道一些事情的话。"

"你想要这些消息吗？可以花两百块钱去买。"

还有几封信是我的仰慕者寄来的，我直接扔到了垃圾桶里，然后又点了一根香烟。"咱们一定要出城，"他说，"你不能因为这件事就去怪罪阿戈尼丝，她是一个好姑娘。女孩们在这样的环境里，真的很难生存下去。"

"她能够把你压扁，也能够把你憋死。"我说，"对于你来说，她的个子简直太大了。"

他装出近乎正人君子的样子,说道:"兄弟,你这话可有点不厚道。"

我瞪了他一眼。"你说得没错，"我说，"我最近遇到的人都有点和我对着干。咱们还是说正事儿吧，你不要在这里耍嘴皮子了，你打算让我用钱来买什么呢？"

"你要不要花这笔钱？"

"那我要看有什么用处了。"

"如果你想找到卢斯蒂·里干，那你将会得到帮助。"

"我并没想找他。"

"你到底想听吗？还是你自己说吧。"

"你继续说。在我们这个行业里，我一定要花钱去买一些对我有价值的东西，两百块钱所能购买到的信息可不少。"

"里干已经被艾迪·马尔斯杀死了。"他向后靠了靠身体，平静地说出这些话，姿态就像是当上了副总统一样。

"我真是懒得和你胡搅蛮缠，"我对他摆了摆手说道，"小矮子，你随意。我真是不想和你浪费氧气。"

他的嘴角溢出了白沫，身体又往办公桌这边伸了过来。他一遍又一遍地仔细地掐灭了烟头，看都不看一眼。这时咔嚓咔嚓的打字机声音从一扇门后面传过来，每打一行就会响起一小段铃声，就这样一行又一行地打字。

他说："我真没有说谎。"

"不要给我惹麻烦了，赶紧走吧，我还要干正事呢！"

"啊！你别这样！"他非常严肃地说，"我就是为了要告诉你一些事儿才过来的，我可不会轻易就走了。我认识里干，但也只限于和他见面打招呼，问他一句：'你怎么样，朋友？'他可能根据自己的心情答话，或者根本不会搭理我，或者只搭理我一句，所以我们并不是特别熟悉。不过他人还不错，我挺喜欢他的。他爱上了一名叫莫娜·格兰特的女歌手，但是后来这个女人和马尔斯结婚了。非常伤心的里干和另外一个女人结婚了，这个女人非常有钱。不过她好像不能在家睡觉似的，总是出入舞厅、赌场。对于这个女人，你应该很了解，她非常漂亮，就像是一匹在得尔贝马会上获胜的马一样，黑头发，个子很高。不过对于一个男人来说，这样的女人就是一种沉重的担子。她非常敏感，里干和她生活不到一块去，但他和他们家老爷子的钱处得不错。你说是不是这样？估计你可能认为，里干的目光远大，就像是一只斜着眼睛的大秃鹫，根本就不在乎在哪里落脚，但会去想着下一步应该往哪里飞。你一定是这样想的。你觉得他根本就不在乎钱财。现在你的想法从我嘴里说了出来，对你来说应该是非常了得的称赞了。"

这个家伙虽然个子不高，但脑子还挺聪明的。有些混混根本就没见过世面，更不要说想到这一点，或者是把它说出来了。

"看起来他应该逃跑了。"我说。

"他打算带着那个叫莫娜的女人一起跑。莫娜并不喜欢马尔斯的生意，更不喜欢他所做的那些偷汽车、敲诈、帮助东部的逃犯隐藏起来等副业。听说有一天晚上，在众人瞩目之下，里干对艾迪发出警告说，如果莫娜因为他干的这些违法的事情，而被牵扯进去，他就一定会来讨个说法。"

"哈里，你告诉我的这些事情，大部分都是可以查到的，"我说，"你想从我这里弄些钱，不能就靠这些消息。"

"里干不见了。我就要说的是一些侦查不到的事儿了。以前，我每天下午都看见他在瓦尔德酒馆里坐着，他一边盯着墙，一边喝着爱尔兰的威士忌。他以前还偶尔会去赌钱，但是后来连大话都不讲了。我总是往那里去跑，为的就是给普斯·渥尔格林弄一些赛马的赌票。"

"我本来以为他是做保险生意的。"

"这都是骗人的。如果你能把他踩在地上，他或许会向你买一份保险的。咱们继续说吧。后来我就再没看到里干了，他大约在九月份的时候不见了。其实我并不是一下子就发现他不见了的。如果一个人消失了，但你又没有得到什么提醒，你根本就想不到他，你只会把他给忘记了，事情就是这样的。有一次，我听人开玩笑说，卢斯蒂·里干和艾迪·马尔斯的女人私奔了，这时我才想到这件事儿。马尔斯的态度就像他去做了伴郎一样，根本就没有吃醋。我告诉了乔·布洛迪这件事，他这时变得聪明起来了。"

我说："他的确够聪明。"

"他已经很聪明了，虽然这种聪明还没有办法让他成为警察。他立刻想到能够从这件事里敲诈一笔。他认为，如果能够知道一点那对苦命鸳鸯的消息，就可以敲诈两次，一是从里干老婆那里，一是从艾迪·马尔斯那里。从某种程度上来说，斯特恩伍德家和乔有些关系。"

"就在不久前，他确实勒索过斯特恩伍德将军一大笔钱。"我说，"他们有五千块钱的关系。"

"真的吗？"哈里·琼斯好像有些震惊，"阿戈尼丝应该告诉我这件事的。女人总是想留一点秘密，她们总是这样。咱们继续往下说，其实我和乔·布洛迪一直都在关注报纸，但是报纸上没有报道任何消息。就这样，我们相信这件事一定被老斯特恩伍德将军掩藏起来了。你知道拉什·凯尼诺这个人吗？后来有一天我们在沃迪斯酒吧看见了他。"

我摇了摇头。

"这个家伙真是心狠手辣，有的人总是这样，你不知道他到底有多歹毒。如果马尔斯需要，他就会帮马尔斯做事，甚至是开枪杀人。就算是两个正在喝酒的闲人，他也会开枪击毙他们。这个人并不总是在洛杉矶待着，如果马尔斯不需要他，他也会一直待在马尔斯身边。当然他是否居住在洛杉矶可能没有意义，也可能有意义。脸上总是挂着阴森笑容的马尔斯就在家里坐着，什么都不说，等待着机会的到来，估计他已经知道里干去了哪里，但是也不一定绝对如此。总之我告诉乔了，他会盯着的，他十分擅长跟踪，在这点我自愧不如。就这样，布洛迪就盯住了凯尼诺。我无偿告诉了布洛迪这个消息，于是布洛迪一直盯着凯尼诺，最后跟到了斯特恩伍德家。凯尼诺在房子外面停车，一辆小汽车经过了他的车边，这辆车里坐着一个女人。他们两个人说了几句话，那个女人应该是给他送什么东西，有可能是钱，布洛迪就是这样想的。那个女人是里干的妻子，她匆匆忙忙地走了。真是太好了，看样子，她可能认识凯尼诺，而凯尼诺正好和马尔斯认识。因此布洛迪想：关于里干的事儿，凯尼诺一定知道。布洛迪认为自己可以从中受益，但后来他跟丢了，不知道凯尼诺去了什么地方。就这样，第一幕收场了。"

"这个凯尼诺什么长相？"

"他个子不高，眼睛是棕色的，头发也是棕色的，看起来非常壮实。他总是戴着一顶棕色的帽子，穿着一身棕色的衣服，而他的小山羊皮雨衣也是棕色的。凯尼诺先生全身都是棕色的，从里到外都是如此，甚至连他的小汽车也是棕色的。"

我说："你该讲第二幕了。"

"我只能告诉你这些，除非你给我钱。"

"我并没有发现你告诉我的这些事儿值两百块钱。既然里干太太在夜总会里认识了卖私酒的人，并且还和他结婚了，那么对于其他类似的人，她也有可能认识。她和艾迪·马尔斯本就非常熟悉，如果里干出事儿了，她当然会去艾迪·马尔斯那里商量如何做，马尔斯也会选凯尼诺作为处理这件事的人，所以你知道的只是这些而已。"

这个小个子镇静地问："关于艾迪老婆的去向，你愿意花两百块钱知道吗？"

我突然就竖起了耳朵，紧紧地靠在了椅子的扶手上差一点就压断了扶手。

"如果只有她一个人，你想知道吗？"哈里·琼斯阴森森地说，虽然他的口气听起来非常温柔。"如果我告诉你，她只是为了让警察以为她和里干一起逃跑了，而实际上她根本就没有和里干私奔，而是在一个非常隐秘的地方待下了，这个地方距离洛杉矶市大约四十英里，那么神探，你愿意花这两百块钱吗？"

"愿意。"我舔了舔又咸又干的嘴唇说，"她在哪里？"

"那个女人被阿戈尼丝发现了，"他的声音非常冷清，"这完全是一次巧合，阿戈尼丝看着她开车出来，就在她后面紧跟着，发现她在一个隐秘的地方藏起来了。至于这个地方，如果你把钱给了阿戈尼丝，她会告诉你的。"

"如果你告诉了警察，你不会得到任何东西，"我板着脸对他说，"哈里，警察中的一些行家里手非常擅长审讯犯人，在审讯的过程中，就算你被他们弄死了，他们还有阿戈尼丝。"

"我也不是一碰就碎的人，"他说，"咱们瞧好吧。"

"可能我没关注到一些事情，但阿戈尼丝必然知道。"

"侦探先生，她是个混混，当然我也是个混混，我们都是混混，所以为了这么一点小钱，我们可以互相出卖对方。就看你有没有办法让我说出来了，就这样吧。"他伸出手又拿了我一根烟，夹在了嘴唇里，这一套动作非常利索。他在大拇指上划了火柴，这种点火的方式和我一样，但他两次都失败了，虽然最后划着了，不过是在鞋上划着的。他一直盯着我看，匀称地吐着烟圈儿儿。这个小个子真是有趣，如果是在棒球赛场上，我可以一下子把他从本垒扔到二垒。我喜欢他身上的某些地方，虽然在大人的国度里，他算是一个矮子。"我可不是为了在你这里耍诈才过来的，"他非常坦率地说，"我是为了和你做生意，两百块钱的生意。你要不要做这笔生意？我只是为了得到一个确切的答复，根本没有给你涨价。你不觉得害臊吗，竟然用警察来吓唬我？"

"我先要准备两百块钱，你的情报确实值两百块钱。"我说。

他点了点头，然后站起来拽了拽那件破旧的爱尔兰呢子大衣，紧紧地包在了身上说："在天黑的时候做事会更加方便。你这样做就对了。你一定要非常小心地和艾迪·马尔斯这样的人打交道。最近赛马赌票的生意不那么红火，但人总是要活下去的。普斯·渥尔格林可能已经得到那些老板的通知，要求他去换一个地方了。你可以去一下办公室——如果你愿意的话，就在西圣莫尼卡·弗尔维德大楼四二八号。

到时候我会带你去和阿戈尼丝见面，你要随身带着钱。"

"我已经和阿戈尼丝见过了，你就不能告诉我吗？"

他只是简单地说了一句："我已经答应她了。"就把帽子歪歪地戴在了头上，系上了大衣的扣子，点了点头，慢慢地走出了门。大厅里的脚步声消失了，他已经走出去了。

我去了银行，在账户里存入了五百元的支票，然后又取出了两百块的现金，最后回到了楼上，在椅子里坐下，回想着哈里·琼斯还有他说的那些事。这件事非常直接，就好像是内容死板的小说一样，虽然有些巧合，但和现实中复杂的事情并不太一样。既然在格里高利上尉管辖范围内，莫娜·马尔斯并没有离得很远，那他应该早就找到了她，或者说如果他真的努力找过，应该可以找到。

这一天都没有人来电话打扰我，也没有人来办公室。外面一直都在下雨，我一直都在想这件事儿。

26

晚上七点，大雨暂时停了，不过水坑里的水还是漫出来了。西圣莫尼卡的人行横道上漂着一层薄薄的水，马路上的积水已经涨到了和路边相平的地方。一个身着亮闪闪橡胶雨衣的交警从湿漉漉的值班亭里出来，直接趟进了水里。我穿着橡胶雨鞋，走在路上总是打滑。我一直往前走，然后拐了一个弯儿，来到了弗尔维德大楼，进入了狭窄的大厅。大厅里有一盏灯孤单地亮着，电梯的门开着，金色的电梯间被照得通亮。电梯里有一个非常肮脏的痰盂，被放在破得不能再破的橡皮垫子上。有一个大玻璃盒镶嵌在深黄色的墙壁上，好像是门廊里的一个大盒子，里面装满了假牙。我看见假牙盒的旁边有一块牌子，房间住着的客人的姓名和号码都写在这块牌子上，我甩了甩帽子上的雨水，看见有的号码后面没有标注名字，有的号码后面标注了名字。看来要么是有很多客人不希望他人知道自己在这里，要么是有很多房间都空着。侦探事务所，用无痛疗法治疗牙齿的牙医，就要倒闭、生意冷淡的小商店……如果邮政检查员没有因为函授学校付不起邮费而迫使他们倒闭，那么这些学校还会教会你成为无线电技师、铁路职员或者电影脚本作家。这一栋大楼真是又脏又破，在这座楼里面，最纯净的气味恐怕就属腐朽的雪茄的烟味儿了。

电梯里面有一个老头儿，在一个晃悠悠的椅子上坐着打呼噜，屁股下面的垫子破得不成样子了，在这昏暗的灯光下，他脑子上的青筋反射出去亮光来。这人穿着一件松松垮垮的蓝色制服，张着嘴，样子就好像马厩里拴着的马一样。他脚上穿着黑皮鞋、白线袜子，鞋上有一个豁口，脚指头已经露出来了；裤子是灰色的，裤脚已经磨坏了。他一边等着电梯里的人一边睡觉。他在椅子上坐着，看起来这个姿势不太舒服。我悄悄地从他身边过去，这栋大楼里面的气氛实在过于诡异。我找到了安全通道，打开门，这里是流浪汉们吃饭睡觉的地方，另有油腻腻的烂报纸、掉下的食物渣滓、零碎的火柴头、一个已经扯碎的空钱包，看起来已经一个月没有打扫了。墙面被涂抹得一团糟，一个奶白色的橡皮避孕套被扔在黑暗的墙角里，这真是一座什么都有的大楼，根本就没人管。

我来到四楼后，赶紧喘了两口气儿。大厅的墙壁也是深黄色的，里面同样摆放着肮脏的痰盂和极其破烂的皮垫子。在这里不管是什么东西，都让人感觉到又脏又破。我沿着走廊往前走，拐了一个弯，看见了一块磨砂的玻璃，这玻璃看起来黑漆漆的，上面写着 L. D. 渥尔格林保险公司，同样的字也出现在第二扇门和第三扇门（这道门后面有灯光）上。有一个房间没有开灯，门上面写着"入口"两个字。

亮着灯的房间的门上开着一个玻璃窗，里面传来了哈里·琼斯尖锐的声音，这声音如同鸟叫一样，他正在说："凯尼诺……是吗？当然了，我在什么地方见过你。"

我一下就愣住了，另外一个嗡嗡的声音比较低沉，就好像是一辆小马达在砖墙后面运转一样。"我认为你会记得。"这个声音听起来给人的感觉非常奸诈。

一张椅子在漆布地毯上刮了一下，然后就是脚步声。砰！我上面的气窗关上了，磨砂玻璃后面有一道人影，但变得不太清晰了。

这里面有三扇门，我来到了第一扇门前，门上有渥尔格林的名字，我轻轻地推了推，这门是上锁的。很明显，这门应该有很多年了，现在都已经缩小了，当然也有可能是当年的木头在还没有干透的时候就被做成了门。我把钱包拿出来，拽下驾驶执照上面镶嵌的又硬又厚的透明塑料套，这种盗窃方式没有被法律禁止，或者被法律忽略了。我戴上了手套，好像是爱抚一样，轻轻地用身体顶着门，向着和门框相反的方向用力地拧着门把手。门露出了一点缝后，我把塑料套塞进去，找到了锁的斜面。接着我听到了一声像是冰块碎裂一样清脆的响声。我在门上紧紧地贴着，一下都不敢动，就好像是在水里漂浮着的慵懒的鱼。房间里没有任何声音，我转动门把手，把门推向了黑暗的房间里。来到了房间后，我又重新关上门，就像开门时那样非常小心。

有一扇窗户没有窗帘，街道上的灯光正好照进来，投下一个长方形。办公桌的一角把这个长方形遮住了，我模模糊糊地看见，桌子上有一个被罩子罩起来的打字机。接着，我看到房间里有一道门，门把手是金属做的，而且门没有上锁，这道门通向了相邻的房间。于是我就来到了第二间办公室，雨点一直在敲打着封闭的窗户，我借助雨声的掩护，来到了房间的另一边。这里有一道门通向开灯的办公室，门上有一道缝隙，从这狭窄的门缝里透过来一道扇形的光。这样的环境正是我所需要的，就好像是一只猫在炉子的架子上走动一样，我轻手轻脚地来到了门后。我把眼睛放在门缝上，但是什么都没看见，只看到了光线照在木棱上。

一个非常好听的嗡嗡声说道："当然了，如果你清楚对方想要做什么事儿，你可以很容易地破坏他的事。至于那个侦探，你已经去见过了。不过你这件事做得很不对，艾迪可不赞同。那名侦探已经把一辆灰色普利茅斯轿车跟踪他的事儿告诉了艾迪。至于这到底是谁、为什么要这样做，艾迪当然想知道，你明白了吗？"

"这和他有什么关系？"哈里·琼斯轻轻地笑了一声。

"你能从这种做法中得到什么利益？"

"我已经告诉你了，你知道我找那个侦探想要干什么了。我为的是布洛迪的女人。那个女人已经吓得魂飞魄散了，她一定要从这里离开，手里没有钱，正打算着从那个侦探手里弄一些钱。"

"哪来的钱？"那个温和的嗡嗡声说道，"他是侦探，是不可能给一个妓女钱的。"

"他认识不少有钱的人，他会弄到钱的。"哈里·琼斯笑了笑。他好像并没有被说服，虽然笑声并不大。

"小矮子，我不想跟你浪费口舌了。"嗡嗡的声音好像是马达的轴里进了沙子，变得又尖利又刺耳。

"算了，算了。你清楚布洛迪是怎么死的，那个疯子一般的年轻人做得真好，不过那天晚上刚好马洛也在那个房间里。"

"小矮子，他已经把情况都告诉警察了，这谁不知道。"

"嗯，其实有些还没有告诉呢！布洛迪有一张斯特恩伍德家小姐的裸体照，正想把它卖出去，这件事被那侦探知道了。那位小姐竟然拿着一把枪亲自过来了，这个时候他们还在为这点事争吵。那个女人对布洛迪开了一枪，窗户被打碎了……哈哈，这一枪没有打中。不过那个侦探并没有告诉警察还有这一出。当然阿戈尼丝也不会说，因为阿戈尼丝只要能保守秘密，就可以到别的地方生活，只需要一张车票就行了。"

"难道说艾迪就和这件事儿没有关系？"

"那你认为他们能有什么关系？"

"这个阿戈尼丝此时在什么地方？"

"我也不清楚。"

"小矮子，你必须得告诉我。你是打算在这里就告诉我呢，还是打算在后面那个年轻人赌博的小房间里告诉我？"

"凯尼诺，这个姑娘此时是我的人，不管发生了什么事儿，我都不能让她因为我而倒霉。"

我听到了窗户被雨水敲打的声音，然后又是一段时间的静默，一股香烟的气味儿从门缝里飘了出来，我只能用力地咬住手绢，不然就会咳嗽出来。

"据我所知，那个金发女郎和盖格是一伙的。"那个嗡嗡嗡的声音再次变得和气起来，"我要告诉艾迪这件事儿，你从那个侦探那里敲诈了多少钱？"

"两百块。"

"已经得手了吗？"

"明天就会见他了，我觉得希望很大。"哈里·琼斯又笑了笑。

"阿戈尼丝此时在什么地方？"

"你听我说——"

"她到底在什么地方？"

没有人说话。

"小矮子，你看看这是什么。"

我没有带手枪，也没有动弹。不用从门缝看就能知道，他给哈里·琼斯看的肯定是一把手枪。不过我认为凯尼诺不会有其他动作，他只是把手枪拿出来吓唬一下而已。我继续在门外等着。

哈里·琼斯说："我正看着呢。"他好像没有办法从牙缝里把声音挤出来一样，只能在嘴里憋着。"另外，我也看不出这东西有什么新鲜的，你想知道这么做对你有什么好处的话，那就开枪吧。"

"小矮子，对你有好处，你能够得到一件芝加哥外套。"

没有人说话了。

"阿戈尼丝到底藏在什么地方？"

"算了，"哈里·琼斯感叹一声，无精打采地说，"她在邦克山庭院街二十八号的一所公寓里，五零一号房间。我已经不需要再装了，反正我就是一个懦弱的人。"

"确实不需要了，你很明事理。我想要知道，她到底会不会揭你的老底儿，咱们一块儿和她去聊一聊吧。老兄，如果真像你说的这样，那么就什么事儿都没有了。你可以从那个侦探那里勒索到一笔钱，然后想干什么就干什么。你不会觉得这么做有什么不妥吧？"

"怎么会有呢。"哈里·琼斯说，"凯尼诺，当然没有什么不妥的。"

"太好了，那咱们就说好了。有酒吗？"这嗡嗡声音变得非常虚假，好像是女招待员的眼睫毛，但也像一颗西瓜籽儿一样圆滑。一个抽屉被打开了，有什么东西撞了一下木头，椅子在嘎吱嘎吱地响着。然后是地板和鞋底摩擦的声音。

那个嗡嗡声又响了起来："咱们庆祝一番吧，为这一大笔生意。"

然后是倒酒的哗哗声："就像女人们经常说的那样，希望你的貂皮大衣里不要长虫子。"

"愿你成功。"哈里·琼斯小声说。

我听到了一阵咳嗽声，又尖锐又急促，然后是一阵剧烈的干呕声，接下来好像是杯子掉在地板上的声音。我紧紧地用手指抓住雨衣。

"老兄，这才喝一杯，你就受不了了吗？"那个嗡嗡的声音亲切地说。

哈里·琼斯没有回答，我又听到了一阵急促的喘息声。接着是如同死亡一般地安静。过了没多久，一把椅子动了一下。

"小矮子，再见了。"凯尼诺说道。然后我听到了脚步声，发现脚下的光亮没有了，电灯被关上了。然后是轻轻的关门声，接下来是非常镇定的脚步声，好像什么事儿都没发生一样。渐渐地，这脚步声消失了。

我把身体往门的另一边挪了一下，打开门看了看，里面漆黑一片。街头上的灯光从窗口照了进来，我借着灯光模糊地看见了屋子里的状况：写字台的桌角反射着微光，一把椅子摆在桌子后面，有一个人蜷曲着坐在椅子上。一股强烈的气味弥漫在阴沉的空气中，这好像是香水味儿。我走到门边，这门是通向门外走廊的，我在这里认真地听了听，远处电梯发动的声音传了过来。

我找到了电灯开关，一盏布满灰尘的玻璃灯罩被三条铜链子吊着，灯光从天花板上照射下来。哈里·琼斯睁着大眼睛在办公桌那边看着我。他的皮肤已经黑了，他的脸因为抽搐而扭曲变形，他的身体在椅子上笔直地靠着，脑袋歪在身体的一边。

非常遥远的地方响起了一阵电车的铃声，这声音在数不尽的墙壁之间来回穿梭。写字台旁边放着一个半品脱的威士忌酒瓶，瓶盖已经打开了。地板上有一只哈里·琼斯用过的杯子，就在桌子的脚边，还在闪闪发光。而另一个杯子不见了。

我弯下腰闻了闻瓶子，尽量用肺呼吸，这里有一股焦味儿，应该是烈性威士忌的味道，此外还能够闻到另外一种气味儿，和苦杏仁儿有点儿像。哈里·琼斯应该死于氰化物中毒，因为我还看见临死之前他在大衣上吐了一堆。我小心地从他身边绕过去，看到一个电话本挂在窗框的一个钩子上。我取下电话本，尽量离那个小个子远一点儿。拿起了电话筒后，我拨打了问讯处的号码，等待对方的回答。

"请问能否告知庭院大街二十八号五零一房间的电话号码？"

"请您稍等。"有一股苦杏仁的气味儿随着这个声音传来。沉默了一段时间后电话里说，"您可以从格林多沃公寓查到这个号码，文特沃兹二五二八。"

我向对方表示谢意，然后拨打了文特沃兹二五二八号，铃声响了三次，电话终于通了。一阵吵闹的收音机声音从电话筒里传来，声音被调小后，一个沙哑的男声说道："您好。"

"阿戈尼丝在不在？"

"兄弟，这里没有叫阿戈尼丝的人，你想要找多少号？"

"文特沃兹二五二八。"

对方呵呵笑着说："真遗憾，您的号码没拨错，但并不存在这个人。"

我挂断电话后又拿起了电话本，查了一下格林多沃公寓，然后拨通了管理员的电话。某种情景出现在我的大脑里：凯尼诺在大雨中开车去和阿戈尼丝见面，并且带去了死亡。

"我是希夫。这里是格林多沃公寓。"

"我是渥利斯，保安调查局的，你们这里有没有一个叫阿戈尼丝·罗泽列的姑娘登记住宿。"

"您说您是干什么的？"

我又重复了一次。

"我可以……如果你告诉我你的号码……"

"这是要紧的事，"我非常生气地说，"不要开玩笑了，你们到底有没有这个人？"

"我们这里没有这个人，真的没有。"对方的声音非常生硬，好像是一块干面包。

"那你们这家小旅馆里，有没有一个姑娘登记过，绿眼睛，金头发，个子很高？"

"我们这不是一家小旅馆，我要跟你说——"

"别废话，"我的口气活像一名警察，"我非常熟悉邦克山那边的公寓房子，甚至是每个房间都有电话的公寓。你是不是想让我把刑警队派过去，把你那下贱的地方翻一个底儿朝天？"

"啊，警官您不要着急，我愿意听从您的安排。我们这里怎么可能会没有金发女郎呢？当然会有了。不过说到她们的眼睛，我并没有注意。您说的那个人是单身吗？"

"是单身。也许和一个身高五英尺三英寸的小矮子在一起，他体重大约一百一十磅，黑眼睛非常明亮，穿着双排扣的暗灰色衣服和爱尔兰呢子大衣，戴着灰帽子。我听说他住在五零一，不过我刚才打电话过去，对方对我的语气很不好。"

"五零一房间住着几个汽车推销员。啊，那里没有女人。"

"我想去你那里检查一番。"

"求您了，您还是直接到我办公室里来吧。请不要打扰我的客人，可不可以？"

"希夫先生，非常感谢您。"我挂了电话。

我把脸上的汗水擦了擦，来到办公室尽头的一个角落里，面对着墙，用一只手轻轻地敲着。我慢慢地转过身，看到了身材矮小的哈里·琼斯，他就在屋子里的椅子上坐着，对我扮鬼脸儿。

我大声说："哈里，你把他给戏弄了一番。"我感觉自己的声音有点儿怪。"你没有跟他说真话，而是像一名绅士一样喝下了氰化物，现在你就像是一个老鼠中毒死了一样。但我认为哈里你真不是一只老鼠。"

我对他的身体进行了一番搜查，这件事儿可真不好，但我必须要这样做。他的口袋里没有留下任何我需要的东西，也没有和阿戈尼丝有关的东西。因为凯尼诺也可能会回来，所以我必须要证明一下这点。当然，我也没有指望真的留下什么。凯尼诺很可能是一个绅士，有着很强的自尊心，根本就不介意回来看看自己的犯罪现场。

我关上灯，正打算把门打开，这个时候突然响起了刺耳的电话铃声。我咬紧牙关，听着铃声，甚至连下巴都感觉到有点儿疼，估计是拧成了一坨。我又打开灯，关上门，过去接电话。

"您好。"

"哈里在吗？"一个女人的声音响起。

"阿戈尼丝，他死了，就在刚才。"

听到我叫她的名字，她愣了一下。"你是什么人？"她慢慢地说。

"我给你造成过麻烦，我是马洛。"

"哈里在什么地方？"她的声音非常不友好。

"他想让我花两百块钱买他的一个消息，是他来找我的。我们已经说好了条件，你在什么地方？我带着钱呢。"

"他没和你说过吗？"

"没说过。"

"你最好还是问他吧。他现在在什么地方？"

"我没有办法问他。有一个人叫凯尼诺，你认识他吗？"

她猛地喘了一口气儿，就好像是站在我身边一样，那声音非常清楚。

我问她："你想要不想要这两百块钱？"

"先生，我需要，非常需要。"

"那好吧，你告诉我，我应该把钱带到什么地方？"

"呃……我——"她的声音慢慢地变小了，不过还是伴随着恐惧和焦虑，"哈里到底在什么地方？"

"他已经跑了。他被吓坏了。我带着钱呢。你让我去哪里找你？你定吧，哪里都可以。"

"这是一个陷阱。关于哈里的事儿——你的那些话让我无法相信。"

"如果我真想抓住哈里，也不用等到今天。不要胡思乱想了，我根本就没有必要去设一个陷阱。我不知道凯尼诺怎么就知道哈里的事了。哈里已经被吓跑了。哈里、你还有我，都不愿意说出这件事儿。谁也不能从哈里的嘴里问出什么话来了，他已经永远地闭上了嘴。小天使，你不会认为我在给艾迪·马尔斯当奸细吧？你是这样想的吗？"

"是的，你是不会为艾迪服务的。我想你不会的。我们在布洛克·维尔希尔大厦旁边的停车场东口见面。就半个小时以后吧。"

我说："可以。"

我把电话筒放到了电话机上，又闻到了一股杏仁味儿，还有一股酸臭味儿，应该是呕吐物的味儿。那个小矮子已经停止了呼吸，正在椅子上安静地坐着，他不会有其他变化了，当然也不会有恐惧。

我从这边办公室离开了。楼道里没有任何声音，还是那么脏那么黑。一扇扇磨砂玻璃门后也没有灯光。我从消防楼梯来到了二楼，在那里看到了电梯间的顶棚正亮着。我按了一下开关，电梯就晃晃悠悠地开动了。我顺着楼梯跑到了一楼，电梯刚好到了我上面，而这时我已经走出了大楼。

我走进了大雨里，雨又下大了，我的脸被雨点敲打着，甚至连舌头都被雨点敲打着，这个时候我才发现我竟然张着嘴。我的嘴张得可能有点大，因为我感觉到下巴有些疼，这说明我的嘴还在使劲儿地向后咧着。这是哈里·琼斯死亡的时候脸上抽搐的样子，我竟然在学他。

27

"给我钱。"

雨点噼里啪啦地敲打着那辆灰色普利茅斯轿车车顶，发动机在突突响着。一道紫光从高耸的布洛克大厦上方的绿色塔楼射下来，射在了我们头上。在这个湿漉漉的、黑暗的城市中，显得孤单而又安静。她伸出了手，手上戴着黑色的皮手套，我把钱放到她的手里。借着车内仪表盘的微弱灯光，她弯下腰数了数。咔嚓一声，提包打开了；咔嚓一声，提包又关上了。她往这边挪了一下，喘了一大口气。

"侦探先生，我就要走了，我打算离开这里。我实在是太需要这笔钱了，这是我的路费。哈里到底怎么了？"

"也不知道怎么搞的，凯尼诺知道了他的事儿。我已经告诉你他跑了，也给你钱了，你把哈里忘掉吧。我想要知道你带给我什么情报。"

"你很快就会知道了。在上上个星期日，我和乔开车兜风，开到了弗切尔大街上。当时天已经很晚了，街上的路灯纷纷亮起来，汽车就像平常一样多。我们的车超过了一辆棕色的小轿车，我看见开车的是一个女人，一个男人坐在她的身边，这个男人长得又矮又黑。我曾经见过这个女人，她长着一头金色的头发，她就是艾迪·马尔斯的妻子，凯尼诺就是她身边的那个男人。你只要见过这两个人一次，就永远都会记得他们。布洛迪非常擅长跟踪，所以他就反向跟踪这辆车，开在了这辆车的前面。当时这个保镖正带着那个女人出来散心。就在利尔里特东面一英里左右的地方，有一条拐向山丘的岔路，路的北面是一块荒地，非常荒凉，什么都没有，好像是地狱的后院一样；路的南边是一片橘子园。一个生产杀虫剂的化工厂坐落在山脚下。公路边有一个小铺子，主营修理汽车和喷漆，当然也可能是一个走私汽车的中转站，店主名叫艾特·赫克。我看见一个木房子位于车库的后面，房子再往后就是山脚，那个女人就躲在这个地方。这块地方只有光溜溜的石头，还有一个绵延几英里的杀虫剂工厂。他们开车来到了这条路上，乔·布洛迪开在前面，然后调转车头，我看到了他们的汽车拐了一个弯儿，来到了木房子的岔路上。我们在那里看着来来往往的车辆，足足等了半个小时，也没有看见其他人从那条路过来。当天已经完全暗下来的时候，乔悄悄地出去查看了一下。他回来的时候告诉我，那辆轿车就在房子的前面停着，里面有收音机的声音，还有灯光。后来我们就回来了。"

有汽车在维尔希尔大街上行驶，我听到了轮胎的沙沙声。她不再说了。我说："你也就知道这点事儿，也许他们现在已经换了好几处地方，难道你只能让我用钱来买这点消息？你能保证绝对是那个女人吗？"

"侦探先生，再见了。你只要见过她一次，在第二次的时候就一定不会看走眼。我的日子一向过得不太好，你应该祝我好运才对。"

我说："那是当然。"说完以后就穿过马路，来到了我的汽车的前面。

那辆灰色的普利茅斯汽车加速开走了，很快转了一个弯儿，开到了日落广场。马达的声音消失了，随之而去的还有金头发的阿戈尼丝。她永远都不见了，至少再也和我没关系了。死于非命的人已经达到了三个：盖格、布洛迪，还有哈里·琼斯。但这个女人却在大雨中，不知不觉地开车逃跑了，临走之前包里还带着我的两百块钱。我踩下汽车的油门儿，把车开到了城里，饱饱地吃了一顿晚餐。在这样的大雨里，开四十英里车真是一件不容易的事，况且我还想着把车开回来。

我向北驶去，过了河，最后来到了巴萨迪那。一来到这里就感觉像是进了一片橘子林，在车灯的照射下，这些密集的雨点看起来好像一道白色的瀑布。车窗上的雨刷似乎不能够刷掉这些雨点。不过透过这夜色和大雨，我还是能够清楚地看见车窗外的一排一排树影延伸到黑暗中，似乎没有尽头，但又消失不见了。车辆来来往往，路上的水都被溅了起来，还发出刺耳的"呲呲"声。过了一个急转弯儿，来到了一个满是低矮房子的小镇，铁路的支线紧紧地挨着这些房子，并从中穿过。向南边延伸的树林越来越稀疏，道路越来越高，路面上也越来越凉爽。连绵起伏的黑色山丘从北面而来，越来越近。一阵阵冷风从山丘的两面吹过来。又过了没多长时间，我模模糊糊看见两道黄色的汽车灯光照亮了半空。有一个霓虹灯招牌挂在中间，上面写着：欢迎您来到利尔里特。

路两边的木头房子距离马路非常远，一条宽敞的大街从中间露出来，然后是一些店铺。那里有闪着灯光的杂货店，杂货店的玻璃上带着朦胧的雾气；很多汽车停在电影院的前面；一栋黑漆漆的银行大楼耸立在拐角处；一只大型钟表挂在建筑物上，俯视着人行街道；一群在雨中站着的人好像是在看什么演出一样，看着银行的窗户。我继续往前面开车，我的周围又被空荡荡的田野包围了。

一切都是命。我开出了利尔里特镇，大约开出了一英里后，出现了一个急转弯儿。我被大雨捉弄了一番，在拐弯儿的时候，我的汽车距离路肩太近了，嗖的一下右前方的车轮胎漏气儿了，我还没有来得及停车，右后方的车轮胎也漏气了。我突然踩住了刹车，汽车一半停在了路肩上，一半停在了路面上。我只有一个备用轮胎，但我下车用手电照了以后发现，两个轮胎都已经没气儿了。我看到了一个镀着锌的大头钉扎在了已经瘪了的前轮胎上。马路上有很多这种大头钉，虽然有人把它们扫出了路的中间，但明显扫得还不够远。

我站在那里，关上了手电筒，一边闻着空气里的雨腥味儿，一边看着岔路上的黄色灯光。这灯光好像是从天窗里照出来的，可能是一家汽车修理店房顶上的天窗；而艾特·赫克可能就是这家汽车修理店的主人；说不定还有一个木头房子位于他的隔壁。我把下巴收到了衣领里面，向那边走过去，又立刻回来了，把方向盘上的行车执照取下来，收进了衣服口袋里，然后在方向盘下面弯腰趴下。方向盘后面有一个小箱子，这个小箱子非常神奇。里面装着两把枪，一把是我自己的，一把是艾迪·马尔斯的手下兰尼的，兰尼的那支枪使用的次数更多，所以我就拿起了这支枪。我把这支枪的枪口朝下，放进了内衣的口袋里，走向了岔路。

距离公路大约一百码的地方，有一个汽车修理铺，一面没有窗户的高墙位于公路的对面。我用手电筒快速晃了一下，上面写着"艾特·赫克汽车修理喷漆"。我忍不住笑了起来，但是我的脑子里突然闪现了哈里·琼斯的脸，就笑不下去了。汽车修理铺的门底下露着灯光，还有一道光从两扇门之间露出来，但店铺已经关门了。我走过了这间修理铺，那里还有一座木板房子，前面的两扇窗户有窗帘挡着，里面开着灯。房子位于一片非常稀疏的树林里，后面距离大路非常远。房前的石子路上停着一辆汽车，因为车身比较暗，我看不太清楚，但这辆小轿车一定是棕色的，而且凯尼诺一定是这辆车的主人。在木板房前面狭窄的木头走廊前面，这辆车安静地停着。

有的时候他也会让她开车出去放放风，而他自己可能拿着手枪在她身边坐下。这个凯尼诺先生可是真够可以的。艾迪·马尔斯留不住这个女人，这个女人本来应该和卢斯蒂·里干在一起，但是他们两个人并没有私奔。

我又冒着大雨来到了修车的铺子，用手电筒的柄敲了敲那扇木头门。房间里的灯熄灭了，非常安静，压抑得如同闷雷一般。我舔了舔嘴上的雨水，微笑着在那里站着。我一边用手电筒照了照门上面的圈，一边敲击两扇门中间的地方，然后笑了笑。这个地方就是我的目的地。

"你有什么事儿？"房间里响起了一个非常粗鲁的声音。

"请您帮帮忙。我的车在路上抛锚了，两个轮胎都已经瘪了，可是我只带了一个备用轮胎，请您开开门吧！"

"先生，很抱歉，我们已经关门了。你去利尔里特看看吧，也就是西边一英里左右。"对于他的回答，我真是不喜欢。我不断地踢门，使劲儿地踢。这时候一个嗡嗡的声音传了出来，好像是一个小马达在墙的后面响着，里面说道："艾特，给他开门吧，是一个聪明的家伙吧。"这个声音倒是让我挺高兴的。

门的插销响了一下，然后打开了半扇门。我的手电筒照在了一张瘦弱的脸上。突然间砸过来一个闪亮的东西，我手上的手电筒被砸掉了，我被一支枪瞄准了。我还是弯下腰，从湿漉漉的地上捡起亮着的手电筒。

"老兄，关上你那个鬼东西。"那个粗鲁的声音响起，"很多人就是因为开了手电筒才倒霉的。"

我把手电筒关了，然后站起来。车库里面的灯亮了，一个又瘦又高的人出现在我的眼前。他穿着工作服，手枪还对准着我，我从打开的门口往外退了一步。

"陌生人。关好门，快进来吧。我倒是要看看你想干什么。"

我关上了门走了进去，有一个人被工作台挡住了，我没有看见他，只看出这是个又高又瘦的人。自从我进来以后，那个人就没有说话。一股让人觉得恶心同时又感觉很香的焦木素味儿充斥在车库里。

"今天中午，一家利尔里特的银行发生了抢劫案，"那个瘦高个训斥我说，"你有没有长脑子？"

"对不起，我不是本地人，我也没抢劫过。"我说道。这使我想起了路上的一些人，他们就在银行的前面站着看热闹。

"啊，是这样啊！"他阴森森地说，"这边的小山已经被人包围了，据说是几个小流氓犯下的案子。"

"对于捉迷藏来说，今天晚上的天气倒非常合适。"我说，"路上有一些钉子，我估计就是这些人扔的吧。那些钉子把我的车胎扎破了，我觉得你应该很喜欢这样才对。"

那个瘦高个语气不善地说："你是不是没有被人扇过嘴巴？"

我说："要说是被瘦高的人打的话，好像还真没有。"

那个嗡嗡的声音在黑暗中说："艾特，人家已经够惨的了，你不要再吓唬他了。你不就是做修理汽车生意的吗？"

我还是没有往那边看，说道："谢谢了。"

那个穿着工作服的人小声嘟囔："算了，算了。"他把枪收进了衣服的口袋，一边冷飕飕地看着我，一边咬着一个指关节。这焦木味儿真是难闻，就好像是乙醚味儿一样让人恶心。角落里一盏吊灯下停着一辆小汽车，这辆车非常新，在汽车的挡泥板上有一把喷漆枪。

我转过身，看了看那个在工作台后面站着的人。他的肩膀非常宽，身材不太高，但看起来很壮实，他的黑眼睛冷飕飕的，脸色也非常阴冷。他穿着棕色的羊皮雨衣，扎着皮带，雨衣上有很多雨点斑痕。他头上斜戴着一顶棕色的帽子，看起来放荡不羁。他正倚着工作台，在那里站着，就像是在打量一块冷肉一样看着我，好像对我根本就不感兴趣。可能人们在他的眼里确实都是肉片吧。

他上下转了转黑色的眼珠，然后又一个一个地把手指甲放到了灯光下认真地看了看，这是从好莱坞学到的动作。然后他衔着一根香烟说：

"我还以为那些钉子已经都被他们打扫了呢！你可真惨，两个车胎都没气儿了。"

"就在要拐弯的时候，我的车滑了一下。"

"你说你从来没有来过这个地方，是吗？"

"我想要去洛杉矶，顺路来到这里。这里距离洛杉矶还有多远？"

"陌生人，你是从哪儿过来的？这里距离洛杉矶还有四十英里。在这种天气里，这个路程倒是挺远。"

"圣洛莎。"

"那是隆派恩、塔赫附近吗？路挺远的吧。"

"是在凯森城和雷诺附近，不是塔赫。"

他嘴角微微一笑。"那也不近。"

我又问他："法律不允许吗？"

"什么？当然允许，没什么不允许的。因为这里发生了抢劫，不然你以为我们都愿意狗拿耗子多管闲事吗！艾特，去找一个千斤顶，取下他的轮胎。"

"我还有事儿要忙呢！"那个瘦高个说，"我抽不开身。你应该看见了，外面还下着雨。另外我还要去喷漆呢！"

那个穿棕色衣服的人说："这种天气不太适合喷漆，太潮了。你去活动活动吧。"他的语气非常温和。

"一个前胎，一个后胎，都是右边的。"我说，"如果你忙的话，可以去拿我的那个备用轮胎来换。"

那个穿棕色衣服的人说："艾特，你去拿两个千斤顶。"

艾特开始吵吵起来："我听着呢。"

穿棕色衣服的人转了转眼睛，看了艾特一眼，他的目光非常温柔而又平和，然后低下了下眼皮儿，好像是害羞了一样。虽然他没有说话，但艾特还是走到了墙角，戴上了防水帽，拿了一件橡胶雨衣，穿在了工作服外面，这一套动作简直就像暴风雨一样麻利。他拿起了一个手提式的千斤顶，还拿起了一个管钳，最后又推着一个台式的千斤顶，走出了门。

艾特让门虚掩着，直接出去了，什么话都没说。门缝里吹进来了雨水，那个穿棕色衣服的人慢慢地去关上了门，然后又走了回来，靠在了原来的地方。只有我们两个人在房间里，如果这个时候把他按住的话，我绝对是可以做到的。他看了我一眼，对我毫无防范。他并不知道我是什么人。他把烟头扔到了水泥地板上，看都不看地一脚踩下去。

　　"我敢打赌你应该想要喝一杯，"他说，"你就喝点酒水吧，让里里外外都一个样。"他身后有一个工作台，他从那里拿出一瓶酒，放到了桌子上，然后把两个酒杯放在了旁边，往一个杯子倒满了酒，又举了起来。

　　我像木偶一样机械地接过了酒杯，冰冷的雨水还留在我的脸上，油漆的气味儿充斥在这污浊的空气中。"艾特，"这个棕衣服的人说，"总是要努力做完上个星期没做的工作，跟其他修车工人一个样。你是因为生意上的事情才到这里来的吗？"

　　我偷偷地闻了闻酒，气味没有问题。我等他先喝下去，然后才喝了一口。我在嘴里含了一会儿，没有氰化物的味道。我一口气喝光了一杯酒，把酒杯放到了他旁边，然后转过身走开了。

　　我说："有公事也有私事儿。"我走到了小轿车旁边，那里的挡泥板上放着金属喷漆枪。修理铺的屋顶正在被雨点剧烈地敲打着，在雨里干活的艾特正在大声地叫骂。

　　那个穿着棕色衣服的人看了看这辆轿车，不以为意地说："这只是装个样子。"可能是因为刚才喝了酒的原因，他的嗡嗡声显得非常轻柔，"对于这个行业，你应该知道的，有的车主非常有钱，而他的司机就想趁机捞点自己的钱。"

　　"还有一个比这个更加古老的行业。"我说。我点了一根烟，感觉嘴唇有点干燥，不太愿意说话。时间就这样慢慢地过去了，我真希望轮胎能够快点修好。我和这个穿棕色衣服的人都是陌生人，只是偶尔才遇到了一起。我们中间隔着一个已经死了的小矮子哈里·琼斯。不过对于这一点，这个穿棕色衣服的人恐怕不知道。

一阵脚步声从门外传来，门被推开了，外面的雨点被灯光照成了一条条银色的丝线。艾特把两个粘着泥巴的轮胎滚了进来，他的脸紧绷着，踹了门一下，一个轮胎在门口倒下了。"你真会找支起千斤顶的地方。"他喘着大气对我吼道。

那个穿棕色衣服的人从衣服的口袋里拿出一个金属管，里面装着镍币。他在手上把金属管颠来颠去，笑着看着这一切。

"赶快补车胎吧，"他不带任何感情地说，"不要再嘀咕了。"

"难道我现在闲着呢？"

"你不要再唠叨了，就这样吧。"

艾特摘下了防水帽，脱下了橡胶雨衣，随意扔在了一边，哼了一声。他把一个轮胎放到了支架上，狠狠地把外胎拨开，把内胎取出来，没多长时间就补好了，然后走到了我这边的墙角，阴沉着脸，拿起一根气管子，给内胎打足了气儿。等到内胎鼓了起来，他又甩开那根气管子，甩到了粉刷过的墙那边。

穿着棕色衣服的人还在摇晃着手里的一桶镍币，我就在那里站着看着他。就在刚才，我全身的肌肉都绷紧起来了，现在我已经不紧张了。我转过身看着他身边的汽车修理工，他简直太瘦了。他往上扔了扔已经充满气的内胎，然后用双手接住，一只手抓住了内胎的另外一边。他又检查了一遍，一脸厌烦的样子。墙角有一个装满着脏水的镀锌的铁盆，他看了一眼，嘴里嘀咕着什么。

我竟然没有发现他们的手势、眼色有什么特殊的含义，他们的配合简直天衣无缝。那个小瘦子把充满气的内胎举到了天空，然后对着它看。他把身体半侧着，一下子就跳了起来，拿着轮胎使劲儿地往我的肩膀和头上砸。我突然被他们扣住了。

他在我身后一边跳一边用力地按着轮胎。我的胸承受着他全身的重量。他使我的胳膊别乱动，只能老老实实地在身体的两侧贴着。我的手虽然可以动，但抓不到衣袋里的手枪。

穿着棕色衣服的人从房间的另一角扑向我，他基本是跳着过来的。那桶镍币还在他手里紧紧地握着。他直接来到了我旁边，没有任何表情，也没有说一句话。我弯下腰，想着一下子举起艾特。

我的两只手张开着，被他那握着金属棒的拳头砸了一下，就好像是晨雾被一块儿石头穿透了一样，我的手好像被砸烂了。这个时候我还有知觉，我能看到灯光还在闪耀，然后是一阵眩晕感，感觉到眼前变得不清晰了。我又被他打了一下，这个时候脑子已经没有意识了，明亮的灯光变得越来越强烈，我感觉什么东西都没有了，只有两条白线刺得我眼睛疼。我感觉到一片黑暗，好像有什么东西在爬着，似乎是显微镜下面的细菌，然后就只剩下空虚、阴暗，还有大风过后树木倒下的感觉，其他的什么都没有了，甚至也没有了爬动的东西和光线。

28

好像有一个女人在我的不远处的一个台灯旁边坐着，不过她看起来更像是灯光的附庸，因为这灯实在太亮了。我的脸被另外一道刺眼的灯光照着，我只能闭上眼睛，透过眼睫毛打量她。她脚上穿着一双尖顶的光滑拖鞋，身上穿着一件绿色的线衣，线衣的白色领子翻得很大，她全身都在发光，甚至连头发都好像是一个盛着水果的闪闪发光的银碗。她的手臂旁边放着一个玻璃杯，这个杯子看起来又白又高，里面装着琥珀色的饮料。她正在抽烟。

我轻轻地移动了一下脑袋，感觉到一股疼痛，不过比我想象中的要好多了。我被绑得结结实实的，就像是一个翅膀被捆紧了的、要放到烤箱里去的火鸡。我在一个褐色的沙发上躺着，两只脚被绳子绑住了，双手被一副手铐铐在了身后，上面系着一条绳子，绳子的另一边就是绑着脚。至于在沙发下是怎么绑的，我就看不清楚了。我动了一下，发现这绳子绑得非常结实。

我又睁开了眼睛，不再暗自挣扎了。"喂！"我叫了一声。

那个女人一直盯着远处的山丘，此时终于收回了自己的目光。她慢慢地转过结实而又俏丽的下巴。她的眼睛非常蓝，就好像是山里面的河水。雨点仍然在敲打着房顶，发出噼里啪啦的声音。听起来这场雨好像是下给其他人的，感觉距离这里很远。

一个银铃般悦耳的声音响起："你还好吗？"这声音非常美，简直比她的头发还美，她的声音有点像洋娃娃房子中的铃声，有一种叮叮当当的感觉。

"也不知道是谁把加油站建在了我的下巴上，"我说，"感觉还真不错。"

"马洛先生，你还在盼望什么？希望有人给你送一束兰花儿吗？"

"只要一个木盒子就可以了，粗糙一点也没关系，"我说，"不用把我的骨灰洒到蓝色的太平洋里，盒子上也不需要银把手或者是铜把手。你知不知道，我更喜欢蛆，那些蛆可以和任意一个个体谈恋爱，虽然他们也有雌雄之分。"

她瞪了我一眼说："你脑袋没病吧？"

"你可以拿走我头上的灯吗？"她走到了沙发的后面，灯光终于不见了。黑暗竟然也是一种幸福，我以前从来不知道这点。

她说："我感觉你还没危险到那个地步。"

她的身材还是比较高的，也比较瘦，不过，也不是那种细高个。她又在自己的椅子上坐下了。

　　"看起来你们已经知道我叫什么了。"

　　"我们检查了一下你的衣服口袋。你睡得很熟，所以我们的时间非常充足。我们什么都做了，就差把防腐的香料涂在你身上。原来你是一个私家侦探？"

　　"你们这么对我，就是因为这点吗？"

　　她手中捏着香烟，一缕青烟飘上来。她没有说话，抖了抖手中的烟卷，她的手非常美，非常小，普通女人的手就像是园艺工人的草把子，或者是一个骨头棍，但她的手却不是。

　　我问她："现在是什么时间？"

　　她透过这迷茫的烟雾看了看自己的手腕。"现在是十点十七分。难道你还有约会？"她的手又在安静的灯光旁边放下。

　　"我一点都不惊讶。这所房子是不是就在艾特·赫克汽车修理铺的旁边？"

　　"没错。"

　　"那两个男人在做什么？在给我的坟墓挖坑吗？"

　　"他们都去另一个地方了，有其他事要做。"

　　"那么说只有你一个人被他们留下来了？"

　　"看起来你没有那么可怕。"她慢慢地转过头对我笑了笑。

　　"我本来以为你被他们当成了犯人。"

　　"你怎么会有这种想法？"这句话似乎让她很高兴，并没有对她造成什么打击。

　　"我知道你的身份。"

　　她抿了抿嘴唇，一股锋利的光芒从她深蓝色的眼睛射出。我似乎看到了她眼睛里闪着的光，就好像是舞动刀剑时候的亮光一样，但她没有改变说话的语气。

"虽然我并不喜欢杀人，但我真的担心你的处境不妙。"

"你不觉得羞耻吗？毕竟你是艾迪·马尔斯的妻子。"

她用力瞪了我一眼，似乎很不喜欢这句话。我对她笑了笑说："让我喝点东西吧！反正你也不喝放在那里的东西。除非你能够解开这一副手铐，不过，我劝你不要这样做。"

她拿过杯子，杯子里泛起了泡沫，仿佛升起了希望一样。她弯下腰慢慢地靠近我，她的呼吸非常轻，就好像是小鹿的眼睛。我喝了好几口后，她从我的嘴边拿走了杯子，看着几滴酒沿着我的脖子往下流。

她再一次弯腰靠近我，我全身开始热血沸腾，就好像是一个新房客带着全新的希望去看自己的新房子一样。

她说："你的脸和船壁上的防撞垫儿有得一拼。"

我说："这也坚持不了多长时间，你要是想看就看个够吧！"

她突然把头转过去，好像在听什么。其实她只是在听墙面被雨水敲打的声音，但就在那一瞬间，她的脸色变得非常苍白，她来到了房间的另一边，轻轻地弯下腰，侧着身体对着我，盯着地板看。

"你为什么要把刀架在自己的脖子上，为什么到这个地方来？"她平和地问我，"你应该知道，艾迪·马尔斯没有做什么对你不好的事儿。如果我不躲在这里，警察一定会认为里干是艾迪杀死的。"

我说："里干确实是他杀的。"

她还是那样的姿势，没有动，也没有任何反应，不过她的呼吸变得又重又急。我打量了一下这间房子，一道墙上开着两扇门，其中有一扇门是半开的，地上铺着的方格地毯印着棕色和红色相交的图案，墙上糊着的纸画着青翠的松树，窗帘是蓝色的。这些家具看起来结实耐用而且非常漂亮，好像是特意从生产汽车座椅的地方买来的。

"我有几个月没看见过里干了，艾迪不是那种人，也并没有把他怎么样。"她轻柔地说。

"你在一个人生活，你没有和艾迪在同一张床上睡觉，也没有在同一间房间里共处。里干曾经去过你住的地方，大家从照片里认出了他。"

她冷飕飕地说："这都不是真的。"

我感觉脑子有点发沉，正在努力地想格里高利上尉到底是怎么说的。至于我自己记的有没有错，我根本就没有把握。

她再次开口："另外，你和这件事儿一点儿关系都没有。"

"我就是来调查这件事儿的，有人雇我过来，所以我一直都和这件事儿有关系。"

"艾迪不是那样的人。"

"啊，他是一个开赌场的，难道你喜欢吗？"

"只要有喜欢赌博的人在，自然就有赌博的地方在。"

"只要他犯过一次法，那么他就再也没有什么可担心的了。你现在只是在替他撇开罪责而已。你觉得他只是在开赌场，而我认为他还是一个投机商，在非法倒卖汽车；他在出租淫秽的书籍；他在指挥杀人的凶手；他是一个勒索犯；他是一个浑蛋；他贿赂警察。只要是那些能够赚钱的、对他有利的事，不管事情是什么性质，他都会去做。不要跟我说黑手党也有内心崇高的人在。既然已经内心崇高了，就绝对不会成为黑手党。"

她挑了挑眉毛说："他是不会杀人的。"

"哼！凯尼诺是他雇用的杀手，他当然不会亲自去杀人。就在今天晚上，凯尼诺就把一个人杀死了。那只是一个小角色，根本就没有害过其他人。我基本可以说，这个杀人的过程是我亲眼所见的。这个小人物只是在努力地帮着另外一个人而已。"

她无精打采地笑了笑。

"你相不相信都无所谓。"我大声说，"就这样吧。假如艾迪真的是一个好人，那么我可以和他聊一聊，前提是凯尼诺不能在场。谁都不知道凯尼诺能干出什么事儿，说不定他会先把我的牙齿打掉，然后再因为我吐字不清而踢我的肚子。"

她仰起头，好像在想什么事儿，以一副沉思的姿态在那里站着。

我继续说道："现在已经不流行白金的头发了。"我只是不想让自己听别人说话，不想让这个房间里没有声音才说话的。

"你真傻，这头发是假的，我的头发还没有长出来呢。"她抬起手，拿下了假发。她的头发像一个男孩子一样，剪得非常短。她又戴上了假发。

"你被谁弄成了这样？"

"有问题吗？我自己让人剪的。"她看起来很惊讶。

"当然有问题，为什么要剪成这样？"

"有什么为什么？我只是想让艾迪·马尔斯知道我会按照他的要求躲起来。我爱他，所以我不会让他没面子。但我要告诉他，不要让人盯着我。"

"但是，你却让我在你这里待着。"我嘟囔着说，"你就这样把我关了起来。"

她把一只手翻过来，看了好一会儿，突然走出了房间，拿着一把菜刀回来了，弯下腰，把绑着我的绳子割断。

"凯尼诺拿着手铐的钥匙，"她说，"所以你的手铐我可解不了。"她喘着粗气儿，向后退了两步，她已经割裂了所有的绳结。

"你自己都已经到这个地步了，还开口就是说笑，"她说，"你真是一个有趣的人。我一直都认为艾迪·马尔斯不可能杀人。"

她很快地转过身，又来到了台灯旁边，坐在了自己的椅子上，双手托着脸。我把两只脚放到了地板上，试着站起来，我晃晃悠悠地走了几步，两条腿实在太僵了，整个左脸都在跳个不停。我向前迈了一步，还能走路。如果一定要跑的话，我也应该能跑。

　　我说："你已经想好把我放走了，是吗？"

　　她点了点头，根本就没有抬起脸。

　　"如果你不想死，那就最好和我一块走吧。"

　　"他随时都可能回来，你还是不要浪费时间了。"

　　"我想抽支烟。"

　　我靠着她的膝盖，在她旁边站着。她突然站起来，我们两个人的眼睛相距只有几英寸。

　　我温和地说："银头发的姑娘，你好呀！"

　　她向后退了两步，来到了椅子的后面，哆哆嗦嗦地从桌子上拿起一盒香烟，从里面拿出一根，塞到我的嘴里，动作非常粗暴。她打开一个绿色的小打火机，举到了香烟旁，我就着吸了一口，盯着她蓝色的大眼睛看。在她还没有从我身边离开的时候，我赶紧说道：

　　"提醒我到这里的，是一个叫作哈里·琼斯的小鸟。这只小鸟总是打听一些八卦消息，买几笔赛马的赌票，赚点零花钱，也经常出入酒吧。关于凯尼诺的事儿，这只小鸟多少知道一些。他和他的朋友们知道了你的藏身之处，具体什么途径我也不清楚。我正在为斯特恩伍德将军做事儿，哈里知道了以后，就想把这份情报卖给我——这个故事说起来就有点长了。我从他那里得到了情报，但这只小鸟却被凯尼诺抓住了。现在他已经死了，嘴上挂着一滴血，脑袋垂下来，羽毛也乱七八糟的。当然害死他的人就是凯尼诺。银头发的姑娘，你觉得艾迪·马尔斯根本不会做这样的事，是不是？他只会雇用别人当杀手，从来不会亲自杀人。"

"你给我滚，"她大声吼道，"给我滚。"她手指紧紧地抓住绿色的打火机，举到了半空中，我看见她的手指关节没有一点血色。

"我在到处打听秘密，凯尼诺都知道，"我说，"不过，他可能并不知道我已经了解了这只小鸟的事儿。"

这个时候她非常痛苦地笑了笑，就好像是在风中颤抖的枯树。我想这笑声里不完全只有惊讶，还带有一些迷茫，好像是新发现了自己所了解的事物的另外一面，感觉和以前看到的不一样。不过我又想，怎么会有这么多想法隐藏在她的笑声里呢！

"真是太有趣了，"她气喘吁吁地说，"你应该知道，我还爱他。真是太有趣了，女人啊——"说完她就大笑起来。

我脑袋上的神经跳个不停，我竖起耳朵，不过我还是只听到了雨水的沙沙声。"快点儿吧，"我说，"咱们走吧！"

她的脸变得阴沉沉的，向后退了两步说："就是你，给我滚，快点滚！你去哪里都可以，你可以走到利尔里特。至于这里的事儿，请你不要往外说——至少在一两个小时之内先别不要往外说。你应该还是欠我这么一点人情吧？"

"银头发的姑娘，你有枪吗？"我说，"咱们一同走吧。"

"我求你了。你应该知道，我根本不会走的。你应该能想到的。你快点走吧，我求你了。"

我来到了她的身旁，基本和她的身体挨在了一起，对她说道："我被你放走了，你还想留在这里吗？那个杀手会回来的，你会觉得他会听你道歉吗？银头发的姑娘，你还是和我一同走吧。你要知道，对于他来说，杀死一个人和拍死一只苍蝇没什么区别。"

"我不走。"

"如果里干真的是被你那位帅气的丈夫杀死的呢？"我小声说，"你要好好想一想，或者说假设是凯尼诺杀死了他，只不过艾迪不知道而已。你只要想想，如果我被你放走了，你还能够活多长时间，那就足够了！"

"我是凯尼诺上司的妻子，我并不怕他。"

"艾迪就像是一小碗玉米粥，"我严厉地说，"而凯尼诺就是一个小汤勺，他会吃掉艾迪，一勺一勺地吃掉。他会把艾迪叼在嘴里，就像是一只猫叼着金丝鸟一样。艾迪就是一碗玉米粥，你最好别爱上像玉米粥一样的男人。像你这样的女人可以爱任何人。"

她好像呸了我一口，说："给我滚。"

"那就这样吧。"我转过身，从她身边离开了。

我半开了门，来到大厅里，走到了室外，外面一片黑暗。她在这个时候追上了我，从我的身边跑过去，把前门打开。她暗自看了看外面黑漆漆的雨夜，又听了一段时间，然后摆手让我过去。

"祝你一路顺风，"她小声地说，"再见了。但我还是要告诉你一件事儿，里干并不是艾迪·马尔斯杀的。如果里干愿意现身，你会发现他并没有死，而是在一个地方平安健康地活着。"

我在她的身上靠着，用我的身体把她顶到了墙上，嘴唇对着她的脸，以这种姿势和她说："银头发的姑娘，我现在还不着急。这就像是广播的节目，什么事情都是有所准备的，根本就不会有半分半秒的差错。所有的细节都经过演练，所以我根本就不着急。你吻我一下吧！"

我的嘴唇碰到了她的脸，感觉非常凉，就像是冰块儿一样。她把双手举起，抱住了我的头，使劲儿地亲吻我的嘴唇，她的嘴唇也像冰一样凉。我从里面出来，身后的门关上了，一点儿动静都没有。门廊里飘进了雨点儿，虽然很冷，但是却比不上她的嘴唇。

29

　　隔壁汽车修理铺没有亮灯，里面黑漆漆的。我来到了石子铺成的汽车路旁边，穿过了一道草坪，草坪里满是积水，汽车道上的积水已经汇成了一条小溪，一点一点流到水沟里。我的帽子可能在车库里掉了，现在只能光着头。凯尼诺根本就不会管这件事儿，所以也不会带过去，他根本就不会想到我还需要戴帽子。我想他可能一个人正在雨里开着汽车，而且还非常得意。他已经妥善安排好了那辆非常可能是偷来的轿车以及那个总是阴着脸的、又瘦又高的艾特。那位银头发的姑娘愿意为艾迪躲起来，而且根本就不露面，她很爱艾迪·马尔斯。凯尼诺回去以后，一定会以为他还可以在原来的地方找到她：那个女人旁边的酒杯甚至还没有动，她只是安静地坐在台灯的旁边；我还被绑在沙发上，绑得很结实。那个时候，他就会把那个姑娘的东西全都倒腾到外面的汽车上，然后再仔细地检查一下房子，确定任何犯罪证据都没有留下来。那个女人不会听到枪声，凯尼诺会让她在外面等着的，当然解决问题的方式还包括用包裹着的橡皮铅头往我的脑袋上砸。他会告诉她，我一会儿就会自己挣扎着走开的，他只是把我暂时放在这里。他以为她会相信他所有的话。好一个可敬的凯尼诺先生啊！

　　我的手还被铐在后背上，所以我没有办法系上雨衣的前襟。雨衣的下摆就像是一只没有力气的鸟在扑腾着翅膀，不断敲打着我的两条腿。我来到了公路上，身边开过一辆又一辆汽车，前面的一大片水坑被汽车的车灯照亮，轮胎的嘎嘎声在远方消失。我的那辆敞篷汽车还在原来的地方停着，我找到了它，两只轮胎都已经修好并且装上了，如果有需要可以立刻开走。他们还真是做了全方面的考虑。我钻进了汽车，斜着身体弯到了方向盘下面，探索着想要打开储物箱的皮盖子。我从里面掏出一支手枪，藏在了衣服下面，然后转过身回去。我感觉这里非常地阻塞，整个世界都变得非常狭小，黑暗得没法喘气儿，就好像只有我和凯尼诺存在于这个世界上一样。

我才走了一半儿，就差点被一辆汽车的车灯照到。这辆车突然拐到了另外一边，我急忙从水沟的边缘跳到下面的水坑里，在水里缩着，屏住呼吸。汽车噌地开了过去，根本就没有减速。我抬起头，听着汽车轮胎和公路摩擦而发出的刺耳的声音。汽车开到了距离石子路不远的岔道上，马达关了，车灯灭了，车门响了。树林里露出一道光线，可能是有人开了客厅里的灯，或者是拉开了一扇窗户的窗帘儿，因为我并没有听到关门的声音。

我又来到了湿淋淋的草坪上，蹚过这些积水。那辆车停在我和房子之间，我用力地回扭着右边的胳膊，差一点就把左边的胳膊拧脱臼了，我的手枪就在身体的右侧。汽车还在散发着热气，但车灯已经灭了，车里面也没有人。那散热器里的水正在汪汪地流着，声音很好听。我从汽车外看了看里面，仪表盘上还挂着车钥匙。我觉得凯尼诺肯定没想到竟然出现了这种错误。我从车的后面绕了过去，小心地跳过石子路，来到了窗户下面，听着里面在说什么。我只听到排水道下面的金属拐脖儿被雨水敲打的噼啪声，听不见其他的声音。

我还是在那里听着，周围非常安静，没有什么大的声音。这个时候他可能正在与她小声嘀咕什么。也许她很快就要告诉他，我被她放走了，我已经做出保证，不把他们的行踪泄露出去。不过就像是我不相信凯尼诺一样，他也不会相信我。他很快就要走了，绝对不可能在这里停留太长时间。那个女人也要被他带到另外一个地方去。在这里等到他们出来，就是我现在要做的事儿。

说到等着他们出来，我可实在没什么耐心。我弯下身体，把枪放到了左手里，从地上抓起一把沙子，撒到了窗户上。这种做法没什么效果，只有几粒沙子打到了窗纱上的玻璃上，不过只是这几粒那也够了。就像是水堤决口的声音一样，窗户发出了沙沙啦啦的响声。

　　我来到了汽车这里，在脚踏板上站好，但是什么声音都没有。房间里的灯已经灭了，我弯下身，贴在脚踏板上待着，一动不动，就这样等着他们。凯尼诺实在过于奸诈，他根本就没有陷入这个陷阱。

　　我站起身体向后倒退，钻进了汽车里，找到启动的钥匙，然后扭了一下。我又用脚在下面探索了一下，想踩下油门儿，不过这辆车的油门儿似乎装在了仪表盘上，我好不容易才找到。我用手一拔，然后就点火了，马达还没有冷下来，很快就着起来了，发出了轻轻的突突声，这声音听起来真让人开心。我从汽车里跳出来，在后面的轮胎旁边蹲下。

　　实在太冷了，我一直在颤抖。我非常明白，我最后弄出的这点儿动静，肯定让凯尼诺非常厌恶，因为这辆汽车对他实在太重要了。一扇黑漆漆的窗户正在往下移，我看着它一寸一寸地降下来，如果玻璃上的光没有摇晃，我真是不能发现这点。突然里面闪了几下火光，连着响起三声急速的枪声，汽车玻璃出现了星星点点般的裂缝，我发出痛苦的惨叫。这声音越来越惨，变成了凄厉的呻吟。我好像因为流血而喘不过气来了，喉咙里的嚎叫声变成了咯咯声。这令人讨厌的咯咯声终于消失了，最后只剩下张着嘴巴喘气的声音。我非常高兴，因为我的表演很到位。我听到了凯尼诺的笑声，估计他也非常高兴。他的笑声很低沉，好像是憋起来了一样，完全不同于他说话时候的那种猫在打呼噜般的声音。

　　接下来轻轻响起了马达的突突声，还有雨点噼里啪啦的敲打声，剩下的就是一片安静。在这以后，夜晚中好像出现了一个非常深的黑洞，房门一点一点地打开了，那个黑洞里出现了一个人影，行动非常小心。我好像看到了黑影的脖子上有一点白色，应该是那个女人的衣领。那个女人走到了门廊上，她的四肢都已经僵硬了，和一块木头差不多。我看到了她发着银光的头发。凯尼诺不敢往前走，只能在她身后躲着。他们这出戏演得真是令人发笑，也太认真了。

她来到了台阶下，现在我可以看到她的脸了，她的肌肉已经僵了，脸色非常苍白。她走到了汽车这边。我真想往凯尼诺身上吐唾沫，他竟然用这个姑娘来为自己挡灾。淅淅沥沥的雨声中传来了那个女人的声音："拉什，我什么也看不见，"她的声音非常呆滞，说得非常慢，"窗户上的水汽实在太大了。"

他在那里嘀咕了一句，我看到她的身体颤抖了一下，她的背好像被他捅了一下。她又向前走了几步，已经来到了这辆没有开灯的汽车前面。这个时候我看到了凯尼诺就在她的身后，我看到了他的一半肩膀、半张脸还有帽子。这个女人的身体好像僵硬了，突然尖叫一声。这声尖叫非常刺耳，我感觉浑身上下都被人一拳打了一下。

"拉什，我看见了，"她尖叫道，"就在车子那里，在车轮子的旁边。"

他好像是一只铅桶，落入了我的圈套。凯尼诺把那个女人往旁边推一下，一步跳到了前面，把手扬了起来。黑夜被三道火光划亮，然后又是玻璃碎了的声音。一颗子弹打到了远方，发出呼呼声；另外一颗子弹穿透了玻璃，打在了我旁边的一棵树上。汽车马达仍在平静地转着。

他弯下身体，在这黑暗中躲了起来。在一阵交火后，我又看到了一个没有轮廓的灰块，他的脸又出来了。如果他用的是左轮手枪，那么他应该已经没有子弹了。他一共开了六枪，不过在房间里的时候，他可能也装上了子弹，所以他的枪里也未必没有子弹。我并不希望他手里只剩下了空枪，我还是希望他枪里有子弹的。当然他手里也有可能拿着一支自动步枪。

"已经结束了吗？"我问。

他扑到我这边。我认为我应该表现得有点风度，像一个老绅士那样，再给他一次开枪的机会。不过我不能再等了，他手里还拿着枪。我可没有时间去假装老绅士了，我对着他射出了四枪。我手里的科尔特手枪柄在我的肋骨上一下一下地敲着。他像被人踹了一脚一样，手里的枪突然飞出去了。他两只手捂上了肚子，我甚至听见了那拍打的声音。他的两只大手抱着自己的身体，直接倒在了地上。他脸朝下趴在了湿漉漉的石子路上，自从倒地以后就再也没有动静了。

同样没有动静的还有那个银头发女人，她在那里站着，已经呆傻了，虽然雨点在她身上落下，但她也不管。我从凯尼诺身边绕过，随脚一踢把他身边的枪踢到了远处。我又跟着枪过去，弯下腰捡起了那把枪。就这样，我在那个姑娘旁边紧紧地站下。"我刚才就想到你一定会回来的。"她好像自顾自地说，声音非常忧伤。

"咱们不是约好了吗？"我说，"我都已经告诉你了，所有的事情都已经事先做了安排。"我大声笑了起来，就像傻瓜一样。

她弯下身体，在凯尼诺的身上找了一会儿。没多长时间，就站起来了，手里拿着一条系着细链的钥匙。

"你一定要杀了他，是不是？"她好像有点恼火。

就像刚才突然笑起来了一样，我突然又不笑了。她来到了我的身后，把我的手铐解开了。

"我觉得你一定要杀了他，"她温和地说，"一定是这样的。"

30

太阳照耀着大地，新的一天又开始了。

失踪人口调查局的格里高利上尉盯着窗外法院大楼上窗口的铁栏杆，盯了好一会儿了。这栋建筑在雨后变得又干净又亮堂。没多长时间，他就转过椅子上笨重的身体。他用已经被烫得长了厚茧的大拇指按了按烟斗，然后盯着我看，一脸深沉。

"也就是说，你惹了麻烦了？"

"是啊，你已经知道了。"

"兄弟，我成天坐在这里，看起来像是没有脑子的人。不过如果你知道我到底都在做什么，你一定会被吓到的。要我说，杀死凯尼诺确实是一件好事儿。不过要说让办理刑事杀人案的警察给你颁发一枚奖章，你还是想多了。"

"我最近一直被各种凶杀案包围，"我说，"不过我还一直活着。"

"你是从哪里知道的，"他宽和地笑了笑，"艾迪·马尔斯的妻子就藏在那里？"

我把事情告诉了他，他认真地听着，听完以后打了一个哈欠，用他像盘子一样大的手拍了拍镶着金牙的嘴："我估计你认为我早就应该把他找出来。"

"这个推测绝对是合理的。"

"说不定我早就应该找到了，"他说，"当然也有可能是艾迪·马尔斯和他的妻子想要耍什么诡计，如果我想要聪明一点，那就只能假装上当，让他认为大家都被他们骗了。另外你可能还会认为，我之所以让艾迪在法律外逍遥，是因为某种私利。"他把那只大手伸出来，用大拇指捏着中指和食指转。

"我没有这样想，"我说，"真没有。就算艾迪好像知道了那天我在你这里说的话，我也没有这么想过。"

他皱了皱眉毛，不过好像很吃力，这个动作他已经有些不熟练了，应该是很长时间都没有练习的缘故。他的脑门儿上到处都是深深的皱纹。我看到这些皱纹消失以后，上面又出现了很多白道儿，这些白道儿又一点点变成了红色。

"我只是一个普通的警察罢了，"他说，"这个世界已经不怎么流行老实了，但我也还能够配得上'老实'这两个字，像我这样的老实人不多了。我希望你认为我没有说谎，今天早上我让你过来就是为了这个。我希望看到邪恶能被法律打败，毕竟我是一名警察。马尔斯这样的人总是穿得光鲜亮丽，我真希望看到他在伏尔萨姆采石场和那些在平民窟里面长大的穷人一起做苦工，看着他磨坏自己精心修剪的指甲。有些人真是倒霉，只犯了一次罪，就进了牢房，从此就再也没有出去。这就是我想看到的。不过，对于这个世界上的世态炎凉，咱们两个人实在过于了解了，所以认为这些希望都不可能化为现实，不可能出现在咱们这样的大城市，也不可能出现在只有咱们城市一半大的城市里，当然也不可能出现在美丽而又富裕的美利坚合众国的任何一个城市。咱们根本就没有通过这样的方式管理这个国家。"

我没有接他的话。他向后仰了仰头，吐了一口烟，然后盯着烟斗看，接着说道："不过这并不是说里干就是艾迪·马尔斯杀死的，或者说他有杀死里干的理由，当然也不能认为，马尔斯不但有理由而且已经做下了。我只是想推断出他知道哪些事儿，而且这些事可能早晚都会被泄露出去，让所有人都知道。他真是太可笑了，竟然把自己的妻子藏在了利尔里特，这种做法真是幼稚，只有那些自认为聪明的人才会做这种事儿。地方检察官已经在昨天晚上和他谈过话了，我把他叫过来了，他都承认了。不过，他认为他之所以雇用凯尼诺，是因为相信凯尼诺是一个比较牢靠的保镖。至于凯尼诺有什么癖好，他并不知道，更不想知道。他并不认识乔·布洛迪，也不认识哈里·琼斯，当然他的确认识盖格。我觉得你可能已经知道了，他一口咬定自己不知道盖格在做什么龌龊的生意。"

"的确如此。"

"你并没有打算隐瞒。兄弟，你在利尔里特做的事儿真不错。现在我们的档案已经记录了那些没有鉴定出结果的子弹，如果你某天又把那支枪拿出来用，估计那个时候你就要面临麻烦了。"

我斜着眼看着他："我昨天做得确实非常不错。"

他碰了碰烟斗，盯着烟斗看，一副思考的样子，根本就没有抬头就直接问我："那个姑娘怎么了？"

"那个姑娘并没有被扣留，但我也不知道后来的情况。我们已经说清楚了这件事儿，并且做了三份记录：一份给了凶杀组，一份给了警察局局长办公室，还有一份给了怀尔德。那个女人已经被他们放了，我后来也没有看到她。这些还真是出乎意料。"

"大家都认为那是一个好姑娘，看起来不像是做坏事的人。"

我说："那个女人确实不错。"

格里高利揉了揉自己灰色的短头发，叹了一口气，用那个基本可以称作为温和的语气说："另外还有一点，其实你这个人还挺好的，只是你做事儿的时候总是不分轻重。你最好不要再去参与斯特恩伍德家的事儿了，如果你真的想帮他们的话。"

"上尉，我认为你说的没错。"

"你现在身体还好吗？"

"各部门的大老爷们在昨天晚上训了我一夜，我一直都在承受他们的指责。"我说，"在这以前我被人打得半死，而且全身还都淋透了。不过我现在感觉身体非常好。"

"兄弟，你还指望受到他们什么样的招待？"

"也就这样吧。"我对他笑了笑，然后站起来，迈出步子要走到门口去。就在我快到门口的时候，他突然清了清喉咙，严厉地对我说："你还是认为你能找到里干，是不是？我说了这么多话都白说了吗？"

我转过身，看着他的眼睛："不，我根本就不想找，我已经觉得我找不到他。这下你该满意了吧？"

他慢慢地点了点头，过了不长时间又耸了耸肩："祝你好运，我都不知道要怎么来形容你了。你有时间就过来吧，马洛。"

"上尉，非常感谢。"

我从市政厅走出来，来到停车场找到了我的汽车，开到了在赫巴特尔姆斯的家里。我把外套脱下，直接躺在床上，一边听着外面马路上的车声，一边盯着天花板看。虽然我很想睡觉，但我根本就睡不着。我就这样看着天花板，阳光一点一点地扫过。虽然这个时间并不适合喝酒，但我还是从床上起来，喝了一杯酒，然后又躺下。我的脑子一直在滴滴答答地响，就好像是钟表的摆锤一样。我还是无法入睡，只能在床边坐下，装了一斗烟，大声喊道：

"他一定知道些什么，那个老油条！"

烟斗像碱水一样苦，我把它扔了，然后又躺下。这个时候我的脑子里非常乱，总是一遍又一遍地想同一件事儿，去了同一个地方，遇到同样的人，对他们说一样的话，不过感觉每一次经历都是真的，而且都是第一次经历。

我开着车在公路上飞奔，根本不顾外面的大雨，汽车的角落里坐着一个一声不吭的银发女人。到了洛杉矶的时候，我们两个好像成了萍水相逢的陌生人。我们在一家24小时营业的杂货店前面停车，我给贝尼·奥尔斯打了电话，我把我在利尔里特杀人的事儿告诉了他，而且现在要去怀尔德家里，艾迪·马尔斯的妻子和我在一起，她看见了我杀人的整个过程。我们开车来到了拉菲特公园，这安静的街道好像被雨水冲刷过一遍一样。最后我在怀尔德房子前面的车库里停下，门灯已经开了，看来奥尔斯已经给他们打电话说我要过来了。我来到了怀尔德的办公室，他在写字台前面坐着，穿着一件大花色睡衣。他的雪茄一会儿放到苦涩的嘴边，一会儿又放在手里，紧绷着脸。奥尔斯已经到了，警察局局长办公室的一个人也一同过来了，这个人很瘦，头发都已经白了。从他的行为来看，他有点书生气，很像是一个经济学教授，倒不像是一个警察。我把事情的始末都告诉了他们，他们一直在听，什么话都没说。银发女人坐在灯光照不到的地方，什么都不看，两只手交叉放在膝盖上。电话铃每隔一会儿就会响一次。我被两个从事刑侦案件的人盯着，他们很好奇，好像我是刚从巡回的马戏团里跑出来的一只怪兽一样。我又开车走了，他们中的一个坐在我身边，这一次我们要去弗尔维德大楼。我们又来到了那间办公室，在写字台后面的椅子上，哈里·琼斯仍然坐着。他的身体已经僵硬了，脸上还保持着扭曲的神色。房间里有一股还没有散去的又甜又酸的气味儿。一个非常结实而又年轻的法医一同过来了，他的脖子上长着坚硬的红汗毛。房间里有一个指纹专家在不断地踱来踱去，我告诉他可以检查一下透气窗上的插销。穿着棕色衣服的凯尼诺只留下了这一处指纹，指纹专家们果然在这里找到了他的拇指指纹，也正是因为这一点，我说的话才被证明不是假的。

我再次来到了怀尔德住的地方，他的秘书要打印我的证词，去了另外一间房子。他回来后我在证词上签下了我的姓名。这时候门开了，来人是艾迪·马尔斯。他看见了银头发女人，突然笑起来说道："亲爱的，你好！"那个女人没有回应他，也没有看他。艾迪·马尔斯穿着颜色比较深的办公服，看起来非常精神，一个镶着白边的围巾从苏格兰呢子大衣里面露出来。后来只有怀尔德和我留在了房间里，他们都走了，没有一个人留下。怀尔德对我说："马洛，这是最后一次了。"他看起来很生气，声音都是冷冰冰的。"如果你下次再要什么诡计，我就不管谁会伤心，直接把你扔去喂狮子。"

就这样，这些事儿一遍又一遍地出现在我的脑海里。我在床上看着墙角，那太阳光一点一点地移到了下面。这个时候电话铃响了，是斯特恩伍德家的老管家诺里斯打来的，他的声音非常远，像平时一样拘束。

"是马洛先生吗？真是很抱歉，我把电话打到您的家里来了。不过我一直在往您的办公室打，但总是打不通。"

"我一直都不在办公室，"我说，"我基本整个晚上都在外面。"

"原来如此。马洛先生，如果您有时间，将军今天上午想和您见面。"

"他身体还好吗？"我说，"大约半个小时以后我就会过去。"

"他还没有起来，但身体还不错。"

我说："那就让他稍微等我一下。"然后就挂断了电话。

我刮了刮脸，换了一身衣服，走到了房门口。我突然又转过身，把卡门的那支珍珠柄小手枪拿起来，收进了口袋。外面的阳光好像是跳动了一样，非常刺眼。十一点十五分，我来到了斯特恩伍德家，我一共花了二十分钟。我在侧门的门廊外停下了车子。雨已经停了，天放晴了。那梯形的草坪和爱尔兰的国旗非常像。树上的小鸟在叽叽喳喳地鸣叫着，像疯了一样。从整体上来看，这处府邸非常整洁，就像是在十分钟以前才建好的一样。我像五天前那样按下了门铃，那是我第一次来到这里，可是现在我感觉好像已经过去了一年。

为我开门的是一个女仆，她带着我穿过侧厅，来到了主厅，她说诺里斯先生很快就过来，让我在这里等着。主厅和我第一次来的时候完全一样，花玻璃上的那个骑士仍然在解救被绑在树上的姑娘，不过他只是在假装解救而已。壁炉架上的画也依然在瞪着漆黑而又热烈的眼睛。

诺里斯在几分钟以后出现了，他深沉的蓝眼睛仍然非常明亮。他的皮肤灰里透红，看起来既祥和又健康。他似乎并没有什么变化，而他动起来的感觉比真实的年龄还要小二十岁。和他比起来，我更像是一个饱经沧桑的人。

我们走到了瓷砖铺成的楼梯，转向与薇薇安房间相对的方向。每走一步，我都会感觉这座房子更加安静，更加宏大。最后我们来到了一扇老式房门前，房门看起来非常结实，像是从教堂里走出来的一样。诺里斯轻轻地推开门，看了看里面，然后侧过身体，我就从他的身边进去。走过四分之一英里的地毯后，我来到一张罩着华盖的大床前。似乎亨利八世在驾崩的时候，就躺在这张床上。

斯特恩伍德将军在枕头上靠着，半坐半躺。他的双手叠在一起放在被单上，看不到一点血色。在白色床单的对比下，他的手显得更灰白了。他黑色的眼神冒着精光，不过他的整个脸看起来都像是死了一样，也就眼神是个例外。

他露出一副有气无力的样子，非常困难地说："马洛先生，请坐。"

我拉过一把椅子，坐在了他的身边。房间里没有一点阳光，每一扇窗户都关得非常密实，从空中照进来的所有光线都在窗外被挡住了。空气里有一股甜腻腻的味道，这是老年人特有的气味儿。他看了我很长时间，一直不说话。好像为了证明他的手还能动似的，他的一只手动了起来，放到了另外一只手上。他无精打采地说："马洛先生，我并没有让你把我的女婿找出来。"

"不过您就是想要表达这个想法。"

"是你自己想得太多了，我根本就没有让你去做。一般我总是直接说出我想要去干什么。"

我没有接过他的话。

"钱的问题倒不大，"他冷飕飕地说，"不过我已经把钱给你了。你只是在不经意间辜负了我的信任。"说完这句话他就把眼睛闭上了。

我说："您就是为了这件事儿才让我过来的吗？"

他又缓慢地睁开了眼，好像眼皮儿是铅做的一样。他说："你听到我这么说，必然觉得不舒服吧。"

"将军，您有命令我的权力。"我摇了摇头，"无论如何，我一点都不敢冒犯您。相比于您所忍受的这些事，您应该有这样的权力。不管您说了什么，我都不会生气的。我也可以把钱还给您，即便对我来说，钱还是很重要的。当然这对您来说只是一件小事儿，根本就没有什么分量。"

"这有什么问题吗？"

"我不能接受你付给我的酬劳，因为我没有做好您交代我的事情。"

"一般来说，你都解决不好事情吗？"

"谁也不会总是能够顺利完成任务，谁都有做不好的时候。"

"你去找了格里高利上尉，这是为什么？"

我向后靠了靠身体，一只胳膊搭在了椅子背上，认真地看了看他的脸。我看不出他脸上有任何东西，我不能给他一个满意的回答，所以对于他这个问题，我真不知道应该怎么解释。

"我那个时候在想，您是为了考验我，才把盖格的借条交给了我。"我说，"我在想您可能在担心，这些敲诈案件会不会牵扯到里干。我当时根本就不知道里干的事情。我发现里干并不是那种人，不过这是在我与格里高利上尉聊过以后才知道的。"

"你并没有对我的问题做出回答，虽然你说了不少话。"

"的确，我并没有回答你的问题。"我点了点头，"我做事情的时候，总是凭借自己的感觉，当然我并不太愿意承认这一点。我上次来拜访您，从您的兰花房走出去以后，被里干太太截住了。她认为寻找她的丈夫是您雇用我的原因。不过，她好像并不喜欢这件事儿有我的参与。她还告诉我，里干的汽车已经被'他们'在一个车库里找到了。她提到了'他们'，这个词应该指的是警察。所以，警察已经掌握了一些情况。假如真是这样，那么应该是失踪人口调查局拥有这份案子的材料。所以，你有没有报过案，或者是其他人有没有报过案，我都不太清楚。同样我也不知道，是哪些人报案说这辆被丢掉的车出现在了车库里，所以他们才找到的。不过我非常了解警察，因为我知道，既然他们已经了解了一部分情况，那么就可能会了解得更多。尤其是警察局曾经凑巧为您的司机准备过档案。我不知道他们还能发现什么事。就这样，我想到了失踪人口调查局。那天晚上我在怀尔德家谈了盖格和其他的一些事儿，怀尔德先生的态度让我确信我自己的推测是合理的。那天晚上有一段时间，只有我和怀尔德在一起，他问我您有没有把寻找里干的理由告诉我。我说，您只是想知道里干是不是平安，以及此刻在什么地方。怀尔德看起来神秘兮兮的，他撇了撇嘴。于是我知道，寻找里干这个人，应该动用了法律机构，虽然他没有明说。哪怕是这样，我在和格里高利交往的时候，也没有和他说什么，除了他已经知道的事情。"

"你让格里高利认为，我是为了寻找里干才雇用你的，他现在应该已经产生了这种印象。"

"没错，当我参与这个案子时，我确实是想让他沿着这个思路思考。"

他的眼皮儿动了几下，然后闭上了眼睛。"你不觉得自己的所作所为与道德相冲突吗？"他闭着眼睛说。

"我觉得没有和道德相冲突，"我说，"当然不会有冲突。"

老将军睁开了眼睛，说道："可能我不太懂。"两道刺眼的光芒突然从他灰色的脸上射出来，我感到非常惊讶。

"可能是吧。失踪人口调查局的头儿既然能够在那个部门做事儿，就说明他的嘴巴非常紧。这是一个非常奸诈而又聪明的人。在最开始的时候，他让我感觉他只是在应付了事，已经厌烦了这件工作，不过这些都是他假装出来的。我说了很多话，都是为了骗他。我当然没有时间和他玩这种你猜我想的游戏。不管我和警察说什么，他总是会给我打个折。我和这名警察说什么都没有关系。您要只是雇一个临时工擦窗户，那就只要告诉他这有八扇窗户，告诉他'你把这八扇窗户擦完，工作就完成了'，可是您雇用我们这样的人为您做事，就不太一样了。我在做一件事的时候，总是要根据自己的思路去做，把整个事情都好好地想一想。您恐怕根本不知道，为了保护您的名誉，我已经尽到了自己的所有努力；我完全是为了您的利益，才不得不去触犯法律。当事人是我首先要考虑的，除非这个人不够正直。但就算是遇到了这种事，我也不可能一口回绝，然后就再也不管了。此外，你完全没有告诉我，我不能去找格里高利上尉。"

他轻轻笑了笑说："我很难把这句话说出来。"

"那么，还有哪些事情是我做错的？您的管家诺里斯可能认为，既然已经解决了盖格的问题，那么这件事儿就算结束了。但我并不这么想。一定有什么事情隐藏在盖格勒索这件事底下，我到现在还不是很明白。我既不是菲洛·万斯[1]，也不是夏洛克·福尔摩斯，我并不指望一个地方被警察搜索以后，还能够让我再去查一遍。找到了一个

---

[1] 著名侦探，出自美国侦探小说家S.S.戴恩（原名维拉德·亨廷顿·莱特）笔下。

断了尖的笔头，以这个为线索，把整个案件破获。如果您认为我们侦探的职业技能只是这样的话，那您就对警察太不了解了。即使警察会把什么事儿遗漏掉，也绝对不会是这样的事。我的意思并不是说，如果您让警察着手去做什么工作，他们就一定会把线索遗漏。假如真的有什么线索被他们遗漏了，那么一般也就是盖格送过来借条，您这样的老绅士要把钱还了这样的事。这些事都很难入手，也不好下结论。盖格随时都可能受到法律的惩罚，因为他所做的买卖不太干净。不过有人保护他，对方是一个很有势力的黑社会。警察根本没有查问他，而是在消极地保护他。盖格想要知道，您是不是有什么压力，所以才会去勒索您。如果您没有压力，就根本不会搭理他，然后看他下一步会怎么做。可万一您处在压力中，就只能听他的话，把钱给他。不过，有的事确实会让您感到有压力，比如说里干的事儿。您在担心里干这么长时间地待在您身边，并且真诚地对您只是一种伪装，目的是想办法获得您存在银行里的钱。

他想要说话，但我却打断了他："就算是这样，您的钱财也不是你关心的事。当然您的女儿也不是，您早就不指望自己的女儿了。您很要面子，这才是问题的关键。你很喜欢里干这个人，但也怕自己看错了他，被他愚弄了一番。"

又安静了好一会儿。"你说得可真不少，马洛，"将军最后平和地说，"你是不是想把这个谜底解开？"

"不了。我已经接到警告了，现在已经不想继续下去了。警察认为我做事没轻没重。我之所以想把钱还给您，也是因为这样的原因。因为，用我的标准来衡量，这件事我并没有做好。"

"这也不算什么。就这样吧。"他笑了笑对我说，"你去寻找卢斯蒂吧，我再给你一千块钱。你不用让他回来，也不必让我知道他在哪里。虽然她离开了我的女儿，但我并不会怪他。每个人都有选择自己生活道路的权利，所以我也不会怪他没有打招呼就走了。说不定他只是心血来潮。不管他在什么地方，我都想知道他没有事，万事平安。我要他知道，如果他正好钱不够，那么我也会帮助他。你明白我在说什么吗？"

"将军，我明白了。"我说。

他又略微休息了一会儿，闭上了眼睛，放松身体。他的眼皮儿看起来已经发青了，他的嘴唇上没有一点血色，紧紧地抿着。在这一回合里，他几乎失败了，现在已经有气无力了。但没过多长时间，他又把眼睛睁开，想要努力露出一个笑脸。

"我感觉我真是一头老山羊，太注重感情了。"他说，"我一点都不像一个军人。我感觉那个年轻人对我很真诚，我非常喜欢他。不过我可能过于相信我自己的判断力了。马洛，你去帮我找他，只要知道他在什么地方就可以了。"

"我已经在这儿说了不少了，您现在需要休息。"我说，"我会努力去做的。"

我很快就站起来，走过宽敞的地板，走向房门口。在我还没开门的时候，他的眼睛又闭上了。他的两只手放在了被单上，看起来非常无力，他这副样子比死人还死气沉沉。我轻轻地关上门，穿过楼上的走廊，向楼下走去。

31

管家走了过来，手里拿着我的帽子。"你怎么看他的身体？"我戴上了帽子问他。

"他只是看起来很虚弱，实际上并没有那么严重。"

"如果他真是如此，那就应该准备棺材了。为什么老爷子喜欢里干？他到底有什么能耐？"

诺里斯脸上没有半点奇怪的表情，但却盯着我看了很长时间。"先生，那是年轻的力量。"他说，"还有将军的军人眼光。"

我说："和你的差不多。"

"如果你愿意让我这么说的话，先生，和你的也一样。"

"多谢，姑娘们今天早上都没有问题吧？"

他耸了耸肩，看起来非常有礼貌。

我说："我也认为是这样。"他帮我把门打开了。

远处是一层又一层的草坪，花坛和树木都修剪得非常整齐，一直延伸到花园尽头的金属栅栏那里。我站在台阶上俯视这一切。我看见卡门的头埋在双手里，在花园中间的一条石凳上坐着，看起来寂寞而又悲凉。

红砖台阶连接起一块块草坪，我沿着台阶下去。我到她面前的时候，她才听到我的脚步声。她跳了起来，突然转过身，就像一只小猫。她身上穿着浅蓝色的便服，和我第一次见到她的时候穿得一样。她金黄色的头发闪着柔波，非常蓬松，还是和我第一次见到她一样。看到我的时候，她苍白的脸色终于红润了起来，她的眼睛是灰蓝色的。

我说："你是不是很无聊？"

她看起来有点害羞，慢慢地笑了起来，然后很快就对我点头。"你有没有生我的气？"过了没多长时间，她轻声问道。

"我感觉我很生气。"

她呵呵笑起来，开始啃她的大拇指。看到她这么笑，我就不太喜欢她了。我说："我没有生气。"我看了看四周，三十英尺以外的一棵树上挂着一个靶子，还有几支飞镖插在上面。另外还有三四支飞镖放在她坐的那条石凳上。

"对于富贵人家来说，"我说，"你和你姐姐的生活真的非常无趣。"

她透过长长的睫毛盯着我看，她的眼光还是透露出想让我四脚朝天打滚儿的意思。

"你喜欢飞镖吗？"我问她。

"啊——哈。"

我转过头，看了看房子的那边。"突然想起一件事。"我向前走了几步，使房子那边的目光被一棵树挡住。"我把你的枪带来了。"我从口袋里拿出她的珍珠柄手枪，"我已经装好了子弹，而且擦干净了。如果你没练好枪法，就不要随意对别人开枪。你要听话啊，记住了吗？"

她放下了瘦瘦的大拇指，脸色变得更加苍白，看了看我，又看了看我手中的枪。"好吧！"一种沉醉的神情出现在她的眼睛里。她对我点点头。"你教我枪法吧。"她突然又说。

"你说什么？"

"我很喜欢打枪，你教我枪法吧。"

"在什么地方？法律不允许在这里。"

她来到了我的身旁，拿过我手中的枪，用手握住了枪柄，然后很快地往衣服里一塞，回头看了看，好像担心被人看见。

"我知道在什么地方可以，"她看起来神秘兮兮的，"我能够跟你学吗？"她指了指山坡的下面，"就在那些老油井旁边。"

我盯着她灰蓝色的眼睛看，不过还真不如去看一个瓶口，因为我看不出任何东西。"算了。我先看看那个地方合不合适。把枪给我吧。"

她做了一个怪相，对我笑了笑，然后递给我手枪，看起来调皮而又很神秘，好像我就是她房间的钥匙。这花园似乎变得非常凄凉，我们走上台阶，绕到了汽车后面；这阳光非常虚伪，好像是餐馆侍者领班的笑容。我们开车走了，沿着汽车道往前开，过了一道大门。

我问她："薇薇安在什么地方？"

她呵呵笑着说："应该还没有起来。"

我们驾车下了山坡，穿过了安静的街道，这街道被雨水冲刷得很干净。我们开到了东面的拉·布雷亚，然后转向南边，过了十分钟，来到了她说的那个地方。

她把头伸出窗口，指着说："就在那边。"

这条土路非常狭窄，比一般的小路宽不到哪儿去，好像是一个通向山脚下农田的路口。大门似乎已经向后开了很多年了，一共有五根柱子顶着，顶在一根柱子的旁边。路中间有一道车印，看起来很深，路的两边都是又高又大的桉树。在阳光的照耀下，这条走卡车的路看起来非常空旷。我的车沿着车印行驶。最近下了很大的雨，而且雨刚停了没有多长时间，所以路上并没有什么灰尘。我有一种非常奇怪的感觉，似乎城市里车辆的嘈杂声突然变小了，我们好像已经不在城里面了，而是来到了一处非常远的梦里。再往前面就是木头井架，这些井架又矮又小，活动的木梁已经布满了油渍，在一根粗壮的树枝上立着，而且已经不能移动了。我能够看到这个木梁和另外五六根木梁由一条生锈的旧钢绳连在一起。这些油井早就不出油了，所以这些木梁已经不能活动了，估计这一年都没有动过了。一些生锈的钢管堆在路边，地上还乱七八糟地堆放着五六个空油桶，还有一个装卸台斜着立在一边。一个漂亮的废水池里面积满了油渍，在阳光的照耀下发出五彩斑斓的光芒。

我说："这不是要建公园的地方吗？"

她对我眨了眨眼睛，缩了缩下巴。

"就算是一群山羊在这里，也被这肮脏的水池熏死了。咱们快点动起来吧，你说的地方就是这里吗？"

"啊——哈。你喜不喜欢？"

我在装卸台旁边停下车。"真的很漂亮。"我们从车上下来，听了听街上的嘈杂声，好像是嗡嗡的蜜蜂声，感觉距离这里非常远。这个地方非常冷清，就像墓地一样。就算是下过雨了，一层尘土也还覆盖在高大的桉树上。不管是什么时候，这些树都布满了灰尘。一根被大风刮断的树枝倒在了水池边，那一片片大树叶如同羽毛一般泡在水里，轻轻地晃悠着。

我绕过了水池，看了看泵房这边。一些破旧的机器堆在泵房里面，看起来最近应该没有人碰过。在泵房外面的墙上，有一根大木头轮子斜靠着。这样看来，这个地方真的适合练习枪法。

卡门正在汽车旁边梳理头发，她把头发捧在手里，对着阳光。我来到了汽车边，她对我伸出手说："给我枪。"

我把手枪拿出来，放到她的手上。我弯下腰，把一个生锈的空罐头盒子捡了起来。

"这把枪里装着五颗子弹，"我说，"你要注意一点儿。"我指着那边的木头轮子说，"我要先过去，在木头轮子中间的洞里放上这些罐头盒子。"她看起来很开心，歪了歪头。"你不要开枪，等我回到你身边的时候再开。也就有三十步的距离，你明白了吗？"

她呵呵傻笑说："我懂了。"我来到了水池的那一边，在木头轮子中间放下罐头盒子。我想她不可能击中这些盒子，不过这些子弹也不可能跑到更远的地方去，可能会打在车轮上。但是这并不是她所想的。

我绕过了水池，想要回到她的身边。我走到水池的旁边，距离她还有十步的时候，她突然举起枪，露出两排尖利的牙齿，嘴里发着嘶嘶声。而我背后的臭水池，真是想让人呕吐。我当时就傻了。她喊道："你个狗娘养的！站好！别动！"

我的胸膛被她瞄准了。她嘴里的嘶嘶声越来越大，手里的枪也拿得非常稳。她紧绷的脸好像是刚刮过的骨头。这个时候的她像一头猛兽，非常凶残的猛兽，她看起来更加老了，也更加堕落而又歹毒了。

我继续往她身边走，对她笑了笑。我看到扳机被她瘦弱的手指紧紧地扣住。由于她的手在用力，指头尖儿都已经变白了。她开枪了，此时我距离她还有六步远。

这一声枪响非常空洞，也非常尖利，在阳光下显得更加清脆。枪口应该在冒烟，但我并没有看，我停下来对她笑了笑。

她又开了两枪，不过我觉得她根本就不会击中任何东西。她已经打了四发子弹，这支枪里一共只有五发子弹，我继续往她那边走。

就剩下最后一发子弹了，我不希望我的脸被打中。我向旁边侧了侧身体，她对我开出最后一枪，没有一点慌张，也没有一点惊恐。我感觉到自己的脸上迎来了一股火药的热气。

我说："哎呀，你可真够酷的。"然后站起身体。

她的手举着空枪，这个时候开始猛烈地颤抖。枪落在了地上，响起了"啪"的一声。她的嘴唇开始哆嗦，嘴里冒出白沫。她向左转过头，身体一直在晃，呼吸中带着吭吭的声音。

她就要倒下了，我在这个时候赶紧扶住了她。看起来她就要死了，我把她的牙齿撬开，塞进了一条卷起的手绢。终于弄好了，可够费劲儿的。我把她抱起来，放到了汽车里，然后转过身去找到手枪，收进口袋里。我来到了驾驶座上，然后倒车，往回开，还是沿着来时候走的车印行驶。汽车终于出了大门，开到了山坡上，开到了家里。

卡门畏缩在汽车的角落里，一点都不动。我们的车开到了院子里的汽车路上时，她终于醒过来了。她突然坐起来，睁大了眼睛，看起来非常惶恐。

她大口喘着气儿说："到底怎么了？"

"还能怎么了？什么事都没有。"

"我的裤子已经湿了，"她呵呵笑着说，"一定是有问题。"

我说："不管是谁都可能这样。"

她突然吭哧起来，好像生病了一般，我想她应该想到将要有什么事儿发生。

32

那个长着一张马脸、看起来非常亲切的女仆把我带到了楼上的一间起居室，这个房间又细又长，里面只有灰白两种颜色。房间里的象牙色窗帘有很大一截都卷在了地板上，简直太浪费了。房间的一边到另一边都铺着白色的地毯。这间房间让人感到非常沉醉，就好像是电影明星的闺房，不过又像是一条木头假腿，所有东西看起来都那么虚伪。我进来的时候，房间里并没有人。我身后的门轻轻地关上了，没有任何声音，就好像是病房的门那样，让人感觉非常不舒服。一张带轮子的早餐桌停在长沙发的旁边，上面镀着银的地方亮闪闪的，咖啡杯里都是抖落的烟灰。我坐下来等着她们。

我感觉等了很久，门终于开了。来人是薇薇安，她穿着一件镶着白边的牡蛎色睡衣，看起来非常蓬松，好像夏日里寂寞的小岛上海边的海水正在泛起白色的泡沫。

她迈着轻快的大步子从我身边走过，坐在了长沙发的边上。今天她的手指甲涂成了红铜色，从指甲盖儿一直涂到了指甲尖，甚至连健康轮上都涂了。她嘴里叼着一根香烟。

她看了我一会儿，平和地说："你真是一只禽兽，而且还是只非常凶残的禽兽。我听说昨天晚上你杀了一个人，你别管我是怎么听说的，现在你又来吓唬我的小妹妹，她都被你吓晕了！"

我没有接她的话。她换到另外一张活动的椅子上坐下，看起来有些焦虑。一个白色的靠垫放在了椅子背上,她向后靠了靠头,枕在了这张靠垫上。她向空中喷了个烟圈儿,然后看着烟圈儿飘到了天花板上,一点一点地散开,最开始的时候我还能够分得清空气和烟圈儿,不过后来就什么都看不清了,烟圈儿已经和空气融合在一起了。又过了一段时间,她的眼睛慢慢地垂下来,盯着我,一副非常严肃的样子。

"对于你我不是那么了解。"她说,"我真是幸运,咱们两个在前天晚上有一个保持了神志。我曾经已经算很倒霉了,和一个卖私酒的人结婚了。看在老天的份儿上,你倒是给我说句话呀!"

"你妹妹她是怎么回事儿?"

"啊?她睡得挺熟的,我看她没事儿了。你把她怎么样了?她总是非常敏感。"

"我并没有把她怎么样。我从你父亲的房间出来以后,看到她在花园里坐着,有一个靶子挂在树上,她正在玩投掷飞镖。我过去和她聊天。欧文·泰勒曾经送给她一支左轮手枪,我把这支手枪带过来了。就在布洛迪被杀死的那个晚上,她也曾去过布洛迪那里,她当时就带着这把手枪,我自然要从她那里夺过来。你可能并不太清楚,因为我没有说过这件事儿。"

黑眼睛是斯特恩伍德一家人的特点,她睁大黑眼睛盯着我,看起来似乎很迷茫。这一次她倒是一句话都不说了。

"她非常高兴,因为我把枪拿过来了,于是就求我教她枪法。她让我把她带到了山下,去看那几口废弃的油井。我非常清楚,你们家就是靠那些油井发财的。我们去了那边。那个地方到处都是枯井、腐烂的木头、废铁,阴森森的,让人感觉非常惊悚。还有一个废弃的水池,里面漂着油渍。可能是这番景象刺激到了她。那个地方还真是阴气沉沉,我认为你应该去过。"

她好像无精打采的,说话声音也不大。"是的,的确如此。"

"我们过去了以后，我就在一个大木轮子中间放了罐头盒子，好让她瞄准。但她好像有轻微的癫痫病，突然就发疯了。"

　　"她的确有这个病根儿，"她还是那样无精打采，"你说得没错，每过一段时间，她就会发作一次。你就是因为这点事儿才来看我的吗？"

　　"艾迪·马尔斯抓住了你的小辫子，你还是不想告诉我到底是什么事儿吗？"

　　"我都已经烦了，你没完没了地问这个。根本就没有这回事儿。"她冷飕飕地说。

　　"你认不认识凯尼诺？"

　　她两条秀丽的黑眉毛拧了起来，看起来好像在思考："我记得这个名字，有那么一点印象。"

　　"大家都说这是一个非常阴狠狡诈的人，他是艾迪·马尔斯的手下，其实我也是这么认为的。要不是有个女人帮了我一把，我今天恐怕就要在太平间里待着了。"

　　"女人们总是——"她的脸色突然变得苍白，而且什么话都不说了，只是简单地说道，"你就算是开玩笑，也不应该说这事儿。"

　　"我要是绕来绕去地说，事情也一定是这样绕来绕去地发生的。我并没有在开玩笑，所有的事情都是联系在一起的，圈和钩子都是套在一起的。所有的事情都密切相关，比如盖格那有新意的诈骗手段，布洛迪和那些裸体照片，艾迪·马尔斯和他的轮盘赌，凯尼诺以及并没有和卢斯蒂·里干一同私奔的女人。"

　　"你到底在说什么？我真是搞不清楚。"

　　"如果你搞清楚了，你就应该知道事情基本就是这样发生的：你的妹妹被盖格抓住了，其实这很容易。他从你妹妹那里拿到了几张借条，在勒索你父亲的时候，这些借条正好可以派上用场。这种敲诈方式还真是厚道。艾迪·马尔斯就是盖格的后台，马尔斯一方面让他冲锋陷阵，一方面又为他提供保护。我被你父亲叫来，说明你父亲并没有被他吓住，也根本没想自认倒霉。估计这点事儿正好被马尔斯知道了，并且你的把柄落在了他的手里，因此他也想知道，这个把柄是不是也能够用在将军身上。如果成功了，他就可以发很大一笔横财；如果失败了，那么当你们分家的时候，他也可以分到你的那份财产。不过在这段时间里，他只能搜刮你的零花钱，这个要从轮盘赌台说起，其实这些钱并不算太多。爱上你那傻妹妹的欧文·泰勒打死了盖格，对于盖格在你妹妹身上的那些伎俩，他完全看不顺眼。对于艾迪·马尔斯来说，盖格是死是活根本就无足轻重。马尔斯正在进行一场非常隐秘的赌博，只不过盖格和布洛迪完全不知道而已。可以这样说，知道这件事儿的人，只有你、艾迪还有凯尼诺那个光棍儿。你的丈夫不见了，当大家都说马尔斯和里干关系不好的时候，艾迪就藏起了自己的妻子，把她藏在了利尔里特，看着她的人就是凯尼诺。这样大家就都以为里干带着她一起跑了。艾迪甚至还把里干的汽车停在了一个车库里，这正好是他妻子曾经住过的地方。他只是为了让大家认为他没有调唆别人杀死你的丈夫，或者没有亲自杀死了你的丈夫，只是让大家不再继续关注这件事而已。当然这是一种愚不可及的做法，可实际上他并没有那么蠢。他还有另外一个目的。他所进行的大赌博有一百万美元。他完全知道里干去了什么地方，甚至还知道里干去那里的原因。不过他并不想迫使警察一定要查出里干所在的地方。对于里干的失踪，他希望有一个能够让人安心的说法就够了，并不想让人去深入追究。你是不是烦了，我已经说得不少了。"

"老天爷呀，你真是让人讨厌，"她好像无精打采而又没有力气地说道，"你真是让人烦透了。"

"对不起。我没有自以为聪明，或者到处钻营。就在今天早上，将军给了我一千块钱，让我去寻找里干，可我并不想干了，虽然对我来说这些钱确实很多。"

她突然张开了嘴，好像呼吸都变得浑浊了，她沙哑的声音响起："给我一支烟。你怎么能不干了呢？"她脖子上的青筋在跳动着，我能够看得出来。

我把一支烟递给她，划着了一根火柴，送到了她的面前。她用力地吸了一口，然后轻轻地吐了出来。接下来她一直捏着，好像已经忘了手里的烟，再也没有抽一口。

"连失踪人口调查局的人都不能找到他，还能怎么样呢？"我说，"既然他们都找不到，我又怎么能找得到呢？这点事儿可很难呢！"

她叹了一口气，又好像是松了一口气。

"啊，这只是其中的一个原因。失踪人口调查局说，'这一幕已经结束了'，认为里干是故意失踪的。当然这说法是他们提供的。他们并不认为艾迪·马尔斯杀了里干。"

"是不是有人说是他害死了里干？"

我说："我就要分析这件事了。"

她的脸似乎扭曲了，眉毛也控制不住了，已经变了形，不过只持续了一瞬间。她的嘴型好像是要尖叫一声，但这很快就过去了，只有一瞬间而已。除了行事草率、眼睛漆黑以外，斯特恩伍德家的血统确实还有一些可取之处。

她手指里夹着的香烟还在冒烟，我站起身一把夺过来，捏灭在了烟灰缸里，然后从口袋里掏出卡门的小手枪，小心地放在她那白缎子包着的膝盖上，我似乎小心得有些过分了。我摆好手枪，向后退了一步，歪着头看着她，好像是一个安置橱窗的人在欣赏自己为模特脖子上的围巾摆了一个新的花样一样。

她还是没有动，我又坐了下来。她的目光一点一点往下移，最后看到了那支手枪。

"五颗子弹都是空的，"我说，"并不会伤到人，卡门已经打空了五颗子弹，而且都是对着我打的。"

她好像想说什么，但又说不出来，脖子上的青筋又突然跳了起来，她似乎咽回了自己想说的话。

"她做得是不是非常好？"我说，"距离我只有五六步而已。你是不是觉得非常棒？可惜我装的是空包弹。"我幸灾乐祸地笑了笑，"假如她有机会，她就一定会做出这种事，我已经预感到了。"

"你这个人实在是太恐怖了，"她说，"真的太恐怖了。"她的声音似乎从很远的地方回来了。

"你说得没错，你打算怎么处理这件事呢？你可是她的大姐。"

"你说的这些话，能通过什么证据来证明呢？"

"要证据干什么？"

"证明她曾经想要对你开枪。没有人能为你说的这件事做证，刚才只有你们两个人去了油井那边。"

"哦，我并没想要证明这点事儿，"我说，"原来你想证明这个。如果那支小手枪上的子弹都是实弹的话——这才是我想的事儿。"

她的目光像是黑漆漆的深潭，甚至比黑暗还要更加幽深。

"我想到了里干消失的那一天，"我说，"那一天应该是傍晚，卡门和他一起去山下，他在那些老油井旁边教卡门枪法。他在一个地方放下了罐头盒子，让卡门对准。当时他就站在旁边，于是卡门就开枪了。不过卡门并没有打罐头盒子，而是调转枪头对准了里干，就像刚才她因为同样的原因，把枪对准我一样。"

手枪从她的膝盖上掉下来，摔在了地板上，她的身体突然动了一下。这声音好像是我这辈子听到的最大的声音了。她看着我，一眨不眨地盯着。"卡门……慈悲的上帝……卡门。"她的声音好像是痛苦而又漫长的呻吟，"你到底是为什么……"

"难道我一定要把她对我开枪的理由告诉你吗？"

她的眼神仍然非常恐怖。"你一定要告诉我，我认为你一定要告诉我。"

"就在前天晚上，我回家以后发现卡门竟然在我的房间里，她骗过了看管房子的人，来到了我的房间，在我的床上躺着。她的衣服都脱光了，一直等着我。我把她的耳朵揪起来直接扔了出去。我想她也曾经遭遇过里干这样的对待，不过卡门并不允许自己遭到这样的对待。"

她缩了缩嘴角，用舌头去舔了舔，我不知道她这是有意的还是无意的。她在这期间就像是一个孩子，好像是被吓坏了。她脸上的线条变得异常清晰，她慢慢地抬起一只手，好像是一只被控制的假手，一点一点地、非常僵硬地抓住了领子上的白皮子，用力地抓住脖子上的白皮子，然后就坐在那里，目光似乎已经痴傻了。

"钱，"她沙哑的声音响起，"我认为你想要钱，是吧？"

我努力地控制住脸上的嘲讽："多少钱呢？"

"一万五千块钱，还不够吗？"

"这些钱还真是够多了，"我点了点头，"这个数字正好符合我的预测。里干的口袋里就揣着这么些钱，被卡门打死的时候也是。你就去找艾迪·马尔斯寻求帮助，帮助处理尸体的人正是凯尼诺，然后凯尼诺就得到了这些钱。不过相对于艾迪·马尔斯希望有朝一日能够得到的钱，这些钱简直不算什么。是不是这样？"

她大声喊道："你这个狗娘养的。"

"是啊。我真是太聪明了，我不受道德的谴责，也没有感情，就这样在这个世界上活着。钱正是我所需要的，我已经被钱迷住了心智，所以我每天能得到二十五块钱和报销威士忌酒和汽车油费得到的钱。"

假如我还有脑子的话，我也要绞尽脑汁赚钱。我惹到了艾迪·马尔斯和他的打手，我得罪了警察，我在冒险，拿出了我的整个生命来冒险。这些人都已经恨透了我了。我每天都在吃棍子，躲子弹，遇到一个人就会对他说：'万分感谢。如果您有什么烦心事儿，您可以来找我。说不定你会用到我，我把名片给你留下。'我就是为了一天赚到二十五块钱，才去做这些事儿的。当然，说不定我还要保护一个被病魔纠缠的老人，他的心已经碎了，但是他的血液里还有最后一点自尊心。因为我在想将军的血管里没有流着毒液，他的两个女儿还没有到那么狂野的地步，并没有成为杀人犯，也还没有堕落，虽然她们已经和很多富贵人家的女孩都差不多了。这就是我被人骂是狗娘养的原因。没关系，我根本就不在乎这些。包括你的那位小妹妹在内，我已经被很多人骂过了，什么样的话都被骂过。她骂的更加不中听，我不就是没和她睡一觉吗？我从你父亲那里得到了五百块钱，这不是我勒索的，他也付得起。他还让我去找卢斯蒂·里干先生，说要给我一千块钱。假如我拿到了这笔钱，加上你现在又要给我一万五千块，那么我就成了有钱人了。如果我手里有这一万五千块钱，我可以买春夏秋冬的衣服，买一辆崭新的汽车，还可以买一套房子。说不定我还可以去找个地方度假，也不用担心错过下一位客人了。这种生活可真是不错。可你为什么要给我这笔钱呢？你是想让我继续被狗娘养呢，还是想让我变得和那个有钱的公子一样，像那天晚上那样在自己的汽车里醉得一塌糊涂，或者是变成一个绅士？"

她一句话都不说，就像石头一样看着我。

"行了，"我用深沉的语气说，"你能不能把她带走？去另外一个地方，带她去治病吧。走得远远的，不要让她再接触烈性饮料、刀子还有手枪，说不定她还能够痊愈。以前也有过这样的例子。"

她站了起来，慢慢地走到了窗口。她的脚下有一摊落下来的乳白色的窗帘，看起来松松垮垮的，她就在这乳白色的波浪中站着，看着窗外的景色，看着那幽深的、安静的山脚。她在那里站着，一动不动，就要和整个窗帘融合在一起了。她好像是泥雕或木雕一样，两只胳膊在身体的两侧松松地垂下来。过了没多长时间她又转过来，走向了房间的另一边。虽然从我身边经过，但并没有看我。当她来到我身后的时候，突然喘了一口气儿。她说道："里干就在那个水池里，已经是一副白骨了，真是太恐怖了。这事儿是我做的。就像你说的那样，我去找了艾迪·马尔斯。我的妹妹就像是一个小孩子，她回家以后就告诉我了。我知道，不管警察问她什么，她都会说的，她并不是一个正常人。用不了多长时间，她自己就会把这件事儿说出来，而且还非常骄傲，根本就用不着别人问她。如果这件事被爸爸知道了，他就会让警察过来，把整个事情都说出来。那天晚上就会是他生命的最后一晚。就算他死了，这件事儿也没那么恐怖。不过他在死之前会想什么呢？这才是我不能接受的。卢斯蒂不是一个坏人，他对我还不错，虽然我并不爱他。我根本就管不了那么多，但绝不能让这件事传到父亲耳朵里。不管是这样那样，是死是活，对我来说都没有意义。"

我说："那你就让你的妹妹不停地惹是生非，不停地淫荡！"

"我是为了争取时间才这么做的，没错，就是争取时间。当然，我可能选错了方法。我甚至会想她已经忘记了这件事。我曾经听人说过，得这种病的人，在事情结束后根本就记不起她发病的时候做了什么。说不定她已经忘了，我早就知道艾迪·马尔斯是一个吸血鬼，他一定会狠狠地勒索我。但是我并不在意这些，我那个时候只能找他这样的人帮我，我实在是太需要别人的帮助了。在很多时候，我自己都不相信这样的事情竟然发生了。而在另外一些时候，不管那个时候是不是应该喝酒，我都只想快点喝醉了，只要这样就好了。"

我说："你应该快点去做'应该做'的事儿。赶紧带她走吧。"

她仍然没有面对我。"那你要做什么呢？"她的语气变得轻缓了。

"我不会做任何事儿，我要从这里离开。我给你三天时间，假如你们在三天之内离开了，那就没有任何事情了。但如果你们不走，我就会说出这件事。你不要认为我只是说说。"

"我真不知道应该怎么说你，"她突然转过身，"也不知道从哪里开始说起。"

"算了，你可以答应我，要确保她时时刻刻都有人看着，赶快带她走吧！"

"我可以答应你，不过艾迪那边——"

"至于艾迪怎么样，你就别管了，我去处理他的事儿。我休息一会儿就会过去。"

"他会杀了你的。"

"随便他吧，我都没有被他最好的杀手杀死，就算有其他人，我也会赌一把。"我说，"诺里斯知不知道这些事？"

"他肯定不会往外说。"

"我想他应该很清楚。"

我很快就走出了房间，离开了她，沿着瓷砖铺成的楼梯，走到了楼下，进入了前厅。在离开的时候，我没有看见任何人。我的帽子就在那里放着。虽然外面的花园非常艳丽，但我却有一种阴气沉沉的感觉，就好像是我被小树林后面的一双狠毒的小眼睛盯着一样，就好像是一种神秘的气息弥漫在这阳光中。我上了汽车，开车下山。

假如你已经死了，躺在什么地方对你会有什么影响吗？是在那高耸的山峰上的大理石宝塔里，还是在那肮脏的水沟里？你反正已经不会醒来了，你已经死了，你根本就不会去在意这些事。对于你来说，不管是微风，还是满是污垢的臭水，根本没有什么区别。你只会睡你自己的觉，不管什么时候都非常安稳。至于你是怎么死的，怎么死在这肮脏的地方，你根本就不会去想。而我现在就属于这肮脏事情的一部分，甚至比卢斯蒂·里干的那一部分还要大。不过就不要打扰那位老人了，就让他在那撑着华盖的大床上躺着吧。他的双手已经没有了血色，就让那双手放在被单上吧，让他安静地等着吧。他的心里只有一些低语，短暂而又不清晰。他的心思已经变得昏暗了，就像灰尘一样不可捉摸。用不了多长时间，他也会长眠不醒，就像卢斯蒂·里干一样。

在回城的路上，我停在了一个酒吧前面，喝了两杯双份的威士忌。这两杯酒让我想起了那位银头发的姑娘，可我的心情还是那么阴郁。

我后来再也没有看到那位姑娘。